Emma Smith
Verrückt nach Kate
Und auf einmal liebt er sie

EMMA SMITH
VERRÜCKT NACH *Kate*

Und auf einmal
liebt er sie

Deutschsprachige Erstausgabe Juni 2019
Copyright © 2019 Emma Smith
Alle Rechte vorbehalten
Nachdruck, auch auszugsweise, nicht gestattet
Das Werk, einschließlich seiner Teile, ist urheberrechtlich geschützt. Jede Verwertung ist ohne Zustimmung des Verlages und des Autors unzulässig. Dies gilt insbesondere für die elektronische oder sonstige Vervielfältigung, Übersetzung, Verbreitung und öffentliche Zugänglichmachung.
Emma Smith - c/o AutorenServices.de
Birkenallee 24 - 36037 Fulda
Covergestaltung und Satz: Wolkenart - Marie-Katharina Wölk,
www.wolkenart.com
Lektorat: Marie Weißdorn
Korrektorat: Klaudia Szabo
Herstellung und Verlag: BoD – Books on Demand, Norderstedt
1. Auflage
Paperback ISBN: 978-3-741252-64-8

Prolog

VOR 18 JAHREN:

Kate

»Gib mir meine Puppe wieder!«

»Hol sie dir doch!«, rief Peter Woody lachend.

»Gib sie mir!«

Ich rannte ihm über den ganzen Schulhof hinterher. Dabei lachte er immer weiter. Er machte sich lustig über mich. Sie alle machten das.

»Na, schon müde?« Peter, der einen ganzen Kopf größer war als ich, blieb grinsend ein paar Meter vor mir stehen und hielt meine Lieblingspuppe hoch.

Jeder einzelne Schüler blickte zu uns. Sie waren genauso hartnäckig wie Peter, immerhin passierte das hier mehrmals die Woche. Jedes Mal zogen wir so ein großes Publikum an, ohne dass mir irgendjemand half.

»Gib sie her, Peter!«, forderte ich und versuchte so bedrohlich wie nötig zu klingen.

»Oh, ist unsere Fat Cat etwa wütend?«

Ich blähte die Nasenflügel auf. Nicht schon wieder! Nicht dieser fiese und gemeine Spitzname!

Aber das war noch nicht alles. Denn weil Peter es aussprach, riefen es jetzt alle.

»*Fat Cat! Fat Cat!*«

Warum machte er das so gut wie jeden Morgen? Diese zwei wirklich fiesen Worte hatten sich längst in meinen Kopf gebrannt und taten weh. 24 Stunden am Tag.

Mit einem Schrei rannte ich plötzlich auf Peter zu und schubste ihn so fest, dass er völlig überrascht zu Boden fiel. Die Puppe ließ er dabei fallen.

»Du bist nicht nur fett, sondern auch total krank!«, rief Peter. Es war nichts Neues, dass er mir dies an den Kopf warf.

Bevor er noch etwas sagen konnte, läutete die Schulglocke das Ende der Pause ein.

Peter stand auf, streifte mich im Vorbeigehen mit der Schulter und flüsterte mir wie so oft zu: »Das wirst du noch bereuen!«

Die anderen Schüler ignorierten mich und liefen hinein.

Ich hob meine Puppe auf, die keine Haare mehr besaß, weil Peter sie abgeschnitten hatte. Sie hieß Bella und war schmutzig, weil der Boden hier uneben und noch feucht vom Regen war. Ein Auge war mit einem schwarzen Stift übermalt, das linke Bein abgerissen.

Seufzend schloss ich die Augen, um nicht mitten auf dem Schulhof loszuheulen. Fest drückte ich Bella an mich, bis ich irgendwann bemerkte, dass ich völlig allein hier draußen stand.

Wie immer.

***

Ich hatte zu lang gebraucht. Das war mir sofort klar, als ich mich durch den Hintereingang ins Haus schleichen wollte, denn Daddy erwartete mich bereits. Er stand angelehnt an der Küchentheke und schaute mich abwartend an, wie immer, wenn er mich bei etwas erwischte.

»Warum schleichst du dich durch die Hintertür rein?«, fragte Dad lächelnd.

Die Frage war eine Falle, deswegen antwortete ich nicht sofort.

»Komm, setz dich, Kate.«

Ich seufzte, setzte mich aber neben ihn an den Esstisch. »Dad, ich muss noch Hausaufgaben machen und …«

»Was ist das?«, fiel er mir ins Wort und zog mir ein Blatt aus dem Haar.

Ich erstarrte und dachte an Peters Revanche zurück. Er hatte mich auf dem Heimweg in ein Gebüsch geschubst.

»Keine Ahnung.«

Daddy musterte mich kritisch. »Hast du wieder Ärger, mein Schatz? Du kannst mit mir reden, wenn du …«

»Es ist alles okay. Echt.«

»Ach, wirklich? Und was ist mit Bella passiert?«

Ich erstarrte und sah zu der Puppe in meinem Schoß.

»Nichts«, antwortete ich schnell und griff instinktiv nach Bella.

»Lass mich mal sehen.« Dad nahm sich Bella und bekam große Augen vor Überraschung. »Was ist mit ihr passiert, Kate?«

»Sie ist …«

»Jetzt sag mir nicht, dass sie durch die Gegend marschiert ist und sich selbst ein Bein ausgerissen hat. Du bist alt genug, um zu wissen, dass du deinen alten Herrn nicht so belügen sollst.«

»Es war Peter, okay?«

»Peter?«, fragte er nachdenklich und legte Bella auf den Tisch zurück. »Etwa dieser Peter Woo…«

»Ja, dieser Peter! Er denkt, er kann mich ärgern.«

»Aber das ist doch kein Ärgern mehr, Schatz. Bella ist völlig verstümmelt.«

Ich zuckte mit der Schulter und sah überall hin, nur nicht zu Daddy.

»Kate«, sagte er sanft und zog dabei meinen Namen in die Länge. Das machte er immer, wenn ich nichts sagen wollte.

»Alles ist okay, Dad. Ich mag Bella eh nicht mehr. Ich spiele sowieso kaum noch mit Puppen.«

»Aber Bella ist …«

»Bella ist nur ein Spielzeug!« Mein Blick verschwamm, als ich die Worte ausgesprochen hatte. »Sie ist nur eine blöde Puppe für ein dickes, hässliches Kind ...«

Dad stand auf und kniete sich vor mich. Mit einer Hand hielt er Bella, mit der anderen meine eigene Hand.

»Jetzt hörst du mir mal zu, mein Schatz.«

Dad trug einen ergrauten Bart und seine Haare wurden immer weißer. Wann er wohl Santa Konkurrenz machen würde?

Ich biss mir nervös auf die Unterlippe. Eigentlich wollte ich ihm nicht sagen, was ich wirklich dachte. Aber jetzt war es passiert.

»Du bist weder dick noch hässlich. Und weißt du auch, warum ich das weiß?«

Ich schüttelte den Kopf.

»Weil du nach deiner Mom kommst. Du hast ihre Augen, ihre Haare und dieses schöne Lächeln, das du mir gefälligst öfter zeigen musst. Bis auf das ...«

»Grübchen. Das habe ich von dir«, beendete ich den so oft gehörten Satz für ihn.

Dad lächelte. »So ist es. Ich möchte nicht, dass du dir noch einmal zu Herzen nimmst, was andere über dich sagen, nur weil du nicht wie jeder andere aussiehst. Mom war etwas Besonderes. Das bist du auch!«

Aber Mom war nicht mehr hier.

Und um dem Ganzen die Krone aufzusetzen, erklang Peters Stimme in meinem Kopf. *»Du bist fett und hässlich! Deswegen mag dich auch keiner!«*

»Wir können dir gern eine neue Puppe kaufen, wenn du …«

»Nein! Das brauchst du nicht«, antwortete ich ihm schnell. »Ich … ich nehme sie einfach nicht mehr mit.«

Dann stand ich vom Stuhl auf und ignorierte Dads nachdenklichen Blick.

»Ich muss Hausaufgaben machen.«

Als ich in meinem Zimmer angekommen war, wusste ich, was ich zu tun hatte. Ab sofort brauchte ich Bella nicht mehr. Das war besser so.

Ein Kind spielte mit Puppen. Es wurde Zeit, keines mehr zu sein.

Kapitel 1

VOR ZWEI JAHREN

Kate

Meine Finger flogen nur so über die Tastatur. Ich war hoch konzentriert, als Tiff zu mir kam. Mein Büro bestand praktisch nur aus meinem Schreibtisch, der frei vor Mr. Jacobs Büro stand. So konnte ich mich mit jedem Kunden direkt befassen, wenn es nötig war.

»Hey Kate, hast du die Akte zu dem neuen Baugebiet in Milton irgendwo gesehen? Ich find sie nicht …«

Ohne vom Monitor wegzusehen, griff ich nach einer Akte und reichte sie ihr.

»Du bist ein Engel!«

Ihr süßliches Parfum stieg mir in die Nase. Wenn ich aufschauen würde, würde ich Tiff in einem eleganten Kostüm sehen, das ihr perfekt passte.

»Jepp, steht in meiner Berufsbeschreibung unter ›Sie trägt ihren Heiligenschein nur sonntags.‹«

»Ah, deswegen sehe ich ihn so selten. Sag mal, hast du Lust, heute in der Mittagspause den neuen …«

Ein schrilles und wirklich anstrengendes »Pling«

kündigte den Fahrstuhl an. Hinten im Großraumbüro befanden sich einzelne Arbeitsräume, für die Immobilienheinis, die vertrauliche Gespräche mit den Kunden führten, aber hier vorne bekam man alles mit. So auch dieses nervige »Pling«.

»Ähm, hat Mr. Jacobs Urlaub?«, fragte Tiff neben mir.

Ihre Frage ergab für mich keinen Sinn, denn davon würde ich als Erste erfahren.

»Wieso?«, fragte ich und setzte meinen Namen unter die wichtige E-Mail, die ich nebenbei getippt hatte.

Tiff räusperte sich, dann hüstelte sie wie bescheuert.

»Brauchst du was zu trinken?«, murmelte ich abgelenkt, während ich die richtige E-Mail-Adresse des Empfänger suchte. »Dann nimm dir ...«

Dann hörte ich es auch schon krachen. Ich hatte die Tasse nicht richtig gegriffen und fegte sie vom Tisch, bevor ich auch nur blinzeln konnte. Meine Bluse wurde warm und nass und sofort war mir klar, dass ich mir gerade den letzten Rest meines Kaffees über die Brust gegossen hatte. Genervt hob ich die Tasse vom Boden auf.

»Ja wundervoll. Natürlich passiert mir das direkt morgens um neun Uhr. Das ist doch ...« Genervt stand ich auf und versuchte den Fleck zu entfernen. Dumm, dass die bloße Hand da nicht ausreichen würde.

»Kate.« Tiff sagte meinen Namen mit einer Warnung in der Stimme. Ich blickte sie an.

»Ach, komm.« Mir kam die letzte Aktion in den Sinn, bei der ich auch die Klappe gehalten hatte, als sie mal wieder irgendetwas Dummes getan hatte. »Als du damals die Unterwäsche vergessen hast nach diesem One-Night-Stand, der nach zu viel Knoblauch roch, sind wir noch zusammen in die Boutique gegangen und ...«

Erst jetzt bekam ich mit, dass vor meinem Schreibtisch noch jemand stand.

Und wie da jemand stand.

Er war über eins neunzig groß, breitschultrig und trug einen teuren Anzug, vermutlich aus Seide. Sein Gesicht war markant, männlich und so was von attraktiv. Aber seine Augen ... Puh, deren Blick lag so kühl auf mir, als hätte ich tatsächlich über Tiffs One-Night-Stand und ihren vergessenen Slip geredet. Scheiße ... Das hatte ich!

Vergiss den Knoblauch nicht, Kate.

Ich hätte verzweifelt aufgeschrien und mich dann nach Kanada aufgemacht, wenn er nicht noch immer vor meinem Tisch gestanden hätte.

»Kann ich Ihnen helfen?«, fragte ich so professionell, wie es mir nur möglich war mit einem übergroßen Kaffeefleck auf der Bluse. Hinter ihm standen zwei weitere Kerle im Anzug.

Sein Blick glitt kurz zu Tiff, die lieber den Boden ansah und sich die geliehene Akte vor den Oberkörper hielt.

»Mein Name ist Reed Jacobs«, sprach er. Seine Stimme klang tief, aber geschäftsmäßig. Als würde es ihn langweilen, überhaupt mit mir reden zu müssen.

Moment. Er hieß Jacobs?

Ich wollte mir nichts anmerken lassen, also nickte ich einfach.

»Und was kann ich für Sie tun?«

»Sie sind seine Sekretärin.«

Diese Information gefiel ihm anscheinend nicht. Zumindest sagte das der Ton in seiner Stimme. Aber vielleicht redete er einfach immer so.

»Ja, ich bin die Sekretärin von Mr. Jacobs. Kate Walsh. Sie sind ein Verwandter?«

Reed Jacobs wirkte das erste Mal wie ein Mensch, als er vorsichtig nickte und sich etwas in seinem Blick veränderte.

»Er war mein Vater.«

Ich blickte zu Tiff, die auch verwirrt schien.

»Er ist heute Nacht an einem Herzinfarkt verstorben. Ab sofort übernehme ich die Geschäfte von *Jacobs' Immobilien*. In 15 Minuten möchte ich alle Mitarbeiter versammelt wissen.«

Reed Jacobs wartete gar nicht erst auf meine Reaktion. Er lief nach links, direkt in das Büro seines Vaters.

Seines Vaters ... der tot war.

Eines seiner Anzug-Anhängsel legte einen Stapel Akten auf meinen Schreibtisch. »Wir hätten ein paar Fragen bezüglich ...«

Ich schüttelte den Kopf und hob die Hand. »Einen Moment. Sprechen Sie mit Tiffany Scott. Sie koordiniert alles.«

Tiff sah verwirrt aus, sagte aber nichts.

Ich ließ sie stehen und ging dem Typen mit dem tiefen Stock im Arsch hinterher. Ich klopfte nicht mal an die Bürotür seines Va… an seine Bürotür, sondern marschierte einfach hinein.

Eigentlich hatte ich erwartet, ihn am Schreibtisch sitzen zu sehen, aber er stand am Panoramafenster und blickte auf Boston hinunter. Es regnete. Wie passend für diesen Tag.

»Was kann ich für Sie tun, Miss Walsh? Da Sie nicht mal anklopfen, gehe ich davon aus, dass es dringend ist.«

Ein Vorwurf verpackt in einer Frage. Wunderbar.

»Es ist sehr dringend, Mr. Jacobs. Sie kommen einfach hierher, erzählen mir durch die verdammte Stock-im-Arsch-Blume, dass Ihr Vater tot ist, und verschwinden dann?«

Er drehte sich um und schaute mich an. Sein Blick fiel auf meine Bluse. *Oh, ich hasse diesen dummen Fleck.*

»Sie mochten meinen Vater?«

Die Frage hatte ich nicht erwartet.

»Er war nett, ja.«

»Nett?« Reed Jacobs wirkte belustigt. »So sagt man das also heutzutage.«

»Was sagt man *so* heutzutage?«

»Schlafen Sie mit ihm?«

Das hatte er doch nicht wirklich gefragt, oder? Nein. So beschissen dreist konnte er doch nicht sein.

Aber Reed Jacobs zuckte nicht mal mit der Wimper, als ich ihn geschockt anblickte. Dieser Mistkerl meinte das ernst!

»Okay, Sie haben sich vermutlich einen Drink bei Phil um die Ecke besorgt. Viele Drinks, wenn ich darüber nachdenke, dass Sie gerade andeuten, ich hätte mit Ihrem Dad geschlafen.«

Er reagierte immer noch nicht. Wenn er nicht stehen würde, wäre mir die Vermutung gekommen, er könnte vielleicht nicht mehr atmen. *So ein Glück hast du nicht, Kate.*

»Ihr Dad war ein guter Chef. Aber sicherlich nicht so gut, dass ich mich plötzlich auf einen Mann einlasse, der älter ist als mein eigener Vater. Gott, dass ich mich wenige Stunden nach seinem Tod so äußern muss. Nett, wirklich absolut nett.«

»Es ging schnell, wenn Ihnen das hilft.«

Ich schnaubte. »Sorry, aber ich glaube, der Mystic River um die Ecke ist gerade zugefroren. Reden Sie eigentlich immer so von Ihrem Vat…«

»Er hat Ihnen einen unkündbaren Arbeitsvertrag verschafft.« Reed Jacobs ging zu dem Schreibtisch und lehnte sich darauf, dann verschränkte er ganz geschäftsmännisch die Arme vor der Brust.

»Und?«, fragte ich herausfordernd.

»Warum sollte er das tun?«

Weil ich ihn vor zwei Jahren mit einer Praktikantin erwischt und am nächsten Tag so getan habe, als wäre nie etwas passiert. Er dachte, ich wolle mit Geld abgespeist werden. Als ich den Scheck einfach zerrissen habe, hat er mir eine Woche später den neuen Arbeitsvertrag hingehalten. Wie waren seine genauen Worte noch mal?

»Sie hätten das Geld nehmen oder es meiner Frau erzählen können. Das haben Sie alles nicht. Nehmen Sie wenigstens den Vertrag an. Dann fühle ich mich besser.«

Ich hatte ihn unterschrieben. Einmal, damit er endlich Ruhe gab, und zum Zweiten, weil mein dämlicher Ex damals mit meiner Kohle abgehauen war und ich dringend eine Absicherung benötigte, um einen Kredit von der Bank zu bekommen.

Interessanterweise ließ Harold Jacobs sich trotzdem ein halbes Jahr später von Ehefrau Nummer vier scheiden. Welche ihrer Vorgängerinnen Reed Jacobs' Mutter war, wusste ich nicht. Wir wussten wenig Privates über unseren Chef.

»Weil ich gut bin in meinem Job.«

Er musterte mich, als würde er irgendeine Schwachstelle suchen. Die fand er bei meinen zu breiten Hüften, den dicken Schenkeln und den großen Brüsten. Okay, Letzteres fand selbst ich nicht abstoßend. Das musste ich zugeben.

»Das werden wir dann wohl noch herausfinden.«

Die Drohung kam an, aber mir machte sie keine Angst. Reed Jacobs war ein Typ von vielen. Er mochte einen Anzug tragen und sich sicher fühlen, aber er war auch nur ein Mann.

»Rufen Sie die Mitarbeiter in fünfzehn Minuten zusammen. Ich werde mich kurz vorstellen.«

Ich nickte, weil es nichts mehr zu sagen gab. Dann drehte ich mich um, aber weil ich eine gute Kinderstube genossen hatte, sagte ich noch: »Mein Beileid. Ihr Dad war ein guter Chef.«

Er sah auf, obwohl er bereits hinter dem Schreibtisch saß, und unsere Blicke begegneten sich. Mir war noch nicht ganz klar, welche Farbe seine Augen hatten. Wenn ich es herausfinden sollte, würde es mich nicht wundern, wenn sie blau waren. Wie das Eis …

Ich beendete den Blickkontakt und schloss die Tür hinter mir.

Meine gute Kinderstube eben.

Vierzehn Minuten später befanden sich alle 54 Mitarbeiter vor seiner Bürotür.

Tiff stand direkt neben mir und wirkte nervös. Wie der Rest.

»Und du hast den Neuen schon kennengelernt?«, fragte mich Declan, einer der Makler.

Ich wollte antworten, aber genau fünfzehn Minuten nach unserem Gespräch trat er aus dem Büro, gefolgt von seinen zwei Lakaien. Wenn er überrascht war, dass wir alle pünktlich hier standen, ließ er es sich nicht anmerken. Wie ein dämlicher englischer Baron oder so etwas drückte er den Rücken durch.

»Danke, dass Sie sich so schnell zusammengefunden haben. Leider ist Harold Jacobs in der letzten Nacht schnell und unvorhersehbar gestorben.« Das Tuscheln begann, aber er ignorierte es. »Ab sofort übernehme ich, Reed Jacobs, als sein ältester Sohn die Leitung von *Jacobs' Immobilien*. Machen Sie sich keine Sorgen. Soweit ich das auf den ersten Blick beurteilen kann, sehen die Zahlen gut aus.«

»Dafür hat er schon die Zeit gefunden?«, raunte Declan jemand anderem zu. Da konnte ich ihm nicht widersprechen.

»Es wird Veränderungen geben, aber keine, die Sie viel interessieren dürften. In den nächsten Tagen und Wochen werde ich mich weiter in die Akten einlesen, aber seien Sie sicher, dass *Jacobs' Immobilien* weiterhin ganz oben mitspielen wird. Ich danke Ihnen.«

Und schwups, verschwand er wieder in seinem Büro. Seine zwei Magnete folgten ihm direkt.

»Ziemlich trocken, der werte Herr«, kommentierte Danny den Auftritt. Er gehörte wie Tiff und Declan zu den Maklern.

»Eher heiß. Dieses Unnahbare hat was«, erklärte Tiff und grinste über beide Ohren.

»Oha, sie will wie Kelly enden«, sagte Declan.

Kelly war die Praktikantin gewesen, die Harold Jacobs mehrmals bedienen und dann von heute auf morgen nicht mehr »kellnern« durfte. Ja, schon klar. Das klang fies, aber hallo? Sie war gerade mal 19 gewesen und er … uralt!

»Hey, Jacobs Junior ist heiß und höchstens 35.«

»34«, warf Declan ein, der schon sein Handy gezückt und Wikipedia gefragt hatte.

Ich verdrehte die Augen und ging zu meinem Schreibtisch. Natürlich folgte Tiff mir.

»Also, Kate, dein Arbeitsplatz ist jetzt auf jeden Fall der Beste von allen.«

Ich runzelte die Stirn, aber sie nickte in die Richtung seines Büros. Die Tür stand auf. Reed saß an seinem Schreibtisch und ließ sich von seinen zwei Sklaven etwas erklären. Ich verdrehte die Augen.

»Ich muss dann mal wieder an die Arbeit. Gehen wir nachher zu dem neuen Chinesen an der Second Avenue?«

»Klar.« Chinesisches Essen würde ich mir nie entgehen lassen.

Tiff verschwand und ich klickte mehrere Minuten auf der Maus herum, bis mein Blick wieder zur Tür flog. Reed saß weiterhin auf seinem Stuhl und nickte immer wieder konzentriert, wenn ihm etwas gesagt wurde.

Reed Jacobs. Der Eisblock, der mich nicht leiden konnte.

Automatisch dachte ich an Peter Woody und Bella zurück. Es waren nur wenige Sekunden, aber schon für diese verschwendete Zeit könnte ich mir in meinen prallen Hintern beißen.

Mit genug Motivation, ihm zu zeigen, wie gut meine Arbeit war, konzentrierte ich mich weiter auf den Papierkram.

Kapitel 2

HEUTE

Kate

»Sie wollen mir also sagen, dass Sie das Catering absagen müssen, weil Ihnen eingefallen ist, dass die Frau Ihres Cousins zweiten Grades entbindet?«

Declan lief an meinem Schreibtisch vorbei und hob grüßend die Hand, während ich dem Caterer zuhörte, der irgendetwas von Verpflichtungen erzählte.

»Und Sie wissen schon, dass wir Sie in diesem Fall auf Schadensersatz verklagen können?«

»*Was?*«, brüllte er in den Hörer.

Grinsend lehnte ich mich zurück. »Jepp, deswegen sage ich immer, dass jeder sich unseren Vertrag sehr konzentriert ansehen soll. Es wird also folgendermaßen laufen: Wir bekommen für heute Mittag pünktlich die Snacks, Sie werden als reicherer Mann diesen Tag beenden und können von mir aus danach die Frau Ihres Cousins zweiten Grades besuchen. Wie finden Sie diesen Kompromiss?«

»Kompromiss? Das ist doch kein Kompromiss!«

»Natürlich ist das einer. Sie bekommen das Geld, wir die vereinbarten Snacks. Und weil Sie einen Kompromiss eingehen, verklagen wir Sie nicht. Außerdem sollten Sie sich am Ende des Tages fragen, ob es so clever ist, die Frau Ihres Cousins zweiten Grades zu schwängern.«

»D-d-das …«

Volltreffer.

»Ich wünsche Ihnen einen wundervollen Tag, wir sehen uns um 13 Uhr.« Dann legte ich auf und massierte meine Stirn.

Boston. Diese Stadt machte mich noch wahnsinnig.

»Stress?« Declan lehnte sich an meinen Schreibtisch. Sein blondes Haar war wieder mal perfekt gestylt und der Anzug sah recht passabel an ihm aus.

»Ach, nur das Übliche. Der erste Anrufer war ein aufgebrachter Kunde, der den Ohrring seiner Freundin in einem Musterhaus verloren hat.«

»Und das ist jetzt ein großes Problem?«

»Oh ja. Morgen zeigt er seiner Frau das Haus«, erklärte ich ihm und nickte, als Declan nur mit »Oh« antwortete.

»Und unser Caterer treibt es mit seiner Cousine. Wobei … wie ist das Verwandtschaftsverhältnis, wenn es nur die Frau seines Cousins zweiten Grades ist?«

Declan dachte über meine Frage nach und schüttelte dann den Kopf. »Ich komme mir vor wie ein Gast in einer Mittags-Talkshow.«

Dem konnte ich nur zustimmen. »Deswegen date ich ab sofort niemanden mehr.«

Dann begann ich zu tippen. Ein paar E-Mails mussten noch raus.

»Und deine Aussage hat jetzt nichts damit zu tun, dass dein letztes Date für den Eimer war?«

Ich blickte über den Monitor zu Declan. Ein hübsches Gesicht. Er war attraktiv, hatte was im Köpfchen und Humor. Er hörte gern zu und … war schwul. Er hatte es noch nicht zugegeben oder darüber gesprochen, aber das war nur eine Frage der Zeit. Nie sprach er von einer Frau, dafür redete er im Büro über alles andere. Das war doch nicht normal!

»Mein letztes Date war nicht für den Eimer. Denn den Eimer hat er nicht verdient.«

Ich dachte an den Abend und die magischsten Sätze zurück, die ein Typ jemals zu mir gesagt hatte.

»Du bist echt hübsch. Gut, ein paar Pfunde könntest du noch abspecken, aber hey, mit mir wirst du die für ein paar Stunden vergessen. Ich muss nur eben meine Frau anrufen. Sie soll nicht mit dem Essen auf mich warten.«

Danach hatte ich Tinder für immer von meinem Handy verbannt.

Dieser sagenumwogene Abend war jetzt drei Tage her. Drei Tage, in denen ich so viel Schokolade und Eis in mich hineingestopft hatte, dass selbst eine Premium-Mitgliedschaft im Fitnessstudio um die Ecke niemals ausreichen würde, um das wieder wegzutrainieren.

»Du weißt, dass der Typ nur Blödsinn geredet hat. Und dass wir nicht alle so sind«, meinte Declan.

In dem Augenblick gab der Lift ein Klingeln ab und Reed Jacobs betrat die Bühne. Denn jeder Raum, den er betrat, war für diesen Mann eine Bühne. Unser Boss trug auch heute einen Anzug, der ihm perfekt stand. Zu perfekt.

Er war vertieft in sein Handy, als er, ohne zu grüßen, an uns vorbeiging und direkt in sein Büro verschwand.

»Okay, ich gebe zu, dass er jetzt keine Hilfe ist, wenn ich dir sagen möchte, dass nicht alle Männer absolute Nieten sind.«

»Declan, das ist total süß von dir, aber …«

»Ms. Walsh, in mein Büro«, drang Reed Jacobs' Stimme durch die Freisprechanlage auf meinem Schreibtisch.

Seufzend stand ich auf. »Mordor wartet auf mich.«

Er wirkte amüsiert. »Ach, und du bist Frodo?«

»Frodo zieht es nach Mordor. Mich zieht es überall, nur nicht dorthin.«

Ohne zu klopfen, trat ich ins Büro.

»Guten Morgen, Mr. Jacobs. Ich hoffe, Sie hatten einen guten Start in den Tag.«

»Warum habe ich ständig das Gefühl, als müsste ich mich umdrehen und nach einem Axtmörder suchen, wenn Sie mit so netten Worten mein Büro betreten?«, fragte er so beiläufig wie möglich und öffnete eine dicke Akte.

»Ich kann nichts für Ihre Träume von Axtmördern.

Aber wenn Sie über diese Dinge sprechen wollen, helfen ein großes Ledersofa und ein Therapeut.«

Er ignorierte mein Gezicke, schaute nicht mal auf, um mit mir zu diskutieren. Wie frustrierend.

»Wie sieht es mit dem Meeting für heute Mittag aus? Die Chinesen erwarten die beste Qualität, um ...«

»Alles ist vorbereitet und wird pünktlich um 13 Uhr geliefert.«

»Sehr gut. Was ist mit dem Firmenausflug zum Lake Winnipesaukee?«

»Die Zimmer sind alle reserviert, ich stehe mit der Hotelleitung in Verbindung. Es ist nur noch zu klären, was wir an Ausflügen planen möchten.«

»Das überlasse ich Ihnen.«

Natürlich. Ich hatte nichts anderes erwartet.

»Die E-Mail mit dem Ausflugsplan finden Sie in Ihrem Postfach.«

Jetzt sah er endlich auf und starrte mich einen Moment lang an.

»Er muss nur noch abgesegnet werden«, redete ich weiter, weil ich es hasste, wenn er einfach nur starrte, statt etwas zu sagen.

Wenn ich eines in zwei Jahren mit Reed Jacobs gelernt hatte, dann dass er wenig zu sagen hatte. Er sprach lieber mit den Augen. Aber dieses Mal war mir nicht ganz klar, was dieser Blick zu sagen hatte.

»Gut, das wäre dann alles.« Reed Jacobs blickte wieder auf seine Akte.

Ich nickte und drehte mich um. Ich freute mich, schnell wieder von ihm wegzukommen, auch wenn ich am liebsten noch mehr Frust loswerden wollte. Aber übertreiben konnte ich es auch nicht.

»Ach, und Ms. Walsh?«

Ich drehte mich noch einmal um. Er sah mich nicht an. Natürlich nicht. Die Akte vor ihm war wichtiger.

»Sagen Sie Mr. Beutlin, er soll arbeiten und nicht bei Ihnen herumtrödeln.«

Woher zum Teufel wusste er das denn?

Eine ganz normale Sekretärin hätte sich jetzt in Grund und Boden geschämt, sich entschuldigt und wäre davongerannt. Ich war aber nun mal keine normale Sekretärin und wollte gerade etwas sagen, als die Tür hinter mir geöffnet wurde.

»Darling, ich wollte … oh.«

Jessica Sunshine. Das Supermodel. Keine Ahnung, ob der Nachname ihr echter war, aber egal, wo sie hinkam, schien die Sonne. Also theoretisch. Ihre langen Beine, die blonden Haare und vermutlich auch der kurze Rock und die passende Bluse sorgten für den »Sonnenschein« in der Hose. Zumindest vermutete ich das im Zusammenhang mit Reed Jacobs' Beziehung zu ihr. Immerhin tauchte sie seit fünf Monaten hier auf. Das war die längste Beziehung, seit er hier die Macht übernommen hat.

»Störe ich?«

Störte sie? Ich blickte zu Reed, der nicht mal lächelte,

als sein ganz persönliches Supermodel ihn besuchen kam. Was war nur los mit diesem Mann?

»Wir waren gerade fertig.«

Wow. Überschlag dich bloß nicht.

»Ja, wir sind fertig.« Ich wollte mich wieder aufmachen, als Ms. Sunshine – klingt das genauso bekloppt für euch wie für mich? – mich noch aufhielt.

»Würden Sie mir eine Flasche Wasser bringen? Aber bitte von *Vichy*. Meine Haut verträgt dieses 0815-Zeug nicht.«

Ich bemühte mich, mein Lächeln festzutackern.

»Selbstverständlich.«

Dann konnte ich endlich gehen.

***

Wie jeden Abend kam ich gegen sechs Uhr nach Hause. Ich lebte in einem kleinen, aber schicken Apartment in South Boston. Viele hier nannten die Gegend einfach Southie. Es war nicht die schönste in Boston, aber dafür eine günstige.

Ich schloss die Tür hinter mir und verriegelte diese zweimal. Seufzend legte ich die Tasche auf die Kommode und zog meine Pumps aus. Was für eine Erleichterung …

Ich ging gerade in die Küche, um mir ein Glas Rotwein einzuschenken, da klingelte mein Telefon. Ich lächelte, als ich den Hörer ans Ohr hielt und direkt sagte: »Hey, Dad. Dein Timing ist wie immer perfekt.«

»Muss ich also nicht die Cops rufen. Gut zu wissen«, ertönte Dads tiefe Stimme durch das Telefon.

Er war übervorsichtig, seit ich ausgezogen war. Gut, das war zehn Jahre her, aber Dad war ein Gewohnheitstier. Wenn ich nicht direkt zu Hause zu erreichen war, machte er sich immer sofort Sorgen.

»Dad, beim letzten Mal haben die U-Bahn-Fahrer gestreikt. Ich konnte also nichts dafür, dass ich später nach Hause kam.«

»Jaja, ich habe es verstanden. Ich bin zu fürsorglich. Aber du bist meine einzige Tochter und …«

»Und du würdest es nicht überleben, wenn ich entführt, verprügelt oder einen Rockstar mit einem Po-Tattoo mit nach Hause bringen würde«, beendete ich diesen legendären Satz aufs Neue.

»Jaja, zieh du es nur ins Lächerliche. Aber die Männer von heute besitzen nicht mehr so viel Ehre, mein Schatz. Weißt du, wie es ist, wenn deine einzige Tochter …«

»Allein und ohne Waffenschein in einem Viertel lebt, in dem überdurchschnittlich viele Gewaltverbrechen passieren, und man selbst wegen einer Hüftoperation nicht mehr gruselig genug auf potenzielle Verbrecher wirkt, weil man nicht mal mehr eine halbe Meile rennen kann?«, beendete ich wieder seinen Satz und verdrehte die Augen.

»Hör auf, die Augen zu verdrehen. Du weißt, das mag ich nicht.«

»Tue ich gar nicht!«, konterte ich so genervt, dass er fast glauben könnte, ich hätte nicht die Augen verdreht.

»Wann seid ihr jetzt auf diesem Firmenausflug?«

Ich nippte an meinem Rotwein. Lecker. »Nächstes Wochenende.«

»Du klingst nicht begeistert.«

»Ach, Dad. Du weißt, dass ich meinen Job mag, aber …«

»Wenn es ein Aber gibt, sollte man das immer ernst nehmen.«

Sicher. Dad war stolz auf mich, dass ich in dieser großen und berühmten Immobilienfirma arbeitete, aber er wollte auch das Beste für mich. Und ich fragte mich nicht das erste Mal, ob dieser Job das Beste für mich war.

»Mal sehen, wie sich das weiterentwickelt.«

»Du meinst die Beziehung zu deinem Chef?«

Dads Frage war nicht so gemeint, wie ich sie aufnahm. Es gab keine Beziehung zu ihm. Also, nicht dass ich eine mit ihm führen wollte. Also, nicht dass er und ich …

»Er ist ein Arsch, Dad. Ein kaltherziges Arschlo…«

»Rotwein?«, fragte er, weil das Fluchen meist in Zusammenhang mit einem Glas Wein begann.

Ich seufzte. »Dad, er ist wirklich eins.«

»Das sind die meisten machtvollen Menschen, Schatz. Stell dir mal vor, du hättest die Verantwortung für …«

»Oh großer Gott, jetzt verteidige ihn nicht auch noch. Heute hatten wir ein wichtiges Meeting. Ich habe mir den Arsch aufgerissen, damit alles reibungslos verläuft. Selbst die Begrüßung unserer Geschäftspartner hat er mir überlassen, obwohl er mit Sicherheit weiß, dass ich es hasse, Mandarin zu reden.«

»Ja, gut, aber du kannst es ja. Du hast den Fremdsprachenkurs mit einer Eins abgeschlossen.«

Ich schloss die Augen. »Dad, darum geht's nicht. Die Chinesen reden auch Englisch. Unsere Sprache ist verdammt noch mal *die* Businesssprache auf dem gesamten Globus, aber Mr. Neunmalklug will unbedingt, dass ich mich in Mandarin kaputtquatsche. Als er sich dann mal hat blicken lassen, hat er natürlich Englisch geredet. Warum sollte der CEO es auch anders handhaben?«

»Gut, aber ...«

»Er schaut meistens weg, wenn ich ihm etwas Wichtiges erzählen muss. Als wäre ich eine kleine, dicke Fliege, die man ...«

»Er hat dich dicke Fliege genannt?«, fragte er aufgebracht.

»Dad, nein! Großer Gott, ich meine das bildlich gesprochen.«

»Du bist keine dicke Fliege!«, verteidigte er mich weiter.

»Dad, darum geht's doch gar nicht mehr!«

Er seufzte. »Wenigstens kannst du so dein Mandarin immer wieder mal auffrischen.«

Schnaubend drehte ich mein Glas hin und her. »Er

will mich provozieren. Mir zeigen, wer hier den Gehaltscheck unterschreibt.«

»Nun ja, er unterschreibt ihn ja auch …«

Wieder schnaubte ich.

»Gut, was tut er denn sonst noch so, das dich aufregt?«

»Sein verdammtes Thunfisch-Sandwich!«

»Was?«

»Zum Mittag will er immer das Thunfisch-Sandwich.«

»Und?«

»Der Laden hat keinen Lieferservice und ist in Cambridge!«

20 Meilen entfernt.

»Oh.«

»Ja! Oh! Ich meine, wir leben im 21. Jahrhundert. Welcher Imbiss liefert nicht aus?«

»Ach, mein Schatz. Ist es wirklich so schlimm?«

»Nicht immer. Meine Kollegen sind toll. Die Besten.«

Es blieb kurz still in der Leitung.

»Kein Rockstar?«

Ich lachte. »Das ist eine Immobilienfirma, Dad.«

»Auch Rockstars kaufen Häuser.«

Nach zehn weiteren Minuten mit Dad am Telefon legte ich auf und ging unter die Dusche. Danach wickelte ich mich in mein übergroßes und flauschiges Badetuch und wischte mit der Hand den Spiegel sauber.

Mein 28-jähriges Ich blickte mir entgegen. Auch wenn ich auf der Arbeit nicht mehr als Wimperntusche,

Concealer und ein wenig Make-up trug, sah ich nun völlig anders aus. Noch nichtssagender als sonst schon.

Ich hob die Oberarme und zog an meiner Haut herum. Sie waren zu dick. Wenn ich das Handtuch jetzt fallen lassen würde, wäre der Bauch zu dick, die Hüften zu breit und meine Beine … Gott, über die durfte ich erst gar nicht nachdenken.

Ich zog die Mundwinkel nach oben, weil ich sehen wollte, wie ich aussah, wenn ich lächelte. Ich ließ es sofort wieder sein.

Automatisch verglich ich mich mit Ms. Sunshine, die von März bis Mai letzten Jahres halbnackt auf dem Times Square in Manhattan zu sehen gewesen war. Letzteres hatte sie mir vor ein paar Tagen zum zehnten Mal erzählt, als ich schnell einen doppelten Cheeseburger herunterwürgte, weil diese Thunfisch-Sandwich-Aktion wieder zu viel Zeit am Mittag gekostet hatte. Am Ende hatte ich meinen Rock mit Senf bekleckert und den Burger nicht aufessen können, weil … nun ja, Ms. Sunshine in Unterwäsche auf dem Times Square zu sehen gewesen war und ich Werbung für die Vorher-Bilder bei Slim Fast machen wollte, wenn ich ihn aufgegessen hätte.

Bevor jetzt jemand denkt, ich hätte einfach essen sollen: Hatte ich dann auch. Abends. Als ich allein war. Da hatte ich mir nämlich noch einen Burger geholt.

Die Welt war unfair und fies. Ich musste ein Stück Törtchen nur ansehen und schon waren 5 Pfund mehr auf meinen Hüften drauf. Ms. Sunshine trank 20 Dollar teures Leitungswasser und redete sich damit ein, dass das ausreichen würde.

So zickig ich mich auch verhielt, es war der Neid, der das hier aus mir machte. Mein ganzes Leben lang kämpfte ich schon gegen meine Pfunde an. Wann würde das endlich aufhören?

Wenn du jemanden findest, der weiß, was er an dir hat?

Ich ignorierte meine innere Stimme. Immerhin erinnerte mich diese auch jedes Mal daran, dass noch Schokolade im Haus war.

Kapitel 3

Kate

Am nächsten Morgen fuhr ich gerade meinen PC hoch, als mein Handy klingelte.

Declan: *Bin bis nachmittags außer Haus. Wie wäre es, wenn wir uns heute Abend auf einen Film treffen? Ich brauche dringend mal einen Abend Gesellschaft?*

Das war eine tolle Idee. Ich grinste und simste ihm sofort zurück.

Ich: *Bin dabei!*
Declan: *Was soll ich mitbringen? Ich hab zu Hause noch ein paar TK-Pizzen.*

Angewidert runzelte ich die Stirn. TK-Pizzen schmeckten überhaupt nicht.
    Gerade als ich zurückschreiben wollte, bekam ich eine neue Nachricht.

Arschgeige: *Mailen Sie mir sofort die Akte aus Hongkong zu.*

Ich war gerade mal fünf Minuten im Büro und schon kamen die ersten Befehle.

Kurz darauf kam noch eine Nachricht von »Arschgeige« an, ich ignorierte sie aber und schrieb schnell Declan zurück.

»Morgen, Kate«, begrüßte mich George aus der Rechtsabteilung.

Ich sah kurz auf und schrieb weiter. Wenn ich eines als Sekretärin gut konnte, dann tippen. »Guten Morgen, George.«

Mein Handy klingelte wieder. Declan.

Declan: *Bräuchte die Antwort schnell, wenn ich noch was anderes besorgen soll …*

Die hatte ich doch gerade geschrieben.

Moment …

Mit einem dicken Kloß im Hals und verdammt schnellem Herzschlag öffnete ich den Chatverlauf mit »Arschgeige«.

Shit. Nicht nur, dass ich ihm aus Versehen die Antwort für Declan geschickt hatte, es ging um das Wie.

Ich: *Ich will keine aus der TK. Sie muss Fetisch sein!!!* :-)

»Oh großer Gott«, murmelte ich geschockt.

Dieses verdammte T9-System hatte aus »frisch« das Wort »Fetisch« gemacht. Und das hatte ich ausgerechnet meinem Boss geschickt. Meinem Boss!

Bisher hatte er nicht geantwortet. Die Nachricht war angekommen. An den falschen Empfänger, aber sie war angekommen!

»Okay, ruhig bleiben. Noch hast du Zeit. Er kommt nicht vor neun ins Büro und …« Mein Blick schoss zur Uhr auf dem Monitor. 8:58.

Scheiße! Ich hatte also noch genau zwei Minuten, bis ich meinem Boss in die Augen schauen musste, der jetzt dachte, dass ich einen verdammten Pizza-Fetisch hatte.

»Okay, zwei Minuten. Das bekommen wir hin! Zwei Minuten sind lang genug«, redete ich mir ein, griff mir meine Tasche und erstarrte, als der Lift ein »Pling« von sich gab.

Seit wann waren zwei Minuten lang genug? Jeder, der mal zwei Minuten im Bett mit einem Kerl verbracht hatte und danach direkt »Happy End« drunterkritzeln musste, fand zwei Minuten alles andere als lang!

Und dann öffneten sich die Türen und ich senkte den Kopf, um … keine Ahnung, nicht hinsehen zu müssen.

Ich räusperte mich mehrmals, ließ meine Handtasche zu Boden gleiten und tippte irgendeinen Scheiß auf der Tastatur, um beschäftigt zu wirken.

»Haben Sie mir die Mail geschickt?«

Er stand direkt an meinem Tisch. Scheiße.

Ich sah nicht auf. »Erledige ich gleich.«

»Gut, bringen Sie mir einen Kaffee und eine Flasche Wasser.«

So langsam zweifelte ich daran, dass ihn irgendetwas auf diesem Planeten aufregen könnte. Vielleicht hatte er aber auch verstanden, dass das ein Schreibfehler gewesen war.

»*Vichy*?«, fragte ich noch, so höflich wie möglich, nach.

»Um Gottes willen, mir ist total egal, woher das Wasser kommt! Und tun Sie nicht so, als würden Sie Jessica nicht jedes Mal Leitungswasser unterjubeln, wenn sie das Zeug ordert.«

Jetzt sah ich doch auf und bemühte mich um einen irritierten Blick. Reed stand direkt vor meinem Schreibtisch und sah mich undurchdringlich an.

»Ich weiß nicht, wovon Sie sprechen.«

Tatsächlich kräuselte sich sein Mundwinkel etwas. Es könnte der Ansatz eines Lächelns sein. Es könnte … Ich würde es aber nicht wagen, mehr darin zu sehen.

Mein PC gab ein sehr beunruhigendes Geräusch von sich. Schnell ließ ich die Tasten los, die ich anscheinend zu lang gedrückt hatte.

Mist!

Reeds Blick glitt kurz zum Monitor. Er konnte nicht sehen, was ich da tat. Der Winkel stimmte für ihn nicht.

Irgendetwas stimmte heute nicht. Sie wirkte nervös. Und wenn eines Kate Walsh nicht nervös machte, dann ich. Das hatte ich schnell verstanden.

»Ist das alles oder brauchen Sie noch etwas?«

Kates Frage klang zittrig und sie sah mir wie so oft nicht in die Augen.

Ich wollte sie gerade fragen, was ihr Problem war, als sich ihre Augen plötzlich weiteten und sie hinter mich sah.

»Dad?«, fragte sie schockiert.

»Na, konnte ich dich überraschen?«

Auch ich schaute mich um. Ein groß gewachsener Mann mittleren Alters stand hinter mir und lächelte sie an.

Kate stand auf, umrundete ihren Schreibtisch und umarmte ihn herzlich.

Na, sieh mal einer an. Sie kann auch anders.

»Was machst du hier, Dad?«

Es klang nicht nach einem Vorwurf. Sie war nur überrascht.

»Ich wollte einfach sehen, ob es dir gut geht. Nach unserem Telefonat …«

Kate räusperte sich. Vermutlich, weil ich noch immer hier stand. Warum war ich eigentlich noch hier?

Da sah ihr Vater auch schon zu mir. »Oh, ist er das?«

Interessant. Ich hob die Augenbrauen und sah zu Kate.

Sie murmelte etwas wie »Heute ist nicht mein Tag« und räusperte sich, bevor sie sagte: »Dad, das ist mein Boss. Mr. Reed Jacobs.«

Immer, wenn sie meinen Namen sagte, klang das in meinen Ohren nicht ernst gemeint. Als müsste sie sich jedes Mal überwinden, professionell zu sein. Und das war sie. Professionell. Gegenüber den Kunden war sie engagiert und zuvorkommend. Sie arbeitete schnell, effizient und fehlerfrei. Im Laufe der zwei Jahre hatte sie mir mehr als einmal bewiesen, dass mein Vater gute Gründe gehabt hatte, sie behalten zu wollen.

»Freut mich, Sie kennenzulernen, Mr. Jacobs. Ich bin Daniel Walsh.«

Er reichte mir die Hand, die ich kurz schüttelte. Ein fester Händedruck. Wie ich erwartet hatte.

»Freut mich ebenso.«

»Ja, also … Ich muss arbeiten, Dad. Und …«

»Das macht nichts. Wollen wir später zusammen mittagessen? Wenn ich schon mal in der Stadt bin, wollte ich die Zeit mit dir nutzen.«

»Ich verabschiede mich. Mr. Walsh«, sagte ich schnell und nickte den beiden zu. Dann ging ich in mein Büro.

Ich öffnete meinen Laptop, zog mein Jackett aus und holte mein Handy hervor. Als ich es auf den

Schreibtisch legte, zeigte es mir eine noch ungelesene SMS an. Ich hatte heute Morgen nur zwei Anrufe getätigt und Kate eine Nachricht geschrieben. Normalerweise antwortete sie nicht, deswegen war die Nachricht wohl von jemand and…

Als ich die SMS öffnete, runzelte ich die Stirn.

Kate Walsh: *Ich will keine aus der TK. Sie muss Fetisch sein!!!* :-)

Hatte ich erwähnt, dass Kate Walsh professionell war? Ja? Gut, sie war aber auch eine ziemlich tollpatschige Frau. Wenn sie nicht mindestens einmal die Woche irgendeines ihrer Kleidungsstücke mit irgendwelchen Saucen oder Kaffee beschmierte, dann stolperte sie oder fiel in irgendeinen Kollegen hinein. Mit absoluter Sicherheit war diese SMS nicht für mich bestimmt gewesen. Für mich ergab der Text nicht mal einen Sinn.

Ich grübelte noch über die Bedeutung, als die Tür aufgerissen wurde.

Die ersten zwei, drei Monate hatte ich diesen Einbruch in meine Privatsphäre noch kommentiert. Mittlerweile registrierte ich das kaum noch. Generell regte mich nicht mehr viel auf, wenn es um Kate ging.

»Ihr Kaffee und das … Wasser«, verkündete sie und stellte beides samt Tablett auf meinem Tisch ab.

Die Betonung entging mir nicht. Sie wollte mich

ständig reizen. Gelang ihr das? Nein. Eher im Gegenteil. Ich fand das ziemlich amüsant.

Jessica und ihr Gesundheitsfaible waren nur noch nervig. Immer wenn sie genüsslich aufseufzte, wenn Kate ihr das angebliche *Vichy*-Wasser gebracht hatte, war das köstlich mit anzusehen.

»Brauchen Sie noch etwas?«

»Ja. Ich bräuchte Hilfe bei etwas, das ich nicht ganz verstehe. Was bedeutet TK?«, fragte ich ruhig. »Wie ich Ihrer SMS entnehme, ist es irgendein Fetisch.«

Kate öffnete den Mund und schloss ihn ganz schnell wieder.

Heute trug sie einen dunkelblauen Hosenanzug. Ihr Haar war hochgesteckt, das Make-up wie immer in den letzten Jahren dezent. Sie besaß Rundungen. Mehr als üblich. Aber es passte zu ihrem herzförmigen Gesicht.

»Die SMS war nicht für Sie bestimmt, ich …«

»Na gut, dann erzählen Sie mal, welcher Mann sich auf diese TK-Nummer freuen darf.« Ich verschränkte mit unbewegter Miene die Hände und legte sie in den Schoß.

Kate wirkte sprachlos. »Das ist Quatsch. Declan und ich wollten nur …«

Declan? Der Name sagte mir etwas. Ach so. Der kleine Makler.

»Sie wissen, dass unter den Mitarbeitern keine sexuelle Beziehung gestattet ist, Ms. Walsh?«

Kate blinzelte ein paarmal. »Sie veraschen mich doch, oder?«, sprudelte es dann aus ihr heraus.

Ah! Da ist sie also wieder.

»Sie wissen doch, was in Ihrem Arbeitsvertrag steht, oder? Sie mögen eine unkündbare Klausel drinstehen haben, aber dennoch müssen Sie sich an gewisse ...«

»Declan und ich werden ganz bestimmt nichts miteinander ...« Sie wedelte auffällig mit den Händen herum, als wüsste sie nicht weiter. »Das ist doch absolut lächerlich! Es ging um Pizza. Unschuldiger, mit drei Schichten Käse bedeckter Teig. Mehr nicht! Meine Autokorrektur hat aus »frisch« eben ... Das ist wirklich unglaublich! Erst soll ich mit Ihrem Dad ins Bett gesprungen sein, jetzt trifft es den unschuldigen Declan!«

Ich runzelte die Stirn. Sie dachte immer noch darüber nach, was ich ihr damals vorgeworfen hatte? Das war zwei Jahre her und ein Fehler meinerseits. Aber was sollte man sonst denken, wenn eine kleine Sekretärin plötzlich mit so einer Klausel beschenkt wurde? Mein Vater hatte eine Affäre nach der anderen. Er hatte eine Ehefrau nach der anderen. Und was meinte sie eigentlich mit der Beschreibung »unschuldiger Declan«?

»Gibt es sonst noch etwas, Mr. Jacobs?«

Die Frage holte mich wieder in mein Büro zurück.

»Nein. Schicken Sie mir einfach diese verdammte E-Mail.«

Sie nickte und stolzierte davon. Dennoch blieb sie kurz vor der Tür noch mal stehen.

»Und nur für's Protokoll: Selbst wenn ich eine

Pizzaorgie samt schneller Nummer abziehen würde, würde Sie das verdammt noch mal nichts angehen!«

Dann marschierte sie aus meinem Büro.

Ich schmunzelte.

Als ich von dem Tod meines Vaters erfahren hatte, war ich zwar nicht erleichtert, aber auch nicht tieftraurig gewesen. Dazu kannte ich ihn zu wenig. Dazu war er zu wenig mein Vater gewesen. Trotzdem hatte ich darauf gewartet, endlich zum Zug zu kommen und die Firma zu übernehmen.

Und ich hatte gehofft, diese kleine Sekretärin loszuwerden. Ein halbes Jahr lang hatten meine Anwälte versucht, sie aus dem Vertrag zu bekommen. Leider war das ohne fiese Tricks nicht möglich gewesen und damals hatten wir keinen Skandal und keine größere Gerichtsverhandlung gebrauchen können. Mittlerweile war mir klar, was ich an ihr hatte. Die Kunden liebten sie, die Mitarbeiter liebten sie, ich … brauchte sie. Ohne sie lief der Laden nicht.

»Mr. Jacobs«, ertönte ihre Stimme durch die Freisprechanlage.

»Ja?«

»Mr. Smith aus Los Angeles rief gerade an.«

Ich verdrehte die Augen. Nicht dieser Snob.

»Ich habe ihm zu verstehen gegeben, dass Sie auf Geschäftsreise und nicht zu sprechen sind. Ist das in Ihrem Sinne gewesen?«

Auch wenn sie eigenverantwortlich entschieden hatte,

hatte sie mir geholfen. Sie wusste es. Ich wusste es. Deswegen konnte ich mein Schmunzeln kaum zurückhalten.

»In Ordnung«, antwortete ich.

Kapitel 4

Kate

Mit Dad Mittag zu essen, war die erste entspannte Sache an diesem Tag. Er kannte mich, hatte mit mir die schlimmsten Dinge durchgemacht und zeitgleich hatten wir bereits unzählige wunderschöne Sachen zusammen erlebt.

Wir trafen uns bei einem kleinen Italiener in der Innenstadt mit unwiderstehlich guter Pasta. Er zählte Kohlenhydrate ebenso wenig wie ich.

Da das Wetter schön mild war, setzten wir uns draußen auf die Terrasse. Das Restaurant befand sich in einer kleinen Seitenstraße, sodass genug Platz und wenig Trubel vorzufinden waren.

»Pasta Primavera?«, fragte er, ohne von der Karte aufzusehen. Das war unser »Ding«. Jedes Mal lasen wir die Gerichte laut vor, um uns schneller zu entscheiden. Und jedes Mal brauchten wir doppelt so viel Zeit. Aber der Schein sollte siegen. Wir taten es jedes Mal.

»Ne«, antwortete ich. »Spinat Fettucini?«

»Möglich«, sagte er unsicher. »Ah. Linguine alla marinara.«

Ich stöhnte auf. »Dad, es ändert nichts am Gericht, wenn du es auf Italienisch aussprichst.«

»Ja und? Die anderen Gerichte …«

»Hast du aber nicht im Freizeitpark gegessen und danach eine Woche im Krankenhaus verbracht, weil die Muscheln alt und verdorben waren. Dass du überhaupt noch über Meeresfrüchte nachdenken kannst, macht mir Angst.«

Wie immer zuckte Dad so beiläufig mit der Schulter, als hätte er nicht drei ganze Tage erbrochen und vier weitere am Tropf gehangen.

Der Kellner kam und fragte nach unserer Bestellung.

»Pasta in Tomatensoße bitte, und ein Wasser«, bestellte ich.

»Spaghetti alla vongole und ein Bier«, sagte Dad und grinste breit, als der Kellner ging.

Ich verdrehte die Augen. »Venusmuscheln machen es nicht besser, Dad.«

»Ich bin nicht nachtragend«, behauptete er.

»Aber ich bin das, oder wie?«

Er hob beschwichtigend die Hände. »Das sagst du!«

»Ja, und ich frage dich. Wann war ich jemals nachtragend?«

»Deine Schulaufführung in der 7. Klasse?«

Ich verdrehte die Augen. »Da hat Nancy Chockwid mir die Rolle nur weggeschnappt, weil sie …«

»Du bist also nicht nachtragend, ja?«

Wütend verschränkte ich die Arme vor der Brust. *Ich und nachtragend. Pah!*

»Und dein Boss, dieser Mr. Jacobs?«

»Was ist mit ihm?«, fragte ich tonlos, obwohl es ganz anders in mir aussah. Warum musste er jetzt ausgerechnet ihn ansprechen?

»Er scheint nett zu sein.«

»Nett? Dad, du hast ihn eine Minute lang gesehen.«

»Ein Mann, der sich die Zeit nimmt, den Vater seiner persönlichen Assistentin zu begrüßen, ist kein …«

»Warum betonst du das Wort »persönlich« so?«

»Wie denn?«, fragte er verwirrt. Mann, er hatte aber auch ein Pokerface.

»Na *so* eben!«

»Ah.« Er dehnte dieses Wort auch noch, wenn man es laut Duden überhaupt Wort nennen konnte.

Der Kellner stellte mir mein Wasser hin und Dad sein Bier.

»Wie sieht es an der Männerfront aus?«

Fast verschluckte ich mich am Wasser.

»Dad, ehrlich … Was erwartest du jetzt für eine Antwort? Ja, da gibt es ein paar Stecher, die dienstags, mittwochs und freitags vorbeischauen?«

»Was ist mit den anderen Tagen?«, fragte er neugierig nach.

Dieser Mann machte mich fertig.

»Da laufen *Game of Thrones* und *Grey's Anatomy*. Was weiß ich! Hörst du mir überhaupt richtig zu?«

»Ich werde darüber lachen, wenn du endlich mal glücklich bist.«

»Ich bin …«

Er hob warnend den Finger. »Lüg deinen alten Herrn nicht an, mein Schatz. Die Arbeit ist nicht alles. Glaub mir, ich habe es versucht.«

Ja, Dad hatte nach Moms Tod so viel gearbeitet, dass er fast vergessen hatte, wie es war, ohne Arbeit zu leben. Bis er begriffen hatte, dass er mich noch hatte.

»Es ist nicht so einfach, jemanden kennenzulernen«, erklärte ich mit ruhiger Stimme und trank mein Wasser.

»Schon mal Tinder probiert?«

Dieses Mal verschluckte ich mich wirklich.

»Woher kennst du denn Tinder?«

Dad zuckte wieder mit der Schulter. »Ich bin noch nicht unter der Erde.«

Ich ignorierte diese Antwort.

»Das Internet ist nichts für mich. Ich muss … keine Ahnung, es ist einfach nichts für mich.«

Am besten erzählte ich Dad nichts von meinen neuesten Erfahrungen damit.

Es war ja auch nicht so, als hätte ich es nicht davor schon versucht. Aber zwei Dates später hatte ich begriffen, dass ich weder auf SM stand, noch gern angepinkelt werden wollte. Noch heute bekam ich eine Gänsehaut, wenn ich an diese zwei Typen zurückdachte.

»Nun gut. Das Internet suggeriert auch zu oft ein falsches Bild. Letztens habe ich mit einer Frau gechattet, die tatsächlich Ähnlichkeit mit Angelina Jolie hatte.«

Ich runzelte die Stirn, weil diese Unterhaltung in eine völlig falsche Richtung ging. Aber er hatte trotzdem meine Neugier geweckt.

»Und dann stellte sich was heraus?«

Wieder zuckte er mit der Schulter, als wäre es nicht komisch, dass ich das erste Mal mit Dad über … na ja, das Dating redete.

»Dass das Profilbild wirklich Angelina Jolie war und die Frau dahinter nicht. Sie trainierte gerade für die amerikanische Bodybuildermeisterschaft.«

Skurril. Absolut skurril.

»Ich sage dir, was solche Frauen alles essen können … Unfassbar. Aber sie ist intelligent. Ab und an schreiben wir uns noch.«

Wie ein Papagei nickte ich, weil ich absolut nicht wusste, wie ich sonst reagieren sollte. Nur meinem Dad konnte es total egal sein, wie ein Mensch sich benahm oder aussah. Er war dennoch freundlich und absolut liebenswert.

»Jetzt zurück zu dir. Wie sollte der Mann deiner Träume denn aussehen?«

»Du willst mir doch nicht wieder irgendein Date aufs Auge drücken, oder? Ich erinnere dich an Bobby Tables«, warnte ich ihn.

»Ach was. Mir ist klar, dass der Nachbarsjunge wirklich nicht dein Geschmack war.«

»Er ist schwul, Dad.«

»Er ist … was?«, fragte er überrascht.

»Er ist vor einem halben Jahr mit seinem Freund zusammengezogen. Sie heiraten im Herbst.«

»Nein!«

»Oh doch!«

»Nun …« Er nahm einen kräftigen Schluck von seinem Bier. »Dein Zukünftiger sollte also nicht schwul sein. Verstanden.«

Ich grinste.

»Wie sollte er denn sonst sein? Keine Angst, ich will dir keinen Mann vor die Tür stellen und hoffen, dass du ihn mögen könntest. Wobei das vielleicht …« Er bemerkte meinen genervten Gesichtsausdruck. »Das war ein Scherz, Kate! Aber vielleicht hilft es dir ja, wenn du dir vor Augen führst, was für einen Typ Mann du gern kennenlernen würdest.«

Auch wenn sein Vorschlag absurd klang, könnte es vielleicht helfen.

»Er sollte größer sein als ich.«

Dad nickte ernst und hörte mir konzentriert zu. Das half mir, etwas lockerer an die Sache zu gehen.

»Und einen Job haben.«

Dad nickte, weil er meinen letzten Ex-Freund genauso wenig gemocht hatte wie ich zum Schluss.

»Keine Ahnung, er soll mich einfach sehen, verstehst

du. Wenn er mich ansieht, möchte ich keine Missgunst sehen, keine Wut, keine Enttäuschung, dass ich es bin. Ich will … ich will diesen Zauber, den du und Mom immer hattet, wenn ihr euch angesehen habt.«

Dads mitfühlendes Lächeln glitt mir bis tief in die Knochen.

»Auf keinen Fall soll er ein Anzugträger oder so etwas sein. Arroganz oder Überheblichkeit brauche ich auch nicht«, redete ich weiter drauflos und spielte mit der Tischdecke herum. »Oberflächlichkeit kann ich genauso wenig gebrauchen.«

»Oh, mein Schatz.«

Ich sah auf und begegnete Dads Grinsen. Was hatte das denn jetzt zu bedeuten?

»Du wirst es noch merken …«

Der Satz blieb in der Luft hängen, weil der Kellner gerade mit unserem bestellten Essen kam.

»Das sieht ja umwerfend aus!«, erklärte Dad und lächelte mich an.

Reed

Es war mitten in der Nacht, als ich durch irgendetwas geweckt wurde. Ich öffnete die Augen und fand ein nasses Handtuch auf meinem nackten Oberkörper.

Was zur Hölle?

»Ah, ist der miese Betrüger also auch schon wach?«

Ich griff nach dem nassen Handtuch und warf es zu Boden. Irritiert rieb ich mir die Augen, als das Licht anging. Jessica war aus dem Bett gestiegen und zog sich gerade wieder ihre Klamotten an.

Was war jetzt schon wieder ihr Problem? Im Grunde kratzte es mich nicht. Ich war müde und wollte einfach nur …

Ich hatte mich kaum umgedreht, da warf sie das verdammte Handtuch wieder auf mich drauf.

»Verflucht! Was soll das?«

»Was das soll? Du mieses Schwein betrügst mich!«, keifte sie wie eine Furie mitten in der Nacht herum.

Seufzend schüttelte ich den Kopf. »Glaubst du allen Ernstes, ich hätte neben dir noch Zeit und Geduld für eine weitere Frau? Nein, danke. Du gibst schon genug Geld für zwei aus«, erklärte ich ihr sachlich und drückte mein Gesicht wieder in das Kissen.

»Wie bitte? Bin ich für dich nur ein Gegenstand? Den man ganz schnell wieder austauschen kann?«

Sie hatte den Nagel auf den Kopf getroffen.

Als ich nicht reagierte, wurde sie wie so oft noch unbequemer.

»Ich gehe, Reed. Und glaube mir, wenn ich verschwinde, dann wirst du es bereuen!«

Ich brauchte genau fünf Sekunden, um aus dem Bett zu kommen und sie an der Tür festzunageln.

»Du drohst mir?«

Panik ging von ihr aus. Aus jeder Pore roch sie danach.

»Reed, ich … Du hast ihren Namen gesagt!«

»Namen? Wovon sprichst du?«

Jessica sah zu Boden. »*Kate* hast du geflüstert. Mehrmals. Im Schlaf! Und ich weiß, dass du damit deine Assistentin meinst. Ich sehe doch ihre Blicke!«

»Unsinn.« Ich erinnerte mich nicht daran, ihren Vornamen jemals ausgesprochen zu haben.

»Du hast es gesagt. Ich bin doch nicht taub. Erst vögelst du mich und dann flüsterst du ihren Namen im Schlaf? Willst du mich eigentlich verarschen? Sie ist eine fette Kuh, die nicht weiß, wo ihr Platz ist und ich bin …«

»Vorsicht!«, warnte ich sie und ließ von ihr ab. »Sie ist meine Assistentin.«

»Und ich bin deine Freundin!«

»Die warst du mal. Und jetzt raus hier!«

Der Schock über meinen Entschluss stand ihr ins Gesicht geschrieben.

Was hatte sie denn bitte erwartet? Dass ich dieses Theater mitten in der Nacht einfach mit mir machen ließ? Nein. Das hier war ganz und gar nicht normal.

»Du trennst dich von mir, anstatt ihr den Laufpass zu geben?«, fragte sie ungläubig.

Ich verdrehte die Augen, weil das um zwei Uhr am Morgen echt nicht sein musste.

»Du liebst sie!«

»Ich liebe niemanden, verstanden?!«

Die Wahrheit auszusprechen, fühlte sich nicht falsch an. Denn versprochen hatte ich Jessica nichts. Vielleicht ein wenig Spaß und mein Geld. Mehr auch nicht. Sie machte diese einfache Sache so kompliziert.

»Das wirst du bereuen! Du und deine fette Schlampe!«

Ich ignorierte ihre Tränen, denn die waren nur da, weil sie wütend und gekränkt war. Nicht aus Liebe. Dann ging sie.

Ich wartete, bis ich die Haustür hörte, dann schlüpfte ich wieder in mein Bett. Aber statt direkt einzuschlafen, lag ich noch einige Zeit wach.

Kate

»Bitte wiederhole das noch mal. Und mit etwas mehr Panik in der Stimme«, forderte Tiff und grinste mir über Facetime zu.

Vor genau zwei Jahren hatte Tiff José kennengelernt. Acht Wochen später war sie schwanger, sechs Monate später verheiratet und lebte jetzt auf Kuba. Es war hart gewesen, als sie wegzog. Aber ich verstand es. Sie gründete eine Familie und wollte bei ihr sein. Da verlor die beste Freundin um Längen. Mittlerweile quatschten wir, so oft es ging, über Videochats.

Ich hatte das Handy direkt an den PC-Monitor gestellt und arbeitete nebenher.

»Nein. Ich wiederhole es ganz sicher nicht«, antwortete ich so stolz wie möglich.

»Ach, komm schon!«

»Nein!«

»Ist es so schwer, zuzugeben, dass du deinem Boss in einer SMS deinen TK-Fetisch gestanden hast? Ich schwöre dir, hätte ich das live mitbekommen, ich hätte ihm noch erklärt, dass ich gern …«

»Oh ja, du hältst dich nie zurück, wenn es um ihn geht. Aber du irrst dich. Live war das gar nicht witzig. Erinnere mich daran, dass ich dir nichts mehr erzähle«, murrte ich.

»Wem sollst du es sonst erzählen? Deinem Dad?«

»Ha, ha.«

Das Mittagessen gestern hätte mich eigentlich ablenken sollen, aber ständig dachte ich nur daran, dass ich Reed diese SMS geschickt hatte. Verflucht. Jedes Mal gab ich mein Bestes, und dann passierte mir so etwas. Dads Fragen bezüglich meines Liebeslebens waren auch nicht hilfreich.

»Ich hätte mit Declan drüber quatschen können. Ich hab sogar das Treffen gestern mit ihm abgesagt, weil ich nicht drüber hinwegkam, dass ich ...«

Das Pling des Fahrstuhls ertönte und ich sah instinktiv auf. Reed kam ins Büro und trank einen Schluck aus einer Wasserflasche.

»Declan? Wieso solltest du ...«

»Er joggt«, unterbrach ich sie.

»Was?«

Reed trug Sportklamotten. Jogginghose und ein schweißnasses T-Shirt. Der Mr. Coca-Cola-Typ aus dem 18-Uhr-Werbespot konnte ab sofort einpacken.

Reed schenkte mir einen kurzen und bedeutungslosen Blick, dann lief er zu seinem Büro.

»Kate? Was ist denn?«

Da Reed es nicht sehen konnte und Tiff nicht aufhören würde, drehte ich mein Handy so, dass sie noch seinen Rücken sehen konnte.

»Oh. Hallooo!«

»Gott, Tiff! Kannst du einmal nicht an Sex

denken?«, fragte ich und drehte das Handy wieder zu mir. Dabei ignorierte ich meine eigenen Gedanken über ihn. *Ich weiß, scheinheilig.*

»Nein, Süße, denn eine von uns beiden muss auch an dich denken, wenn du es nicht tust.«

Ich verdrehte die Augen. »Ich rede davon, dass er nur joggt, wenn …«

»Wenn er sich wieder von seiner Flamme getrennt hat«, schlussfolgerte sie richtig. Dann klatschte sie in die Hände. »Na endlich! Wie lange war er jetzt mit der Bohnenstange zusammen?«

Zu lang.

»Fünf Monate.«

»Es war längst überfällig. Und jetzt geh rein und frag ihn, ob er vielleicht Hilfe braucht beim Umziehen.«

»Tiff!«

»Was? Männer lieben die Ablenkung und …«

»Natürlich gehe ich gleich rein und stürze mich auf meinen Boss, um ihn von einem Supermodel abzulenken. Ja, Tiff. Man merkt, dass du da unten genug Sonne bekommst!«

Neidisch betrachtete ich den Strand in ihrem Hintergrund. Sie saß jedes Mal auf ihrer Terrasse, wenn wir miteinander sprachen. Manchmal hasste ich sie ein bisschen dafür, und sie liebte es, wenn ich so fühlte. Tiff war eben Tiff.

»Und du solltest mal mehr von der Sonne

abbekommen! Rede dich nicht immer klein, Kate. Du bist hübsch und selbst ein Reed Jacobs wird das irgendwann …«

»Oh Gott. Selbst wenn er es irgendwann *bemerken* würde, wären da noch zwei Dinge, die nicht zusammenpassen.«

»Welche?«, fragte sie neugierig nach.

»Er ist mein Boss und ich kann ihn nicht ab!«

»Und? Hassliebe kann auch ziemlich heiß sein.«

»Okay, ich höre mir diesen Unsinn nicht mehr an. Reicht mir schon, dass ich mich am Wochenende mit einem mürrischen Reed Jacobs auseinandersetzen muss, aber auch noch einer, der frisch getrennt ist?«

»Ach ja, der Firmenausflug.«

»Ganz genau. Ich meld mich später.«

»Okay, aber zieh deinen Lippenstift nach, wenn du zu ihm gehst!«

»Ich trage gar keinen!«

Tiff zog die Augenbraue in die Höhe. Der Blick sagte alles.

»Jaja, schon klar«, murmelte ich und legte auf.

Ich wartete zehn Minuten. Dann wäre Reed bestimmt schon angezogen, oder? Er hatte sich damals versteckt hinter Regalen ein Badezimmer einbauen lassen. Wenn er dann mal direkt vom Joggen kam, zog er sich dort um. Nach zwei Jahren und unzähligen Kurzzeit-Freundinnen kannte ich die ersten Anzeichen, wenn Reed wieder solo durch die Weltgeschichte lief. Und wenn er nicht mal Zeit fand, sich morgens zu Hause umzuziehen, weil er so lang laufen musste, dann wusste ich Bescheid. Tiff und ich hatten es in den letzten zwei Jahren oft erlebt.

Ich ließ mir noch einmal fünf Minuten Zeit, dann griff ich mir die Akten und ging zu seinem Büro.

Was täte ich nur dafür, jetzt anklopfen zu können. Aber das wäre verdächtig, weil ich es nie machte. Also drückte ich die Türklinke runter und trat ein.

Reed knöpfte gerade sein Hemd zu. Mist!

»Oh, störe ich?«

Er schmunzelte. Moment, was tat er?

Ich blinzelte mehrmals, weil ich nicht ganz wusste, was das sollte. Ich sah mich um. Vielleicht war es das falsche Büro? Befand ich mich überhaupt in der richtigen Firma?

»Selbst wenn Sie es täten, würde es nichts bringen, Ihnen das zu sagen«, erklärte er amüsiert. Amüsiert! Unglaublich.

Vielleicht hatte ich die Zeichen völlig falsch gedeutet? Womöglich hatten die Extra-Jogging-Touren nichts mit seinen Freundinnen zu tun?

»Was kann ich für Sie tun?«, fragte er mit ruhiger, fast netter Stimme und schloss den letzten Knopf.

Okay. Alles klar. Er stand unter Drogen. Das Joggen war ein Vorwand, um sich im nächsten Park kleine bunte Pillen zu besorgen. Was sollte es sonst sein? Die

Twilight-Zone käme noch infrage. Aber das war eher unwahrscheinlich, oder?

»Ms. Walsh?«

Irgendwie hatte er es geschafft, sich mir direkt gegenüberzustellen. Er war einen ganzen Kopf größer als ich und ich musste hochschauen, um in seine Augen zu sehen. Blaue Augen. Für mich waren sie immer kristallblau, so als würde ein See darin schimmern. Ein See mit eiskaltem Wasser, das dir Gänsehaut bescheren würde, wenn du hineinfallen würdest.

Eine Strähne fiel ihm in die Stirn. Reeds Haar war wirklich toll anzusehen. Er legte Wert auf Pflege. Und dann erst dieses Gesicht. Kein Wunder, dass Ms. Sunshine plötzlich auf die Dunkelheit stand. Dazu noch sah er jetzt nicht mal ansatzweise danach aus, als hätte er Sport getrieben. Unfair. Wirklich unfair.

»Ähm …« Ich blickte auf die Akten in meiner Hand. Ach ja, die Akten … »Ich habe hier ein paar Papiere, die unterschrieben werden müssen.«

»Legen Sie sie auf den Schreibtisch, ich kümmere mich darum.«

Reed zog sein Jackett an, während ich tat, was er sagte.

»Und? Wie geht es Ms. Scott?«, fragte er so beiläufig nach Tiff, dass ich fast sämtliche Akten auf den Boden geworfen hätte. »Sie telefonieren doch jeden Mittwoch mit ihr, oder nicht?«

Reed sah nicht mal auf. Er setzte sich einfach und

griff nach der ersten Akte, während ich verdattert vor seinem Schreibtisch stand. Er wusste, wann wir telefonierten? Er wusste, wer Tiff war?

»Ähm … Entschuldigung, ich …« Eine Strähne hatte sich aus meinem Zopf gelöst. Schnell steckte ich sie mir hinters Ohr. »Sind Sie Mr. Jacobs' netter Zwillingsbruder? Das wäre toll, ansonsten müsste ich mich fragen, ob die Weltordnung gerade den Bach untergeht. Da mein Dad ein paar Wertpapiere besitzt, würde ich gern vorher Bescheid wissen.«

Wieder schmunzelte Reed, während er seinen Namen unter weitere Papiere setzte. »Machen Sie sich keine Sorgen. Auch morgen wird es wieder regnen.«

Ich runzelte die Stirn und nahm die ersten Akten entgegen.

»Ihr Vater scheint mich zu kennen.«

Ich schnaubte. »Er weiß das Nötigste.«

»Ah, natürlich.« Dann überreichte er mir die letzte Akte. Ich nahm sie stumm entgegen. »Es wundert mich nicht, dass Ihr Vater mich kurzzeitig angesehen hat, als wären Sie unter meiner Führung nicht sicher.«

»Kann schon sein.«

Keine Ahnung, warum er das *so* formulieren musste.

»Dann wird er sich freuen zu hören, dass wir das ganze Wochenende miteinander verbringen werden, oder?«

Verständnislos starrte ich ihn an.

»Der Firmenausflug.«

»Ach so. Ja. Genau. Der Firmenausflug.«

Wieder erschien dieses Schmunzeln auf seinem Gesicht. Erschreckend.

»Gut, wenn dann nichts mehr wäre …«

Ich schüttelte wie eine Verrückte den Kopf. Sicher fünf Sekunden lang.

Anmerkung: Länger als fünf Sekunden sahen verrückt aus. Zehn sprachen für Gründe, die man nicht ansprechen sollte, und mehr als zehn brachten einen langsam in die Klapse.

Als die Bürotür hinter mir zufiel, atmete ich erst einmal wieder vernünftig ein und aus.

Was zum Teufel war das?

Wer zum Teufel war das?

Kapitel 5

Kate

»Das ist der Wahnsinn!«, rief Declan und sah sich begeistert um.

Ich war auch zufrieden mit der Aussicht. Die Übernachtungshütten standen direkt am Lake Winnipesaukee, knapp 120 Meilen von Boston entfernt.

»Super!«, rief auch George.

Wir waren alle direkt nach der Arbeit angereist. Die Sonne ging langsam unter und die Luft hier draußen roch selbst nach Wasser.

»Okay, ich habe zwanzig Blockhütten gebucht«, rief ich allen zu, die langsam auf Declan und mich zukamen. Wir waren zusammen gefahren und als Letzte angekommen. »Diejenigen, die ein Doppelzimmer oder auch ein Dreibettzimmer gebucht haben, müssen sich an den rechten Hütten orientieren. Ich glaube, dass ihr es hinbekommt, euch die Zimmer gut aufzuteilen. Wenn nicht, tja …«

Erst als noch ein Auto vorfuhr, fiel mir auf, dass

noch einer fehlte. Es war Reeds *Maybach*. Dieses Mal schien er selbst zu fahren, zumindest erkannte ich keinen Fahrer, der nicht mal ein »Hallo« herausquetschen konnte, wenn man ihn begrüßte. Nicht, dass ich so etwas versucht hätte …

Unsere Blicke trafen sich direkt, als er ausgestiegen war.
»Ms. Walsh. Fahren Sie ruhig fort.«

Kühle Augen, kühler Ton. Ah, er war also wieder Mr. Eisklotz. Gut. Damit konnte ich umgehen.

»Wie gesagt, die rechten Hütten sind die Mehrbettzimmer, links befinden sich die Einzelzimmer. Ich hafte für kein blaues Auge, wenn ihr es nicht hinbekommt, die Zimmer ordentlich zu verteilen. Ab 20 Uhr startet unsere Party direkt am See. Also prügelt euch still und leise. Danke für eure Aufmerksamkeit, auch wenn Jean die Hand nicht da haben sollte, wo sie gerade ist. Ich sehe schon, John wird ziemlich viel Spaß haben.« Ich zwinkerte den beiden Maklern zu, die meisten lachten über meinen Witz und verstreuten sich dann mit ihrem Gepäck.

Reed blickte stirnrunzelnd zu der Masse an Mitarbeitern. Ich schüttelte den Kopf.

»Das war ein Witz! Zur Auflockerung. Schon mal davon gehört, Mr. Jacobs?«, fragte ich ihn viel zu nett, als dass die Worte ernst gemeint sein konnten. Dann lief ich an ihm vorbei zum Verwaltungsgebäude.

Es war ein kleines Holzhaus, das an die anderen angrenzte. Davor standen ein paar Ständer mit

Broschüren und an dem kleinen Schreibtisch darin saß eine ältere Dame.

»Hallo, wir sind …«

»Jaja. Die Gruppe aus der Stadt«, brummte sie ziemlich genervt.

Oha. Na, wenn das nicht mega sympathisch war! Sie sah nicht mal auf, als sie mir ein paar Broschüren hinwarf. Jepp, hinwarf.

»Ab 22 Uhr ist Schicht im Schacht. Es gibt keinen Kondomautomaten, also sollten Ihre Freunde sich etwas zurückhalten, wenn Sie in neun Monaten keine Überraschung erleben wollen.«

»Na ja, eine Überraschung wäre das ja dann nicht mehr so ganz, oder?« Ich grinste, aber die alte Dame sah nur ernst auf. Wenigstens etwas, nech?

»Also, Sie müssen sich keine Sorgen machen. Wir arbeiten alle nur zusammen. Das ist ein Firmenausflug, wissen Sie.«

Eigentlich müsste sie das wissen. Ich hatte während des E-Mails-Verkehrs immer wieder darauf hingewiesen. Ihr Namensschild verriet, dass sie mir immer geantwortet hatte: Mrs. Klein. Aber so, wie sie mich anstarrte, interessierte sie das nicht die Bohne.

»Wir werden keinen Unfug treiben. Versprochen.«

Die Tür wurde geöffnet und Reed kam herein. Vorhin hatte ich nicht wirklich darauf geachtet, weil mir seine Anwesenheit einfach zu viel wurde, aber er trug nur einen hellen Pullover und eine Stoffhose. Hola!

»Gibt es Probleme?«

»Nein«, antwortete ich, wie aus der Pistole geschossen.

Mrs. Klein stand auf und musterte Reed. Reed interessierte das keinen Deut, so lässig, wie er hier stand. Moment. Warum stand er eigentlich hier? Und war dabei lässig?

Ihr Blick glitt weiter über Reeds Körper, dann zog sie eine Augenbraue in die Höhe – zumindest vermutete ich, dass es eine war und keine ihrer unzähligen Falten –, bis sie mich anschaute. Ihr Blick sagte all das aus, was ich hoffte, nicht bei ihr zu sehen.

Und Sie sind sich sicher, dass ich mir keine Sorgen machen muss?

»Mein Name ist Reed Jacobs und ich …«

»Ich weiß, wer Sie sind«, unterbrach Mrs. Klein ihn und winkte ab. »Und es ist mir egal. Solange Sie meinen See sauber halten und keinen Unfug treiben, will ich es nicht wissen.«

»Damit können wir leben. Ich wollte noch fragen, wie es mit der Partylocation für heute Abend …«

»Partylocation?«, unterbrach sie auch mich.

»Ja, wir wollen gern den Abend mit ein paar Häppchen, guter Musik und netter Gesellschaft …« Dabei sah ich nur ganz kurz zu Reed, damit er merkte, dass ich ihn nicht in diese Aufzählung einschloss. Sein Schmunzeln überraschte mich, ich ließ es aber unkommentiert und blickte schnell wieder zu Mrs. Klein. »… ausklingen lassen. Am besten unten am Steg. Das Panorama sah wirklich wunderschön …«

»Auf keinen Fall!«

Mir blieben die Worte im Hals stecken. »Ähm ...«

»Wir werden uns sicher einig werden«, mischte sich dann auch noch Reed ein.

Na großartig! Jetzt wollte er meinen Job übernehmen.

»*Ich* werde mich mit Mrs. Klein einig, Mr. Jacobs.«

Die Worte kamen schneller raus, als ich drüber nachdenken konnte. Ich hatte keine Ahnung, wie ich sie überreden sollte. Reed sprach von Bestechungsgeldern, das war klar. Aber wovon sprach ich?

»Seien Sie nicht so stur, ich kümmere mich darum.«

Reed zog tatsächlich sein Scheckbuch heraus. Sein verdammtes Scheckbuch!

»Oh, na großartig! Hauptsache, Sie kommen mit Ihrem Scheckbuch daher. Mrs. Klein, könnten wir uns nicht vielleicht darauf einigen, dass wir uns um die Säuberung der Zimmern kümmern oder so etwas, damit wir ...«

»Sie können Ihre kleine Feier machen.«

Hatte ich mich verhört? Selbst Reed wirkte überrascht von ihrer 180-Grad-Wende.

»Sie sind damit einverstanden?«, fragte ich überrascht nach.

Mrs. Klein blickte lächelnd zwischen Reed und mir hin und her. »Ab zwei Uhr ist aber wirklich Ruhe. Sie kümmern sich darum, dass ich morgen früh nichts finde und dann ist das geklärt. Vielleicht haben Sie noch Lust, ein paar Flaschen Wasser aus unserer eigenen ...«

»Super!«, rief ich begeistert aus, bevor ich bemerkte, dass Reed ja noch neben mir stand und Mrs. Klein etwas sagen wollte. Reed roch gut.

Er quatschte noch von einem Danke und dass er sehr gern etwas Wasser mitnehmen würde, als mir ein großes Plakat an der Wand auffiel. Der See war darauf zu sehen.

Der See und seine magischen Kräfte stand daneben. Netter Werbeslogan.

»Danke, Mrs. Klein. Wir müssen dann auch mal los. Bis nachher.«

Eine Stunde später war ich verzweifelt. So verzweifelt, dass ich Tiff anrief und sie störte, während sie ihren anderthalbjährigen Sohn stillte. *Fragt mich nicht, warum sie den Kleinen noch stillt. Darauf reagiert sie etwas allergisch.*

»Also das rote Kleid ist zu sexy für einen Partyabend. Es sagt viel zu viel aus, und das möchtest du nicht, auch wenn ich es schon allein deswegen anziehen würde«, sagte Tiff nachdenklich.

Ich saß in Slip und BH auf meinem Bett und war mittlerweile so verzweifelt, dass ich am liebsten gar nicht mehr hinausgegangen wäre.

»Jeans und Bluse klingt nach ›Ich habe nichts anderes anzuziehen, also trage ich jetzt wieder mal 0815‹.«

Ich verdrehte die Augen. »Nett.«

»Du willst nicht 0815 sein! Das sind deine Kollegen, Kate. Du willst einen Effekt auf sie haben.«

»Ja, einen ›Ich bin verzweifelt und lass mich gerade von meiner Freundin über Facetime beraten, weil ich jetzt nicht zu meinem Notfallplan, der Jeans und Bluse greifen kann, da sie mir das Outfit mies geredet hat‹-Effekt.«

»Ich hab's! Du ziehst die transparente Bluse und ...«

»Die transparente Bluse ist zu Hause. Die habe ich während des St. Patrick's Days getragen!«

»Und?«

Ich massierte mir die Stirn. »Sorry, ich habe ganz vergessen, dass ein Firmenausflug gleichzustellen ist mit einem Besäufnis-Wochenende am St. Patrick's Day.«

Mir kam bei der Erinnerung fast das Guinness wieder hoch.

»Ja, gut. Ich weiß auch nicht weiter. Du hast dieses rote Fick-mich-Kleid mitgenommen. Das wäre aber zu krass, sagst du. Die transparente Bluse hast du aber auch vergessen. Was willst du sonst anziehen? Geh nackt. Da kann dir wenigstens keiner nachsagen, du hättest zu viel Gepäck mitgenommen.«

»Ha, ha.«

Ich wühlte in meinem Koffer herum. Irgendetwas musste doch da drin sein, das ich in der Eile gepackt hatte und ...

»Geht das?«, fragte ich und hielt weißen Stoff vor das Handy.

»Ah, das Sommerkleid vom letzten Jahr! Ja, das kannst du tragen, ohne direkt verzweifelt zu wirken.«

»Ich bin nicht verzweifelt!«

»Süße, wann hattest du dein letztes Date, das nicht im völligen Desaster beendet wurde?«

Die Frage traf mich nicht unvorbereitet. Das Schmatzen ihres Sohnes an Tiffs Brust machte mich noch langsam wahnsinnig.

»Die Männer, die ich treffe, passen einfach nicht und ich muss viel arbeiten.«

»Ja, und dafür würde ich dir gerne eins drüberziehen. Aber weißt du was? Das tue ich nicht. Weil du auch auf der Arbeit jemanden näher kennenlernen könntest, der dich nicht anpinkeln möchte.« Warum zum Teufel hatte ich ihr davon erzählt? »Wie wäre es mit …«

Es klopfte an der Tür.

»Kate? Bist du fertig?«, rief Declan von draußen.

»Ich brauch noch fünf Minuten!«, rief ich ihm zu und griff nach dem Handy. »Tiff, ich muss Schluss machen. Meld mich.« Dann drückte ich sie schnell weg, damit sie nicht weiter davon quatschte, wie nötig ich einen Kerl in meinem Leben brauchte. Als wüsste ich das selbst nicht.

Kapitel 6

Reed

Das Catering hatte gute Arbeit geleistet. Direkt am Steg standen Tische samt Stühlen, Laternen hingen an den Dächern der Häuser und eine große Musikanlage war hergeschafft worden.

Mein Plan war, mich kurz blicken zu lassen und dann auf mein Zimmer zu verschwinden, um noch etwas zu arbeiten. Wenn der Chef dabei war, konnte sich niemand so wirklich gehen lassen, aber genau deshalb waren sie hier. Gute Arbeit wurde nur von guten Mitarbeitern vollbracht. Und gut würden sie nicht werden, weil der Job hart und die Bezahlung mies war. Nein. Sie mussten belohnt werden.

Was hatte Gran immer gesagt?

Hunde müssen gefüttert werden. Leg ihnen eine Dose Hundefutter hin und sie fressen. Gib ihnen eine leckere Hammelkeule und sie sind glücklich.

Der Ausflug war eben diese Hammelkeule.

»Mr. Jacobs«, grüßte mich ein Mitarbeiter und ging dann schnell wieder an mir vorbei.

Er sah wie einer von den Anwälten aus. Normalerweise müsste ich wissen, ob er einer war. Da ich es nicht wusste, machte er keinen besonders guten Job.

»Jim Redding, Finanzabteilung«, ertönte es hinter mir.

Kate Walsh kam auf mich zu und ich musste mehrmals hinsehen, weil nur ihre Stimme sie sofort verriet.

Sie trug ein weißes Sommerkleid, das sich perfekt an ihren Körper schmiegte. Die Haare trug sie offen und hatte leichte Wellen hineingedreht. Keinen Schimmer, was die Frauen jedes Mal anstellen mussten, damit es so aussah. Aber Kate hatte es getan. Und es sah gut aus.

»Er ist erst ein paar Monate bei uns«, redete sie weiter drauflos, als hätte sie nicht mal ansatzweise einen Schimmer, wie gut sie aussah.

»Wer hat ihn eingestellt?«, fragte ich und nahm einen Schluck von meinem Gin Tonic. *Mist. Zu wenig Gin.*

Dabei wanderte mein Blick immer wieder ihren Körper entlang. Kate zeigte im Büro viel Bein, wenn sie Röcke trug. Aber Röcke sah ich tagtäglich. Dieses Kleid an Kate eben nicht.

»Woody Flown. Er ist …«

»Mein stellvertretender Finanzberater«, beendete ich ihre Erklärung, bevor sie wieder die genervte Lehrerin spielte.

Kate blickte mich überrascht an. Sie war stärker geschminkt als sonst und ihre Lippen waren purpurrot. Was zum Teufel hatte sie vor?

»Überrascht, dass ich überhaupt etwas über meine

Firma weiß?« Wieder trank ich, weil mein Hals gar nicht aufhören wollte, die Sahara zu spielen.

»Mein Dad sagt immer, dass ein Mann, der seine Finanzen nicht kennt, kein Mann ist. Also …« Sie zuckte unschuldig mit der Schulter und musterte mich, bis sie mir wieder in die Augen sah.

Dann ging sie, ohne sich zu verabschieden.

Ihre Rückenansicht war hübsch anzusehen und ihr Hintern unter diesem Kleid kaum zu erkennen. Das ließ die Option zu, darüber nachzudenken, ob mir gefallen würde, was sich darunter verbarg.

Das Handy in meiner Hosentasche vibrierte. Ich blickte nur kurz auf das Display und verdrehte die Augen. Jessica sollte endlich aufhören, mich anzurufen.

Mein Blick glitt wieder zu Kate, die sich mit einer Kollegin unterhielt.

Dann dachte ich an die Arbeit, die in meinem Zimmer auf mich wartete. Ich war lang genug hier gewesen, die Party konnte also ohne mich starten.

Die Diskussionen mit China dauerten mehrere Stunden. Das anschließende Durchsehen der Papiere dann noch mal eine zusätzlich. Schließlich fehlte nur noch ein Anruf auf meiner Liste.

Ich wartete auf das Freizeichen und dann klingelte es fünfmal bei ihr, während ich mein Jackett anzog. Im Anzug fühlte ich mich einfach wohler, wenn ich vielleicht noch hinausgehen würde.

»Reed«, ertönte die liebevolle Stimme meiner Granny.

»Wie geht's dir, Granny? Ich wollte einmal hören, wie …«

»Jaja. Ich atme noch. Darum geht's doch, oder?«

Natürlich war das ein Kontrollanruf, aber zugeben würde ich das nicht. Granny war unausstehlich, wenn man sie auf ihr Alter reduzierte. Aber da sie vor zwei Monaten einen leichten Schlaganfall hatte, würde ich die nächste Zeit nichts anderes machen, als sie zu nerven.

»Du weißt, dass ich mir nur Sorgen um dich mache, Granny.«

»Und du weißt, dass ich dich immer noch im Bowling schlage, also kann es nicht so schlecht um mich stehen.«

»Das letzte Mal war reines Glück«, entgegnete ich amüsiert.

Granny schnaubte. »Junge, du musst langsam lernen, dass zwischen Glück und Können ein himmelweiter Unterschied besteht.«

»Ach wirklich?« Ich wandte mich um und blickte in den Wandspiegel.

»Ja, zum Beispiel bei deiner letzten Trennung.«

Ich zuckte überrascht zusammen. Woher wusste sie denn davon?

»Du fragst dich bestimmt, woher ich das weiß.«

»Du wirst mir langsam unheimlich«, murmelte ich ins Handy.

Sie lachte. »Ach, Reed, mein Kleiner. Glaubst du, unsere Familie ist so lange eine der wichtigsten Größen in der Stadt, ohne zu wissen, wann irgendeine dreiste Ex-Göre versucht, der Presse eine erfundene Story zuzuspielen?«

Also hatte sie es wirklich versucht. Ich fuhr mir durchs Haar. »Ich kümmere mich darum.«

Sie schnaubte. »Sei froh, dass sie nicht mit Frank gesprochen hat, mein Junge. Du weißt, dass er nur darauf wartet, irgendetwas über uns in der Hand zu haben.«

Frank Gilbert war einer der Chefredakteure des *Boston Globe* und hasste die Reichen und Berühmten. Er wartete seit Langem darauf, dass wir Jacobs' einen Skandal hervorriefen.

»Sobald ich wieder in der Stadt bin, werde ich mit ihr reden.«

»Das wirst du nicht, mein Lieber! Sie sucht Aufmerksamkeit. Dieses dünne Püppchen denkt sonst noch, sie hätte Erfolg mit ihren dummen …«

»Soweit ich weiß, hast du sie nie kennengelernt, Granny?«

»Ich bitte dich, Reed. Du wirst ständig mit diesen Hungerhaken fotografiert. Mir ist schon klar, dass Verantwortung ein wenig Zerstreuung braucht. Ich habe auch nie etwas zu deinen Affären gesagt, aber …«

Ich schnaubte, weil wir beide wussten, wie wenig Wahrheit in ihrem letzten Satz steckte.

»Aber«, dehnte sie das Wort mit einer unterschwelligen Drohung, bloß nicht wieder irgendein Geräusch von mir zu geben. »So langsam solltest du wissen, dass du unter den Hungerhaken vermutlich nicht die Frau fürs Leben findest.«

»Granny …«

»Ja, ich weiß. Du arbeitest viel, dein Dad war ein mieser Dad. Aber du bist einsam, mein Junge.«

»Ich bin nicht …«

»Du bist doch heute auf deinem Firmenausflug, oder?«

»Ja, aber …«

»Und du telefonierst um elf Uhr abends mit deiner Großmutter, anstatt dich unter die Leute zu mischen.«

»Sie sind meine Angestellten!«, antwortete ich, als würde das alles erklären.

»Ach, und darunter befinden sich keine Menschen, mit denen man einen schönen Abend verbringen könnte? Und wehe, du kommst mir jetzt damit, dass irgendein Chinese mit seinem Sack Reis wichtiger ist.«

»Ich verkaufe Immobilien, Granny.«

»Ja, aber dieses Wochenende nicht!«

Ich verdrehte die Augen. »Vielleicht schau ich gleich noch mal bei der Party vorbei …«

»Party? Junge, leg endlich auf und verbringe Zeit mit Leuten, die nicht über 50 Jahre älter sind als du!«

Ich lachte. »Alles klar, Granny. Du weißt aber, dass ich gern mit dir rede.«

»Das weiß ich, mein Junge. Aber ich muss meine Pillen nehmen und du weißt, dass ich von denen direkt einschlafe. Es wird Zeit, dass ich und Clint Eastwood wieder zusammen ins Traumland …«

»Gott, Granny, das will ich nicht hören«, erwiderte ich angewidert. Sie lachte und ich fühlte mich wie ein stolzer Enkel, der für das Lächeln seiner Granny verantwortlich war.

Als wir aufgelegt hatten, hörte ich draußen ein paar Leute lachen.

Ich redete mir ein, dass ich da rausgehen wollte, um zu sehen, wer sich auf einer gesponserten Firmenparty volllaufen ließ.

Zwei Mitarbeiter aus der Rechtsabteilung nickten mir höflich zu, als ich aus dem Zimmer kam. Die Blockhütten erinnerten ein bisschen an ein Ferienlager. Die Zimmer hatten trotzdem Charme und einigen Komfort. Die Musik war inzwischen nicht mehr ganz so laut, Kate hielt sich also an die Vorschriften. Nichts anderes hatte ich erwartet.

Ich ging den mit Laternen beleuchteten Weg zum Ufer hinunter. Auf dem Steg entdeckte ich Kate, die mit einem Typen lachte. Er stand mit dem Rücken zu mir, sodass ich ihn nicht richtig erkennen konnte. Dazu unterhielt sich noch gut die Hälfte aller Mitarbeiter angeregt in der Nähe des Wassers und ließ es sich gutgehen. Selbst, als ich erschien.

»Mr. Jacobs, Sie haben noch Zeit gefunden, vorbeizuschauen?«

Eine kleine Rothaarige hatte mich angesprochen. Im Gegensatz zu Kate trug sie High Heels. Ich würde gern sagen, dass mich das beeindruckte, aber die Kleine trug einen so offenherzigen Ausschnitt zur Schau, dass klar war, worauf sie aus war. Hinter mir stand in einiger Entfernung ein Typ, der uns genaustens beobachtete. Jake Kennedy, einer der Immobilienmakler. So wie er schaute, war er an der Kleinen interessiert, die auffällig oft ihr Haar hinters Ohr steckte.

»Entschuldigung? Habe ich Sie eingestellt?«, fragte ich sie so höflich, wie es mir eben möglich war.

Die Enttäuschung darüber, dass ich augenscheinlich nicht wusste, wer sie war, war ihr sofort anzusehen.

»Ähm … ja.«

»Ach wirklich?«, fragte ich nach, aber mein Blick schoss wieder zu Kate, die weiterhin ihren Mund bewegte und mit dem Typen redete, den ich nicht erkannte.

»Rosemary Kroft. Ich bin die Sekretärin im unteren Stockwerk von Mr. …«

Kate klopfte dem Kerl lachend auf die Schulter.

»Hat mich gefreut, Rosemary«, sagte ich, ohne sie anzusehen, und ging Richtung Steg.

Was zum Teufel trieb Kate denn? Das hier war kein verdammtes Tinder-Date!

Als ich auf den Steg lief, bemerkte sie mich sofort und ihr Blick verfinsterte sich.

»Mr. Jacobs, was …«

Ach, auf einmal war ihre Miene wie festgefroren? Pah. Natürlich, was hätte ich auch anderes erwarten sollen?

»Die Party ist da drüben.«

Der Typ drehte sich um. Ah! Selbstverständlich war es Declan Matthews. Einer der Makler. Einer der Besten und Kates »guter« Freund. Was die zwei verband, wusste vermutlich keiner von beiden. Am Anfang dachte ich, sie würden es miteinander treiben. Aber Kate verhielt sich jedes Mal so defensiv, wenn er versuchte, ihr näherzukommen, dass ich diese These wieder verworfen hatte. Ein strahlendes Lächeln hier, ein strahlendes Lächeln dort, aber Kate war nie darauf eingegangen.

Anfangs hatte ich noch gehofft, sie würde die wichtigste Regel in der Firma brechen und mit einem anderen Mitarbeiter in die Kiste springen. Jetzt konnte ich es mir nicht mehr leisten, sie zu verlieren.

»Danke für die Information, Mr. Jacobs. Wir kommen dann, wenn wir es wollen«, antwortete sie provozierend.

»Geben Sie mir mal eben fünf Minuten mit meiner Assistentin, Mr. Matthews«, sagte ich, ohne sie aus den Augen zu lassen.

Declan wirkte unschlüssig, ob er gehen sollte, aber am Ende verließ er den Steg.

»Sie wissen schon, dass wir auf einem Firmenausflug sind?«, fragte sie gereizt und verschränkte die Arme vor der Brust.

»Ist mir bewusst.«

»Wie wäre es dann, wenn Sie sich nicht wie der Boss geben und vielleicht einfach mal … keine Ahnung, locker sind?«

»Ich bin locker. Vor allem war ich gerade noch sehr locker, bevor Sie mir fast einen Grund gegeben haben, Sie schnurstracks zu feuern!«

Kates Augen wurden groß. »Wie bitte?«

»Ich glaube, Sie haben mich schon verstanden.«

»Sie … Sie sind doch …« Sie hob wütend die Hände, machte einen Schritt nach hinten und gestikulierte wild. Das sah irgendwie witzig aus. »Sie sind doch nur eifersüchtig!«

Hatte ich witzig gesagt?

»Was?«, fragte ich tonlos.

»Oh ja. Sie sind eifersüchtig, weil wir Spaß haben und Sie nicht! Kommen Sie, sagen Sie es nur. Sie. Sind. Eifersüchtig.«

Sprachlos blickte ich Kate an.

»Sehen Sie!« Ein siegessicheres Grinsen erschien auf ihrem Gesicht. »Ich habe recht.«

Vor Wut biss ich die Zähne aufeinander. »Versuchen Sie mich gerade wütend zu machen, damit ich die Tatsache vergesse, dass Matthews und Sie einen Schritt zu weit gehen?«

»Wie bitte?«, fragte sie mich fassungslos.

Ihre Überraschung über meinen Vorwurf überraschte mich. Hatte sie denn absolut keine Ahnung, was Matthews von ihr wollte?

»Was glauben Sie eigentlich …« Aufgebracht gestikulierend machte Kate noch einen Schritt nach hinten, als wollte sie sich gezielt von mir distanzieren. Zu spät bemerkte sie, dass sie gerade am Ende des Steges angekommen war. Ich wollte noch nach ihrem Arm greifen, aber mit einem Schrei, der eher klang wie aus einem schlechten Horrorfilm, fiel Kate in den See.

Völlig geschockt sah ich dabei zu, wie sie prustend auftauchte und sich die Haare aus dem Gesicht wischte. Ich bekam genau mit, wie jeder einzelne Kerl hier auf Kates Kleid starrte, als es nass und damit auch durchsichtig wurde. Selbst mein Atem stockte bei dem umwerfenden Anblick. Aber mein Verstand setzte wieder ein, weil dieser Anblick eben für jeden verdammten Idioten hier frei zugänglich war.

»Kommen Sie, ich helfe …«

»Bleiben Sie bloß, wo Sie sind. Wagen Sie es nicht, mir zu helfen!«, fuhr sie mich an und hielt sich die Arme vor die Brust. Auch wenn es eine milde Nacht war, nachts einen unfreiwilligen Sprung in den See zu wagen, würde keinem so recht gefallen.

»Jetzt stellen Sie sich nicht so an«, sagte ich und wollte gerade ins Wasser, als ich im Augenwinkel sah, wie erst eine und dann eine weitere Gestalt ins Wasser sprangen.

»Alles in Ordnung, Kate?« Matthews schwamm zu ihr und sah sie besorgt an.

Ich verdrehte die Augen. Den zweiten Kerl kannte ich gar nicht.

»Großer Gott, was macht ihr hier? Ich kann …« Kate wollte den beiden gerade die Meinung geigen, da hatte Matthews sie schon auf die Arme gehoben und fiel mit ihr wieder ins Wasser, weil sie sich wie verrückt wehrte. Der See war an dieser Stelle wohl flach genug, um nicht zu ertrinken.

»Kate, ich will nur helfen …«

»Ich bin ins Wasser gefallen, Declan. Vor all diesen Leuten!« Sie zeigte ans Ufer. Tatsächlich hatten sich die restlichen Gäste dort versammelt und schauten sich das Schauspiel an. »Da will ich nicht auch noch getragen werden. Und was sollte das überhaupt? Willst du dir einen Bruch holen?«

Matthews wirkte überrascht und gekränkt. Ich konnte meine Belustigung nur schwer zurückhalten.

Kopfschüttelnd machte sie sich von Matthews los und lief auf das Ufer zu. »Danke, George. Aber ich komm allein zurecht.«

Auch der zweite Kerl wirkte ziemlich zerknirscht, weil sie sich nicht helfen lassen wollte.

Ich hingegen war amüsiert.

Kapitel 7

Kate

Tiff lachte herzlich. Sie lachte und lachte immer noch, als ich Minuten später mit meinem Tee zur Couch zurückkam.

»Fertig?«, fragte ich und zog mir die Wolldecke über den Rücken.

»Ich würde ja, aber … aber …« Tiff lachte weiter schallend. Sie saß, wie so oft, draußen auf der Terrasse.

Ich verdrehte die Augen. »Ich habe dich nicht angerufen, damit du mich den restlichen Abend über auslachst.«

Sie wischte sich die Lachtränen aus dem Gesicht.

»Du bist in den … Du bist in den …« Und schon begann Runde zwei ihres Lachanfalls.

»Das Wort, das du suchst, ist See, Tiff. Sprich es aus, vielleicht tust du deinem Zwerchfell dann was Gutes«, sagte ich genervt und nippte an dem heißen Tee.

»Gut, was willst du hören? Dass ich wütend bin? Gut. Dann bin ich wütend«, sagte sie plötzlich.

Irritiert hielt ich inne. »Warum solltest du wütend sein?«

»Weil du erst in den See geflogen bist, als ich nicht mehr da war«, erklärte sie und lachte wieder drauflos. »Das hätte ich zu gern gesehen!«

»Es war so peinlich, Tiff. Declan und George sind reingesprungen und wollten mir helfen. Das Wasser war vielleicht eins fünfzig tief. Aber sie dachten, ich wäre zu blöd, selbst ans Ufer zu kommen.«

»George ist Brite. Der kann gar nicht anders, als den Ritter zu spielen«, verteidigte sie ihn grinsend.

»Jaja, und Declan wollte als Freund einfach helfen. Ist mir klar«, murmelte ich und nippte weiter an meinem Tee.

Tiff schüttelte seufzend den Kopf, kommentierte es aber nicht weiter. »Du siehst beschissen aus.«

»Danke. So fühl ich mich auch.«

»Deine Nase ist ganz rot, sieht nach einer Erkältung aus. Bist du vor Kurzem nass geworden?«

»Haha, sehr witzig.«

Sie grinste in die Kamera. »Bleib morgen einfach zu Hause. Dann kannst du dem Tratsch …«

»Auf keinen Fall bleibe ich zu Hause, Tiff. Das ist doch ein Eingeständnis!«

»Ein Eingeständnis?«

»Ja, dass ich mich schäme und es mir peinlich ist, was auch immer«, fuhr ich sie genervt an.

»Du hättest sein Gesicht sehen sollen, Tiff. Das

gesamte Büro hatte ein Jahr lang Wetten am Laufen, wer Reed Jacobs mal zum Lächeln bringen könnte. Tja, du weißt, dass der Pott immer unberührt in der Küche stand?«

Tiff nickte.

»Rate mal, was er getan hat, als ich in dieses scheißkalte Wasser geflogen bin? Der Kerl hat einfach auf diesem blöden Steg gestanden und gegrinst!«

»Hast du nicht gesagt, du hättest ihn angeschrien, er solle ja nicht ins Wasser springen?«

Jetzt nahm sie mir auch noch den Wind aus den Segeln. Große Klasse!

»Du bist meine beste Freundin, also stehst du zu mir, egal was ich gesagt habe oder noch sagen werde!«

»Okay, okay.«

Ich fuhr mir durch die Haare. »Und dann ging es das ganze Wochenende so weiter. Ich sage dir …«

»Reed hat dich weiter ausgelacht?«, fragte Tiff überrascht.

»Nein! Aber die Jungs haben mich behandelt, als wäre ich aus Glas. Am Samstag hatten wir diese Wanderung. Da hat Declan ernsthaft gefragt, ob er mich Huckepack nehmen soll, damit ich nicht so viel laufen muss. Das war eine Wanderung! Und George hat mich auch nicht mehr aus den Augen gelassen. Als wäre ich nicht fähig, diesen verdammten Berg hochzugehen!«

Tiff musterte mich akribisch.

»Okay, ich bin zweimal gestolpert. Aber das war nichts Schlimmes und …«

»Hattest du einen BH an?«, fuhr sie mir mitten in den Satz.

»Was? Tiff, die Sonne da unten scheint dir wirklich zu viel auf dem Kopf.«

»Ich meine, ob du einen BH angehabt hast, als du in dem weißen Kleid den nassen Abflug gemacht hast?«

»Ich …« Geschockt öffnete ich den Mund.

»Na, da haste die Erklärung, warum selbst der Brite jetzt weiß, was er bekommt, wenn er mit dir …«

»Tiff! Ich habe kein Interesse an George! Und du weißt auch, dass wir nichts mit Arbeitskollegen anfangen dürfen!«

Sie verdrehte die Augen, als plötzlich im Hintergrund ihr Junge weinte.

»Ich muss Schluss machen. Meine Milchbar öffnet gleich wieder, aber etwas Gutes hat es ja!«

»Oh, und was soll das bitte sein?«

»Du hast dir den Pott verdient!«, antwortete sie grinsend.

***

Mit einer Sonnenbrille auf der Nase stieg ich aus dem Lift und ging direkt zu meinem Schreibtisch. Tatsächlich bildete ich mir ein, dass man mich damit weniger erkennen und nerven würde. Gott, wie naiv ich war …

Seufzend ließ ich die Tasche fallen und starrte auf den Popcorneimer voller Geldscheine, der mitten auf meinem Schreibtisch stand. Ein Jahr lang war er in der kleinen Büroküche versteckt gewesen. Jetzt stand er hier.

Ich drehte mich um, nahm die Sonnenbrille ab und blickte in zig amüsierte Gesichter.

»Jaja, sehr witzig. Ich bin in den See geflogen und alle konnten mal eine Runde darüber lachen. Aber wisst ihr was? Ich habe jetzt …« Ich griff nach dem Eimer und hielt ihn so stolz wie möglich hoch. »… mindestens hundert Eindollarscheine und weiß schon, dass ich sie gut investieren werde. Und keiner von euch wird bei *Winston* mitspielen dürfen!«

Winston war ein kleine Gaminghalle, bei der wir alle ab und an nach der Arbeit spielten, und deswegen stöhnten alle frustriert auf. Ich grinste und die Welt war zumindest für den Augenblick wieder im Einklang. Bis ich nieste. Zweimal hintereinander.

»Ms. Walsh.«

Ich zog ein Taschentuch aus meiner Hosentasche und reagierte nicht, da ich frühzeitig hier gewesen war und er mit Sicherheit nicht schon eher …

»Ms. Walsh!«

Okay, die Stimme klang jetzt lauter und ich blickte überrascht auf. Reed stand direkt vor meinem Schreibtisch und schien genervt davon, dass ich ihn ignoriert hatte. Aber warum war er auch so früh schon im Büro? Hatte ihm der Ausflug nicht gereicht?

»Ich brauche Sie in meinem Büro«, waren seine

sechs magischen Worte, die mich jedes Mal in Verzückung brachten. Achtung, Sarkasmus!

Dann drehte er sich um und lief zu seinem Büro. »Und legen Sie das Geld weg, Sie brauchen was zum Schreiben.«

Ich dachte nur einen winzigen Moment darüber nach, dass er wusste, warum ich das Geld gewonnen hatte. Dann war es mir auch wieder egal.

Ich stand auf und zeigte noch mal auf den Eimer und dann zu den Leuten, die mich wütend anschauten. »Ich sehe es, wenn sich jemand an meinem Geld vergreift«, rief ich drohend in die Runde.

Dann nieste ich in mein Taschentuch, griff nach meinem Tablet und folgte Mr. Jacobs.

»Ich benötige die Gästeliste für die Gala übernächste Woche.«

»Schicke ich Ihnen.«

»Sorgen Sie dafür, dass Mr. Ochiyata neben mir sitzt. Ich will mich völlig darauf verlassen können, ihn für unser Projekt begeistern zu können, während er der überteuerten Musikerin zuhört.«

»Diese überteuerte Musikerin ist eine weltberühmte Violinistin, Mr. Jacobs«, merkte ich an und tippte auf meinem Tablet herum. Dann verschwamm meine Sicht plötzlich und ich musste mehrmals blinzeln.

Nicht jetzt!

»Ms. Walsh?«

»Mmh?« Ich sah auf und begegnete seinem Blick.

Wenn ich es nicht besser wüsste, könnte man meinen, er sah besorgt aus. »Gut, Sie wollten die Gästeliste und noch mal klar und deutlich sagen, dass Sie ungern eine Star-Musikerin bezahlen. Sonst noch etwas?«

Er setzte gerade zu einer Antwort an, als sein Telefon klingelte. Das war ungewöhnlich, da so gut wie niemand die direkte Durchwahl kannte. Außer seiner Großmutter, die ich ein-, zweimal aus Versehen in der Warteschleife hatte warten lassen. Aber seinem Gesichtsausdruck nach zu urteilen, war die es nicht.

»Bringen Sie mir mein Sandwich«, sagte er und nahm den Hörer ab, während ich hinausging.

Ich kniff mir auf die Nasenwurzel, weil der Weg nach Cambridge mich immer müde machte. Wobei … ich war bereits müde, weil ich die verdammte Nacht damit verbracht hatte, Tabletten zu schlucken, das Fieber zu senken und nicht daran zu denken, dass ich Gesprächsthema Nummer eins werden würde.

»Guten Morgen, Kate.« Declan kam lächelnd auf mich zu.

»Sorry, Declan. Ich muss los. Wir reden später«, redete ich mich heraus, damit ich mich bloß nicht darüber unterhalten musste, was am Freitagabend passiert war.

»Geht's dir gut?«, fragte er besorgt.

Ich schnaubte, so wie ich das immer machte, wenn mich jemand etwas fragte, das ich eigentlich nicht beantworten wollte. »Klar. Bis nachher.«

Ich griff mir meine Tasche und ging schnell zum Lift.

Declan sagte noch irgendetwas, aber die Türen öffneten sich und ich stieg ein. Während der Fahrt hinunter rieb ich mir die Stirn. Die frische Luft würde mir guttun. Ganz sicher.

Sie tat mir nicht gut.

Mit jedem Schritt, den ich machte, fühlte ich mich schwächer. Als ich endlich wieder zurück ins Gebäude lief, beladen mit irgendeinem Sandwich aus dem Laden um die Ecke, fühlte ich mich etwas sicherer.

Ja, meine Beine fühlten sich immer noch an wie Pudding. Ja, ich fühlte mich wie ein einziger Haufen Pudding, aber das war nichts Neues. Seufzend lehnte ich mich an die Wand und wartete darauf, dass ich mich endlich hinsetzen konnte, als sich jemand räusperte.

Erst jetzt bemerkte ich, dass ich nicht allein war. Ms. Sunshine stand mir direkt gegenüber. *Grandios!*

»Sie hätten wohl nicht gedacht, mich wiederzusehen, was?«

Ich registrierte ihr feuerrotes Kleid. Ich registrierte sogar diesen überheblichen Gesichtsausdruck. Aber es war mir gerade einfach herzlich egal. Ich hatte keine Kraft, mich mit ihr auseinanderzusetzen. Warum sollte ich auch?

»Ich rede mit Ihnen!«

Ich verdrehte die Augen. Was wollte sie von mir?

Der Lift brauchte viel zu lang und die Luft hier drinnen fühlte sich auch nicht gut an. Als stünde viel zu wenig für uns beide zur Verfügung. Als würde mein Körper sofort mehr Sauerstoff brauchen, um noch ausreichend zu funktionieren. Räuspernd versuchte ich, die Fassung wiederzuerlangen. Mehrmals blinzelte ich. Das musste ich, weil wieder alles vor mir verschwamm. Wie eine Ertrinkende drückte ich dieses blöde Sandwich an meine Brust. Ich hasste diese Platzangst, die immer zum unwillkommensten Moment begann …

»Ach, sind Sie wieder mal der Essenslieferant für Reed? Mehr werden Sie auch nicht sein! Nie, verstanden? Und jetzt sehen Sie mich an, wenn ich mit Ihnen rede, Sie kleines und unbedeutendes …«

Die Türen öffneten sich mit dem mir so bekannten Klingeln.

»Reed!«

Ihr überraschtes Aufkeuchen ließ mich die Stirn runzeln. Er stand direkt vor den Türen, als hätte er bereits auf sie gewartet.

Nur am Rande bekam ich mit, dass er mich überrascht ansah und mit mir sprach. Aber es hörte sich dumpf an, als würde er durch eine Barriere mit mir reden. *Wie Watte in meinen Ohren …*

»Ms. Walsh? Was ist …«

Dann tauchte Declans Gesicht auf. Er blickte mich genauso an wie Reed. Besorgt.

»Kate? Was ist los? Ich glaube, ihr geht es nicht gut!«

Ich winkte ab, weil das doch lächerlich war. Mir ging es bestens. Ich musste nur einen Stuhl finden und …

Drei Schritte schaffte ich aus dem Lift, dann wollten mich meine Beine urplötzlich nicht mehr halten. Meine Augen fielen zu, ich konnte rein gar nichts dagegen tun.

»Scheiße!«, fluchte jemand laut. »Sie glüht. Jetzt holt verdammt noch mal einen Arzt!«

Meine Augen wollten nicht mehr aufgehen, aber ich murmelte irgendetwas.

»Kate?«

Plötzlich spürte ich etwas Weiches auf meiner Stirn, dann flüsterte jemand leise meinen Namen.

»Wo … wo ist das …« Der Satz sollte schnell über die Lippen kommen, aber ich schaffte es nicht.

»Wo ist was, Kate?«

Es war so anstrengend zu antworten. Ich fühlte mich so ausgelaugt und müde …

»Wo ist … wo ist das … das Sandwich?«, wiederholte ich meine Frage. Dann verlor ich das Bewusstsein.

Kapitel 8

Reed

Sie redete von Sandwichs und verlor dann das Bewusstsein.

Neben mir entstand aufgeregtes Gemurmel. Mittlerweile hatten sich mehrere Mitarbeiter um uns versammelt.

Eine feuchte Strähne hatte sich in ihr Gesicht gelegt. Ich schob sie zur Seite und spürte wieder die Wärme, die sie ausstrahlte. Definitiv Fieber.

»Sie ist ohnmächtig«, sagte Matthews geschockt.

Kate hatte keine Zeit und ich keine Nerven mehr übrig, um mich mit dieser dummen Äußerung auseinanderzusetzen.

»Ruft einen Arzt und bringt ihr sofort etwas zu trinken und kühle Tücher«, ordnete ich deshalb an.

»Einen Arzt oder einen Rettungswagen?«

Keine Ahnung, wer das gesagt hatte, aber ich verlor die Geduld, zog mein Handy aus dem Jackett und überreichte es Matthews. »Suchen Sie die Nummer von

Doktor Harison. Rufen Sie an und sagen Sie, dass ich ihn sofort bitte, in mein Büro zu kommen.«

Ich starrte wieder auf Kate. Sie hatte vorhin schon die ganze Zeit geniest. Vor zwei Tagen war sie abends in den See gefallen und hatte erst rumgeschrien, statt sich direkt umzuziehen. Es musste eine Erkältung sein. Eine harmlose Erkältung, die sie unterschätzt hatte.

Mit Schwung hob ich Kate in meine Arme.

»Kate hat Fieber, ist bewusstlos und ihr Puls rast. Er soll sofort kommen.«

Matthews nickte und spielte an meinem Handy herum, während ich mit ihr im Arm in mein Büro lief. Dabei achtete ich auf jede Regung, die sie von sich gab. Es waren nicht viele. Nur das leichte Heben und Senken ihres Brustkorbes beruhigte mich etwas.

Zum ersten Mal war ich dankbar für das große Sofa, das Granny mir damals »schöngeredet« hatte. Denn darauf legte ich jetzt Kate. Sie glühte immer noch. Was hatte sie sich nur dabei gedacht, in dem Zustand zur Arbeit zu kommen?

»Reed, was soll das?«

Jessicas Stimme klang gereizt und völlig fehl am Platz.

Ich stand auf und drehte mich zu ihr um. Matthews stand vor dem Büro und telefonierte noch, sie war mir als Einzige gefolgt.

»Meine Mitarbeiterin braucht …«

»Mir ist scheißegal, was sie braucht. Diese dumme

Kuh macht das doch absichtlich. Sie war schon im Fahrstuhl unmöglich zu mir! Komm, sag es. Du hast eine Affäre mit ihr und deswegen hast du das mit uns auch beendet!«

Seufzend fuhr ich mir durchs Haar. Diese Verabredung sollte ganz anders laufen. Ja, mir war bewusst, was sie wollte. Und ja, ich hätte das vielleicht nicht hier im Büro erledigen sollen, aber Kate hätte auch nicht so schnell zurückkommen sollen. Sie hätte nicht hier sein sollen.

Und jetzt liegt sie bewusstlos in deinem Büro, während deine Ex dir die Hölle heiß macht. Das hat super geklappt.

Würde mein Dad noch leben, hätte er jetzt an meinem Schreibtisch Platz genommen, sich einen Bourbon eingeschüttet und grinsend dabei zugesehen, wie ich unterging. Denn dass Jessica mir den Arsch aufreißen wollte, hatte sie mir mehrmals klargemacht.

»Jessica, ich werde nicht ...«

»Was wirst du nicht? Du hast gesagt, ich soll herkommen. Und was tust du?« Sie blickte zu Kate und machte ein so angewidertes Gesicht, dass es mir die Sprache verschlug.

Mir war bewusst – immer schon – dass Frauen wie Jessica, die Ruhm und Erfolg wie Sauerstoff aufnahmen, oftmals den Bezug zur Realität verloren. Aber das hier war wirklich ...

»Lass sie hier liegen und wir reden bei dir zu Hause. Komm schon, Reed. Es war doch immer nett zwischen uns.«

»Nett?«

Sie nickte immer wieder, als müsste sie sich selbst bestätigen, dass es so gewesen war.

»Jessica, es war …«

»Was ist passiert?«, murmelte Kate plötzlich von der Couch aus.

»Kate!« Matthews rannte praktisch zu ihr und kniete sich neben sie.

Sie blinzelte immer mal wieder, hielt sich die Stirn und räusperte sich.

»Du bist einfach umgefallen!«, antwortete Matthews ihr panisch.

»Umgefallen?«, fragte sie verwundert nach, als wüsste sie das nicht. Vermutlich traf das auch zu.

»Kate, Sie sind ohnmächtig zu Boden gefallen. Wir konnten Sie gerade noch in mein Büro tragen«, sprach ich so ruhig wie möglich, damit sie sich langsam an die Situation gewöhnen konnte.

»Hier sind die Tücher und das Wasser«, verkündete dann auch noch George Winsey, der sich direkt zu Kate setzte. »Wie geht es dir? Hast du Schmerzen? Wie konnte das passieren?« Er ergriff ihre rechte Hand und drückte sie behutsam.

Irritiert betrachtete ich diese Szene. Was zum Teufel hatte sie mit den Männern gemacht?

»Sieht aus, als hättest du Konkurrenz bekommen«, flüsterte Jessica neben mir zufrieden. »Also, hast du jetzt Zeit für mich? Deine kleine Sekretärin hat doch genug Idioten, die sie anhimmeln. Wie wäre es, wenn du stattdessen mal mich anhimmelst?« Provokativ drückte sie in dem engen Kleid ihre Titten durch. Sie dachte wirklich, dass das noch einmal passieren würde.

Irgendwann mal hatte ich den Gedanken gehabt, dass sie ganz schön clever war für ein 0815-Model, doch dann verbrachte ich mehr Zeit mit ihr und verstand, dass sie nur mit Glück in der Modelbranche aufgestiegen war.

»Jetzt, da Sie wieder bei Bewusstsein sind, können sich Mr. Matthews und Mr. Winsey um Sie kümmern, Kate. Mein Arzt ist unterwegs, nehme ich an?«

Matthews nickte, ohne mich anzusehen. Kate war interessanter.

»Schön.«

Ich blickte zu Kate. Ihre Augen wirkten trüb, als wäre sie noch mitten in ihrem Fieberschub. Vermutlich stimmte das auch.

Einen Augenblick genoss ich, dass wir uns einfach ansahen. Es war schon immer so gewesen. Wenn sie mir ihren Blick schenkte, dann dauerte dieser Moment an. Warum das so war, konnte ich selbst nach zwei Jahren nicht sagen.

»Wir können im Konferenzsaal miteinander reden«, bot ich Jessica an und zeigte nach draußen, damit sie Kate endlich in Ruhe ließ.

Ihr war anzusehen, wie wenig sie auch von dem Konferenzsaal hielt, aber sie sagte dazu nichts weiter und folgte mir.

»Mr. Jacobs«, rief Matthews mir hinterher und hielt mir mein Handy hin. »Ihr Handy. Und danke. Ich weiß nicht …« Er blickte zu Kate. »Einfach danke, Mr. Jacobs.«

Was zum Teufel dachte der Mann eigentlich über mich? Dass ich meine Angestellten sich selbst überließ, wenn sie hier umfielen?

Mein Blick schoss wieder zu Kate, dann nickte ich einfach nur. Was sollte ich auch sagen? Dass ich fast einen Herzinfarkt bekommen hätte, als ich Kate plötzlich festhalten musste?

»Sie ist meine Assistentin. Ich helfe, wenn ich kann«, erklärte ich mich dann doch. Wenn ich es laut genug aussprach, würde auch ich es irgendwann glauben.

Kate

Tiff starrte bereits zehn Minuten in die Kamera, ohne etwas zu sagen.

»Soll ich vielleicht ein anderes Mal anrufen? Morgen oder so?«

Der Vorschlag war der Falsche, das sagte mir ihr böser Blick, den sie zwar selten, aber dann ziemlich bildgewaltig zeigte. Wie jetzt.

»Ach, komm schon, Tiff. Es ist doch alles wieder gut!« Dabei lächelte ich so fröhlich wie nur möglich.

»Wie lang hat er dich krankgeschrieben?«, fragte sie.

»Mindestens eine Woche«, antwortete ich leise.

Sie schnaubte. »Glaubst du, wenn ein anerkannter Arzt – und ich nehme an, das ist er, wenn ein reicher Typ wie Reed Jacobs seine private Nummer kennt – mindestens eine Woche Bettruhe verordnet, ist das nur eine Laune? Nein, Kate. Das tun solche Ärzte nicht!«

»Tiff …«

»Herrgott noch mal, Kate! Was hast du dir dabei gedacht? Stell dir vor, du wärst für den Arsch bis nach Cambridge gefahren! Stell dir vor, du wärst dort irgendwo umgefallen! Wer dich da hätte finden können! Großer Gott, willst du unbedingt, dass ich früh an einen Infarkt sterbe? Willst du das?«

»Ach, komm schon, ich …«

»Warum zum Teufel bist zu überhaupt zur Arbeit gefahren? Ich habe dir am Sonntag schon gesagt, bleib lieber zu Hause. Aber nein, du hörst ja nicht auf mich! Ich bin eine Mom, Kate. Du weißt, dass Mütter einen sechsten Sinn für so etwas haben.«

»Tiff …«

»Der Oberhammer kommt aber noch: Ich sitze auf der Terrasse und schnipple Gemüse, da schreibt mir plötzlich Lucy aus der Marketingabteilung. Du weißt doch noch, wer Lucy ist, oder? Dieses Miststück hat …«

»Dir vor zwei Jahren absichtlich den Punsch auf dein weißes Kleid geschüttet, damit sie sich an deinen Ex ranmachen konnte. Ich weiß, Tiff. Ich war dabei.«

»Ja, das freut mich, dass meine beste Freundin sich erinnert. Dann stell dir meine Überraschung vor, als Lucy mich darüber informiert, wie beschissen du doch ausgesehen hast, als du vor Jacobs Büro zu Boden gegangen bist. Ich dachte mir nur, hat sie vielleicht wieder zu tief ins Glas geschaut? Muss Lucy vielleicht wieder in die Betty-Ford-Klinik? Aber sie hat die Wahrheit gesprochen. Meine beste Freundin hat nur vergessen, mich anzurufen!«

»Ich war fix und fertig und …«

»Das war ich auch, Kate! Weil ich einfach nicht fassen konnte, dass du in dem Zustand zur Arbeit gegangen bist!«

Seufzend fuhr ich mir durch die verknoteten Haare.

Seit drei Tagen hing ich jetzt in der Wohnung herum. Erst seit heute ging es mir so gut, dass ich in Ruhe mit Tiff reden konnte. Wenn sie mich ließe.

»Ich habe die Lage falsch eingeschätzt«, war mein kümmerlicher Versuch, sie zu beruhigen.

»Falsch eingeschätzt? Du hast … Kate, du bist fast 30 Jahre alt!«

»28.«

»Und mit deinen fast 30 Jahren hast du dich in Gefahr gebracht. In Gefahr, weil du deinem Chef beweisen willst, wie zäh du bist! Das muss aufhören, Kate. Du kannst nicht ständig sturer sein als er. Das funktioniert nicht.«

»Ich bin nicht …«

Tiff verdrehte die Augen. »Bitte verschone mich mit diesem Geschwafel. Du bist stur. Er ist stur. Das Spiel war ja bis vor drei Tagen noch lustig, jetzt ist es einfach nur noch zu viel. Du hast ihm bewiesen, dass du gut in deinem Job bist. Du hast bewiesen, dass du den Job verdient hast. Lass es einfach gut sein. Dann passieren auch nicht mehr solche Sachen wie am Montag.«

»Er muss aber …«

»Er muss gar nichts, Kate. Er ist dein Boss. Theoretisch hätte er dich längst feuern können. Mittel und Wege hat es bestimmt gegeben. Aber er hat es nicht getan, weil du gut in deinem Job bist.«

Die letzte Information kam verspätet bei mir an.

»Er kann mich nicht kündigen. Mein Vertrag ist …«

Sie winkte ab, als hätte der Vertrag überhaupt nichts zu sagen. »Du lebst in den Vereinigten Staaten, Süße. Es gibt immer einen Weg. Ich fasse es einfach nicht, dass du krank zur Arbeit bist, obwohl dein Körper dir deutlich gezeigt hat, dass es nicht geht.«

»Ich dachte, es geht«, antwortete ich.

»Ich glaube, ich habe dir mittlerweile genug dazu gesagt. Keine Ahnung, was momentan mit dir los ist, aber langweilig wird es bei dir nicht.«

Da war etwas Wahres dran.

Ich dachte noch über ihre Worte nach, als es an der Haustür klopfte.

»Erwartest du Besuch?«

Ich schüttelte den Kopf. »Würde mich aber nicht wundern, wenn das Dad ist. Ich habe ihm vorhin eine SMS geschrieben und sagen wir mal so, er hat es schlechter aufgenommen als du.«

Statt mir Mut zuzusprechen, grinste sie. Meine beste Freundin gönnte mir Stress. Wirklich nett.

»Ich bin dann mal offline. Kurier dich schön aus und … viel Spaß!« Tiff zwinkerte mir noch einmal zu und beendete den Anruf.

Ich legte das Handy zur Seite, stand seufzend auf und lief zur Tür. Es klopfte noch einmal.

Jaja, Dad. Ist schon gut.

Doch als ich die Tür öffnete, staunte ich nicht schlecht. Declan stand davor und lächelte mich freudig an. »Du stehst wieder!«

Ich nickte. »Jepp. Komm rein.«

»Für dich.« Er hielt mir eine rote Rose hin.

»Ähm … Danke?« Es klang wie eine Frage, als ich die Blume annahm. Sie war schön, aber irritierte mich auch.

Ich suchte in der Küche nach einer kleinen Vase. Da ich nie Blumen geschenkt bekam, nahm ich am Ende ein simples Glas, füllte es mit Wasser und stellte die Rose erst einmal auf die Spüle.

»Du hast uns allen ganz schön große Angst gemacht.«

Na wunderbar. Also redeten wir darüber …

Er setzte sich in meinen kleinen Sessel und wartete darauf, dass ich ihm folgte. Daraufhin setzte ich mich auf die Couch und kuschelte mich wieder in meine Wolldecke ein.

»Erst die Sache im See, dann kipp ich im Büro um. Wunderbar. Ich kann mich dort doch niemals mehr blicken lassen«, murmelte ich.

Declan wirkte amüsiert. Er trug noch seinen Anzug, also war er direkt nach der Arbeit zu mir gekommen.

»Wie schlimm ist es? Ich bin Gesprächsthema Nummer eins, oder?«

»Stimmt schon, du hast für einige Diskussionen gesorgt. Aber da der große, böse Boss seit Montag die beste Stimmung im Büro verbreitet, traut sich kaum jemand, seine Arbeit zu vernachlässigen. Viel geredet wird also nicht.«

»Ist was passiert?«, fragte ich neugierig nach.

»Na ja, wenn man deinen unfreiwilligen Abgang am Freitag und die Bewusstlosigkeit am Montag mal außen vor lässt …«

»Haha!« Ich warf ihm ein Kissen zu, das er lächelnd auffing.

»Ich denke, es liegt an seiner Ex, oder seiner Wieder-mal-Freundin. Die wirkte ziemlich siegessicher, als sie wieder ging.«

»Ach echt?«, fragte ich so desinteressiert wie möglich. Und ich dachte, das wäre vorbei mit ihr. Ausgerechnet mit ihr … Reed hatte in den letzten Jahren immer mal wieder Freundinnen, auch nervige, die etwas abgehoben waren. Aber Jessica Sunshine? Sie war eine Furie und hatte es auf mich abgesehen. Was fand er nur an ihr? Er konnte praktisch jede hübsche Frau haben. Wieso sie?

»Kate?« Declan beugte sich vor, sodass er mir ziemlich nah kam. Er wirkte besorgt.

»Alles okay. Ich bin nur etwas müde und … keine Ahnung, es war irgendwie alles zu viel.«

»Verstehe. Ich wollte einfach nur mal nach dir sehen. Du siehst auch jetzt noch etwas blass aus.«

»Ich sehe beschissen aus, aber danke, dass du es wenigstens versucht hast«, antwortete ich schmunzelnd. Aber Declan lächelte nicht. Er starrte regelrecht.

»Declan? Alles okay bei dir?«

Er blinzelte, als hätte er geträumt. »Klar. Alles bestens. Ich lass dich dann mal allein. Damit du schnell wieder fit bist und zur Arbeit kommen kannst.«

Er schien sich wirklich darauf zu freuen, wenn ich wieder ins Büro kommen würde. Ich dachte nur daran, wie peinlich es werden könnte. Nein, es wäre peinlich. Definitiv.

»Ich hab deinen Gewinn übrigens zurück in den Küchenschrank gestellt. Er ist abgeschlossen und keiner kommt ran.«

»Danke dir.«

Ich wollte aufstehen und ihn zur Tür bringen, aber er winkte ab.

»Ich find allein raus. Ruhe du dich mal aus.«

Ich nickte und sah ihm nach. Er lächelte mich noch einmal an, dann verließ er meine Wohnung.

Mein Blick schoss sofort zu der Rose auf der Spüle.

***

Mir war klar, dass diese Grippe hartnäckig war. Mir war auch klar, dass ich nicht sofort wieder topfit sein würde. Aber dass ich ständig abends einen Rückfall bekam, war fies und gemein. Und gemein und fies. Selbst meine Gedanken waren total wirr.

Ich lag Tage später ausgestreckt auf meiner viel zu kleinen Couch. Bisher hatte es mir nichts ausgemacht, dass die Couch knapp eins fünfzig lang und ich 20 Zentimeter größer war. Jetzt aber hing mein Kopf über der Lehne, meine Arme und Beine auch. Dr. Harison hatte mir ein paar Medikamente gegeben, aber nichts ging über Erkältungssalbe, die man sich fett unter die Nase strich. Ich atmete das Zeug seit zehn Minuten tief ein.

Mein Handy klingelte immer wieder mal. George hatte mir bereits mehrere Nachrichten geschrieben, aber mein Kopf dröhnte und deswegen ignorierte ich das Klingeln. Es waren bestimmt auch Nachrichten von Tiff und meinem Dad dabei. Aber weder an Dads Vorwürfen noch an Tiffs zehnminütigen Videos, wie ihr Kleiner versuchte zu laufen, hatte ich Interesse. Heute mal nicht. Heute wollte ich nur wie eine Tote über meiner zu kleinen Couch hängen und … nichts machen. Ruhig und tief sog ich die Luft ein, die dank der Salbe nach Kamille, Pfefferminz und anderen wohltuenden Dingen roch.

Aber dann klopfte es. Nein, es donnerte gegen die Tür.

Ich ignorierte es beim ersten Mal. Beim zweiten Mal gab ich ein genervtes Stöhnen von mir.

»Ich komme ja!«, rief ich demjenigen zu, der mich störte. Der mich wirklich störte.

Allein das Aufstehen von der Couch entwickelte sich zu einem wirklich peinlichen Auftritt. Gut, dass das keiner sah. Ich stöhnte auf, als meine Muskeln sich streckten. Aber immerhin war mir nicht kalt, weil ich die dicken, kotzgrünen Wollsocken angezogen hatte, die mir Dad vor vier Jahren zu Weihnachten geschenkt hatte.

Ich fuhr mir durch die Haare, zog die Rotze hoch und öffnete die Tür.

Das war doch ein Scherz, oder?

Reed Jacobs stand vor mir. Mein Boss. Im Anzug.

Ich trug dabei die kotzgrünen Wollsocken und nicht zu vergessen meine ausgeleierte Jogginghose, die bedruckte Regenbögen zierten. Sehr viele Regenbögen. Eine weite Strickjacke vervollständigte meinen ›Sack trifft Kate‹-Look.

Oh großer Gott. Reed Jacobs steht vor meiner Wohnung!

Wenn es einen Moment gab, in dem der Unterschied zwischen Reed und mir nicht mehr zu leugnen war, dann war es dieser hier.

Damals dachte ich noch, es wäre der Moment, in dem mir zum gefühlt tausendsten Mal der Kaffee über die Bluse gekippt war oder ich wieder mal nicht auf meine Füße achtete und stolperte, während er lief, als wäre der Weg eigens für ihn gepflastert worden.

Nein. Es war dieser Moment, in dem ich ausschaute wie eine Obdachlose, die auf Regenbögen stand und deren Lieblingsfarbe Kotzgrün war, und er, als würde er gleich eine ganze Stadt kaufen, nur weil er gern Geld ausgab.

»Lassen Sie mich rein, Ms. Walsh?«

Er schaute mir in die Augen, ohne angewidert das Gesicht zu verziehen. Nicht einmal irgendeinen angeekelten Laut gab er von sich. Jedes Mal unterschätzte ich diesen Mann. Nach zwei Jahren als seine persönliche Assistentin müsste ich es wohl besser wissen.

Ich machte ihm Platz, damit er eintreten konnte. Das tat er auch. Ohne irgendein Zögern.

Dann hielt er mir plötzlich etwas hin. Eine Tupperdose.

»Meine Großmutter hat von Ihrer Erkrankung gehört und ... Na ja, sie kocht gern und hat ...«

Zögerlich nahm ich die Dose an. »Sie hat mir Suppe gekocht?«, fragte ich vorsichtig nach.

Ich hatte seine Großmutter ein paarmal gesehen. Sie war freundlich und hatte ein überraschend sanftes Gemüt. So ganz anders als ihr Enkel. Und jetzt hatte sie mir Suppe gekocht.

»Eine Hühnersuppe. Sie soll ... na ja, sie soll stärken und all das.«

»Danke. Sagen Sie ihr das bitte.«

Er nickte nur und schaute sich dann um.

Nein! Mein Blick fiel auf die gebrauchten Taschentücher, die auf dem Boden verteilt lagen. Die vielen vor Rotze getränkten Taschentücher! Oh Gott, wie peinlich!

»Ähm ... tut mir leid, also ...« Die Entschuldigung blieb mir wortwörtlich im Halse stecken. Es war mir so unendlich peinlich.

»Sie sind krank, Kate. Es ist mir nicht wichtig, wie es hier aussieht. Wie geht es Ihnen denn? Hat Dr. Harison noch mal angerufen?«

Ich nickte, weil er sich nicht mal weiter umsah, sondern sich ganz auf mich konzentrierte.

»Ja, er ruft jeden Morgen an. Ich wollte mich auch noch mal bei Ihnen bedanken. Dass Sie extra Ihren eigenen Arzt gerufen haben und …«

Was wollte ich noch mal sagen? Ich spielte mit meiner Strickjacke herum, während er mich musterte. Warum machte er das, wenn er nicht vorhatte, über mich zu lachen?

»Danke«, wiederholte ich, weil ich nicht recht wusste, was ich sonst sagen sollte.

Ich fühlte mich unwohl und konnte damit nicht umgehen. In all den Jahren hatte ich gelernt, über dieses Gefühl hinwegzusehen. Vor allem, wenn mich jemand absichtlich verletzen wollte. Aber alles, was Reed Jacobs in den letzten zwei Jahren getan hatte, war, mich anzusehen. Er schien immer mehr zu sehen, wenn er sich auf einen Menschen konzentrierte. So wie auf mich.

Klar hatten wir immer wieder Diskussionen. Warum auch nicht? Unser Anfang war alles andere als einfach gewesen. Er dachte, ich würde mit seinem Dad schlafen und ich fühlte mich absolut erniedrigt, obwohl vermutlich jeder Vorgesetzte so denken würde. Immerhin konnte er mich nicht einfach so kündigen.

Die letzten zwei Jahre hatte ich gegen ihn angekämpft und wollte ihm beweisen, wie gut ich war. Tiff hatte recht. Ich hatte es vollkommen übertrieben.

»Ich hätte zu Hause bleiben sollen«, murmelte ich und gab mich geschlagen. Warum noch so tun, als hätte ich am Montag alles im Griff gehabt?

Dann setzte ich mich auf meine kleine, aber gemütliche Couch. Einen Moment blickte er mich an, dann setzte er sich wie Declan zuvor in den kleinen Sessel.

Es war merkwürdig, ihn hier zu haben. Meine abgenutzten Möbel passten nicht zu seiner Erscheinung, und dennoch schien ihm der Zustand des Sessels nichts auszumachen. Wenn ich es nicht besser wüsste, könnte man meinen, dass er sich sogar entspannte.

»Warum sind Sie es dann nicht?«

Seine Frage riss mich aus meinen Grübeleien heraus. Mein Kopf dröhnte weiterhin, aber merkwürdigerweise nahm ich es immer nur dann wahr, wenn ich zu viel nachdachte. Wenn ich über Reed nachdachte …

Ich verschränkte trotzig die Arme vor der Brust. »Vielleicht sagen Sie mir einfach mal, warum Ms. Sunshine mir im Fahrstuhl droht, wenn sie eigentlich kein Thema mehr sein sollte?«

Sein Gesichtsausdruck veränderte sich. Erst wirkte er überrascht, dass ich das Thema ansprach, dann wieder verschlossen, als hätte ich etwas angesprochen, was ich nicht hätte tun sollen. Vielleicht hätte ich das wirklich nicht.

»Sie ist kein Thema mehr. Zumindest nicht für Sie.«

Ah, jetzt kam also wieder Mr. Reed Jacobs, Geschäftsmann und Arschloch hervor.

»Gut zu wissen«, antwortete ich genervt, obwohl ich gar nichts hätte sagen sollen.

Reed stand auf und musterte mich einen Moment. *Oh, dieses Starren ist so nervig.*

Mein Bauch kribbelte, ich fühlte mich wieder so verdammt unwohl.

»Kommen Sie erst wieder, wenn Sie wirklich gesund sind, Kate.«

Hatte er meinen Vornamen gesagt? Schon wieder?

»Und essen Sie die Suppe. Granny bringt mich sonst um.«

Den letzten Satz hatte er nicht wirklich zu mir gesagt. Er wirkte sogar ziemlich gelöst, als er ihn aussprach. Er liebte sie. Er liebte seine Granny. Wow. Kaum zu glauben, dass er echte Gefühle besaß.

»Grüßen Sie Ihre Großmutter.«

Er nickte. Ich stand auf, um ihn zur Tür zu begleiten, doch urplötzlich drehte er sich noch einmal zu mir um.

»Ich weiß …« Er schien zu überlegen, was er genau sagen wollte. »Ich weiß, dass es nicht einfach im Büro ist.«

Wollte er tatsächlich mit mir über meine Patzer reden? Ich schnaubte und blickte lieber in eine andere Richtung.

»Es wird irgendwann ruhiger und dann sorgt ein anderer Mitarbeiter für Gesprächsstoff.« Reed klang ziemlich amüsiert, als würde er selbst nicht daran glauben, dass das passieren würde.

Provozierend blickte ich ihn an. »Sie finden das witzig!«

»Oh, ja, schon. Wenn ich an die anderen Fettnäpfchen denke. Aber Ihre Erkrankung? Nein. Darüber mache ich mich nicht lustig.«

Reed Jacobs erstaunte mich immer wieder.

»Und das wird auch kein anderer mehr. Versprochen.«

Erst dieser Besuch, dann die Suppe und jetzt das Versprechen, dass niemand mich auf meinen wortwörtlichen Abflug ansprechen würde. Wow.

»Danke für Ihr Angebot, aber das kann ich nicht von Ihnen verlangen.«

»Was?«, fragte er überrascht nach.

»Wenn Sie mich jetzt in Schutz nehmen, kann ich mir auch gleich einen eigenen Sarg zimmern.«

»Ich verstehe nicht …«

»Sie können es nicht verstehen, weil Sie der Boss sind. Hören Sie, es ist irgendwie nett, dass Sie mich beschützen wollen. Aber so würden Sie es nur noch schlimmer machen. Niemand will bevorzugt werden. Was haben Sie gedacht, als Sie diese Klausel von Ihrem Dad in meinem Vertrag gesehen haben?«

Reed schien zu begreifen, denn er nickte gedankenverloren.

»Eben. Ich wäre für die Leute nicht nur Ihre Assistentin, wenn Sie mich beschützen.« Er wollte etwas erwidern, aber ich schnitt ihm die nächsten Worte sofort ab. »Ich weiß, dass Sie einen völlig anderen Typ Frau bevorzugen, aber die Leute denken sich einfach ihren Teil und das war es. Ich werde damit leben können, wenn sie sich darüber lustig machen, dass ich ein Trampel bin, weil ich von Stegen falle und über Kieselwege stolpere, aber eine Affäre mit dem Boss? Das würde meine Karriere ruinieren!«

Wieder schaute Reed mich nachdenklich an.

»Okay. Wie Sie wünschen. Gute Nacht, Kate.«

Wann waren wir beim Vornamen angekommen? Hatten wir das jemals besprochen? Die letzten zwei Jahre auf jeden Fall nicht.

Vielleicht, als ich ohnmächtig auf dem Boden lag?

Na klar, Kate. Klingt total logisch.

»Gute Nacht.« *Reed.*

Er nickte mir zu und verließ meine Wohnung. Und dann stand ich für eine ziemlich lange – Tiff würde das ganz schön beunruhigend finden – Zeit einfach nur vor meiner geschlossenen Wohnungstür und dachte über diesen seltsamen Besuch nach.

Irgendwann fuhr ich mir durchs Gesicht und spürte etwas Klebriges. Meine Hand war bedeckt mit der Erkältungssalbe. Ach du Scheiße …

Reed hatte mich die ganze Zeit mit einem blöden Schnäuzer gesehen! Und er hatte mich nicht drauf hingewiesen!

Frustriert kreischte ich auf und ließ mich auf die Couch fallen, damit ich weiter in die Kissen schreien konnte.

Kapitel 9

Kate

Als der Fahrstuhl sich öffnete, hörte ich zuerst ein einkommendes Fax. Dann klingelte ein Telefon und ich grinste. Die Arbeit hatte ich so was von wahnsinnig vermisst.

Es war Montag. Eine Woche nach meinem Zusammenbruch. Eine Woche, in der ich mich auf alles vorbereiten musste.

Würden sie lachen?

Würden sie tuscheln?

Würden sie direkt auf mich zugehen und schlimme Dinge sagen?

Egal wie oft ich die Szenarien im Kopf durchspielte, sie gingen nie gut aus. Deswegen war ich mehr als überrascht, als mich bereits drei Mitarbeiter wie immer begrüßten und dann ihrer Wege gingen.

Selbst als ich an meinem Schreibtisch ankam, war noch kein Spruch gekommen. Kein böser Blick. Hatte Reed doch etwas unternommen?

Nein. Dann hätte Declan mir bestimmt Bescheid gegeben.

Und wenn nicht?

»Du machst dir zu viele Sorgen«, redete ich mit mir selbst und schaltete den Computer ein. Dann legte ich alles zurecht, was es zurechtzulegen gab.

»Kate!«

George kam auf mich zugeeilt. Er lächelte glücklich. Was war denn mit ihm los?

»Dir geht es wieder gut!«, stellte er begeistert fest.

»Ähm … ja.«

»Super. Ich habe mir schon Sorgen gemacht, weil du mir nicht geantwortet hast.«

»Ach so. Ja, ich wollte mich nicht ablenken lassen und schnell wieder gesund werden. Tut mir leid, ich …«

»Kein Problem. Ich verstehe das. Jetzt bist du ja wieder da.«

Sein Satz klang, als würde noch etwas folgen. Vielleicht hatte er ja im Lotto gewonnen? So strahlend, wie er lächelte, könnte das tatsächlich der Fall sein.

Aber er sagte nichts. George blickte mich nur fröhlich an.

»Also, ich muss an die Arbeit. Wenn du noch etwas möchtest, dann …« Ich griff mir einen Bleistift und hoffte darauf, dass er endlich ging.

»Tatsächlich wäre da noch etwas. Würdest du vielleicht mit mir ausgehen?«

Der Stift fiel mir aus der Hand und rauschte auf den Boden.

»Verflucht!«, murmelte ich und suchte wie eine Verrückte unter meinem Schreibtisch nach dem Stift. Er war ein paar Meter weitergekullert und ich krabbelte auf allen vieren auf dem Boden herum. Gerade als ich ihn ergriff, bemerkte ich das glänzende Paar Schuhe neben mir.

Ich sah auf.

Reed.

»Oh, ähm … Guten Morgen, Mr. Jacobs.«

Er runzelte die Stirn, wirkte aber eher amüsiert als wütend.

»Sie sind also wieder da.«

Warum machte ich mir eigentlich die Mühe, ihn zu begrüßen? Er hatte es anscheinend bei mir verlernt.

Ich stand auf und räusperte mich. »Ja, ich bin wieder da. Mir geht's auch wieder gut. Dr. Harison hat mir grünes Licht gegeben.«

Reed nickte, dann sah er zur Seite. George stand noch immer an Ort und Stelle.

»Haben Sie nicht irgendetwas zu tun?«, fragte Reed ihn. Die Drohung dahinter war klar zu hören: *Bezahl ich Sie für's Herumstehen?*

»Natürlich, Sir. Kate, überleg es dir.«

War er verrückt geworden? Er sprach das vor Reed an?

George ging und ich fluchte. »Idiot!«

Das Räuspern kam von Reed, der mich natürlich gehört hatte.

»Ich meine nicht Sie. Wirklich nicht.«

»Ja, warum sollte ich auch auf die Idee kommen, dass Sie mich beleidigen, wenn das Ihr erster Tag nach Ihrer Erkrankung ist?«, fragte er belustigt und drehte sich um, um in sein Büro zu gehen.

Ich verdrehte die Augen. So schlimm war ich nun auch nicht.

»Ich brauche Sie nicht anzusehen, um zu wissen, dass Sie die Augen verdrehen. Kommen Sie jetzt, Ms. Walsh? Wir müssen die Woche durchgehen.«

Schnell ergriff ich mein Tablet vom Schreibtisch und folgte ihm.

»Das ist überhaupt nicht unheimlich.«

***

»Ach, komm schon!«, jammerte ich herum und versuchte diesen verdammten Kopierer dazu zu bringen, das zu tun, was ich von ihm verlangte. Warum zum Teufel mussten Kopierer immer mucken? Warum konnten sie nicht einfach so funktionieren, wie sie sollten?

Weil du das auch nicht kannst.

Hatte ich vorhin noch gesagt, dass ich die Arbeit vermisst hatte? Gut, das war vielleicht zu voreilig ausgesprochen.

Sie waren alle zu nett zu mir. Als wäre ich eine Porzellanpuppe, sprachen sie mich auf meine Erkältung an. Und wenn ich dann erklärte, dass es einfach eine etwas hartnäckigere Grippe gewesen war, kam von den Leuten immer nur dieser typische Mitleidsblick à la ›Sie redet es sich schön, um die Starke zu markieren, aber von mir bekommt sie erst einmal Mitgefühl, das arme kleine Ding‹.

Von Cindy aus der Marketingabteilung fühlte ich mich schon etwas belästigt. Sie war vor vier Monaten Mutter geworden und pumpte jedes Mal Muttermilch ab, wenn sie Pause machte. Wenn ich gefragt hätte, wäre sie mit Sicherheit dazu bereit gewesen, mich an ihre Brust zu ziehen, weil sie so Mitleid mit mir hatte.

Wie war das? Ich hatte Angst, sie würden sich über mich lustig machen? Das, was sie jetzt machten, war tausendmal schlimmer!

Mittlerweile war ich dazu übergegangen, den Kopierer zu schlagen.

»Du verdammtes Scheißding, kannst du mal das machen, wofür du hier bist? Natürlich kannst du das nicht! Warum solltest du auch? Du …«

»Kann ich helfen?«

George stand in der Tür und schien belustigt. Klar, wenn ich dieses Gespräch gehört hätte, wäre ich das auch.

»Er macht wieder Probleme. Und ich muss die hundert Kopien noch heute fertig haben.«

»Du weißt, dass der hier öfter mal nicht so will. Hast du schon mal geschaut, ob noch Papier drin ist?«

Oh, na klasse. Das waren wieder diese absolut nutzlosen Hilfen.

»Es ist genug Papier drin und die Patronen sind gewechselt. Aber dieses Scheißding will einfach nicht ...«

»Hast du schon darüber nachgedacht, Kate? Ob wir miteinander ausgehen sollen?«

Verdammt, hätte er mal weiter mit *cleveren* Tipps um sich geworfen. »George, ich habe gerade andere Sorgen«, erklärte ich ihm ausweichend und drückte aus Verzweiflung jede Taste auf dem Display des Kopierers.

»Ja, aber ...« Er drängte sich tatsächlich zwischen den Kopierer und mich und blickte mich eindringlich an. »Ich finde, wir könnten gut zusammenpassen.«

Könnten wir das? Woher kam dieser Gedanke plötzlich? Außerdem datete man sich doch erst, bevor man davon sprach, zueinanderzupassen, oder?

»George, wir beide haben doch nie ...«

»Ich weiß, und ich denke, wir sollten einfach mal einen Abend miteinander verbringen, um zu sehen, ob das mit uns beiden etwas werden könnte. Ich für meinen Teil finde dich total interessant.« Plötzlich nahm er meine Hand und drückte sie gegen seine Brust, ohne mich aus den Augen zu lassen. »Ich denke ...«

»Ich denke, Ms. Walsh hat einiges an Arbeit auf ihrem Schreibtisch liegen und muss sich darum kümmern«, sprach auf einmal Reed, der in der Tür stand und uns beide beobachtete.

Sofort entriss ich George meine Hand und schluckte.

»Tut mir leid, Sir. Bitte glauben Sie nicht, dass das von Kate ausging«, sagte George und überraschte mich damit noch einmal. Er sah mich kurz an, verließ dann aber den kleinen Raum. Mich ließ er völlig verwirrt zurück.

Reed kam ins Zimmer und schloss die Tür hinter sich. »Wollen Sie vielleicht irgendetwas dazu sagen?«

Okay, das reichte für heute. Dass George mir offensichtlich, warum auch immer, den Hof machte und Reed mich dabei erwischte, brachte das Fass zum Überlaufen. Bis vor Kurzem dachte ich noch, ich besäße gar kein Fass und nichts würde mich je zum Platzen bringen. Aber da hatte ich Reed wieder mal unterschätzt.

»Sie glauben doch wohl nicht, dass George und ich …«

Vielleicht klang ich zu überheblich oder nicht ernsthaft genug. Aber Reed lachte nicht über meinen Versuch, witzig zu sein. Er blickte mich nur wie so oft an. Ich kannte diesen Blick, aber er verriet mir absolut nichts über seine Gefühle.

»Was ich glaube, ist nicht wichtig. Anscheinend ist es wichtig, was er meint glauben zu können.«

»Ach was, das ist irgendein Scherz. George meint das nicht …«

»Und wenn doch?« Er trat einen Schritt auf mich zu. Hinter mir stand der Kopierer, also könnte ich nicht mal ausweichen. »Sie wissen, dass ich das nicht gestatte.«

Ich nickte, ohne ihn aus den Augen zu lassen. Einschüchtern lassen würde ich mich nicht so leicht. Nur weil wir beide hier völlig allein waren. *Pah! Da kennt er mich aber schlecht.*

»Wie kommt es, dass Sie mir immer nur in die Augen sehen können, wenn Sie sich verteidigen?«

Hatten wir nicht gerade noch über George gesprochen? Warum wechselte er das Thema?

»Ich weiß nicht, wovon Sie …«

Und ich machte den Fehler, den Blick zu senken.

Auf einmal spürte ich ihn direkt vor mir. Sein Aftershave, das ich noch nie so intensiv an ihm gerochen hatte, weil … weil wir uns noch nie so nah gekommen waren, stach mir mit einer Intensität in die Nase, die mich nervös machte.

»Kate.«

Wieder nannte er meinen Vornamen und ich musste gestehen, dass mir das gefiel. Meinen Namen aus seinem Mund zu hören, brachte eine Aufregung mit sich, die ich mir eigentlich nicht leisten konnte.

»Mache ich Sie etwa nervös?«

Die Frage kam nur geflüstert, er hatte dabei fast meine Stirn berührt. Seine Lippen auf meiner Stirn … Das erinnerte mich an etwas, aber dafür blieb gerade keine Zeit.

Trotzig schaute ich auf. »Ganz bestimmt nicht!«

Reeds Augen begannen zu leuchten, als hätte ich mich gerade selbst verraten. Und das hatte ich auch … Er lächelte. Eines dieser seltenen Lächeln, die mich immer wieder überraschten.

»Gut. Ich möchte ja nicht, dass Sie sich unwohl fühlen.« Seine Hände verschwanden hinter mir. Als würde er sich dort abstützen.

Ich musste schlucken, als er mir noch näher kam.

Was wollte er machen?

Oh Gott, würde er es mit mir machen?

Wooow. Ganz langsam, Mädchen. Erst einmal musst du dich dazu einverstanden erklären, okay. Es ist ja nicht so, als wärst du jetzt schon hin und weg von ihm.

Urplötzlich begann der Kopierer wieder zu rattern. Reed zog die Hände wieder zu sich und brachte Abstand zwischen uns.

Verwirrt sah ich auf das Gerät.

»Manchmal hilft ein Neustart.«

Ein Neustart?

»Ich meine den Kopierer, Kate.«

»Natürlich meinen Sie den Kopierer«, war meine ganz informative Antwort darauf.

Reed beobachtete mich noch einen Moment, nickte dann, als hätte er hier alles erledigt, und ließ mich allein zurück.

Was ein Kopierraum von gerade mal fünf Quadratmetern für eine Wirkung haben konnte …

Die Überraschung über den kleinen Zusammenstoß mit Kate und dem Briten hatte mich unvorsichtig werden lassen. Was hatte ich mir dabei gedacht?

Ich saß wie üblich in meinem Büro. Vor mir lagen wichtige Papiere, aber konzentrieren konnte ich mich gerade nicht darauf.

Meine Bürotür war geschlossen. Die Tür, die mich vor Kate schützte. Wenn ich es nicht besser wüsste, würde ich sagen, dass die Tür das Einzige war, das mich gerade davon abhielt, zu ihr zu gehen und …

Ich schüttelte rasch den Kopf, als würde ich damit die Bilder aus meinem Kopf bekommen, die sich seit einer Stunde in mir aufstauten.

Bilder, die mir zum Verhängnis werden könnten.

Die ihr zum Verhängnis werden könnten.

Das Telefon klingelte.

Kate?

Nein. Sie würde einfach ins Büro stürmen. Ich hätte darüber fast gelächelt.

Das Telefon zeigte eine Nummer von auswärts. Granny.

»Hi Granny, wie …«

»Du meidest mich!«, sprach sie, ohne mich zu begrüßen. So war sie halt.

»Ich meide dich nicht«, log ich.

»Ach, wirklich? Dann frage ich mich, warum ich in der letzten Woche noch nichts von deiner Trennung gelesen habe?«

Ich kniff mir in die Nasenwurzel, weil dieses Thema gerade nicht passte. Nicht, wenn ich immer noch Kate im Kopf hatte.

»Du weißt selbst, dass viel passiert ist und …«

»Du meinst die plötzliche Erkrankung deiner Assistentin? Wie hieß sie noch mal? Sie hatte so schöne offene Augen, mir gefiel sie damals schon, als dein Dad sie eingestellt hatte.«

»Sie heißt Kate, Granny. Kate Walsh.«

»Ja genau, Kate. Ein wunderschöner Name. Ich kannte in den Sechzigern mal eine Kate. Natürlich hieß sie eigentlich Katherine, aber sie hatte so eine Sanftheit in ihrem Wesen, dass wir sie nur Kate nannten.«

»Granny, kann ich irgendetwas für dich tun?«, sprach ich ihr dazwischen, damit wir nicht weiter über Kate redeten, weil mein Kopf schon voll mit Bildern von ihr war.

»Ach so, ja. Ich würde gerne meine Tupperdose zurückhaben«, sagte sie mit einer Bestimmtheit, dass ich es ihr fast abgekauft hätte.

»Deine Tupperdose?«, fragte ich vorsichtshalber nach.

»Ja, natürlich. Oder glaubst du, ich besitze gleich mehrere von diesen neuartigen Teilen? Ich nehme an, sie ist noch bei Kate?«

Worauf wollte diese Frau hinaus?

»Vermutlich. Ich habe sie noch nicht darauf angesprochen.«

»Hast du nicht? Na gut, dann kümmere ich mich darum. Ich muss jetzt auch wieder los. Termine.«

Dann hatte sie schon aufgelegt.

Ich starrte auf den Hörer. Sie hatte einfach aufgelegt.

Es gab schon viele verrückte Momente mit Granny. Aber dieses Telefonat stand ab sofort auf Platz eins der Liste.

Kapitel 10

Kate

»Na los. Stirb schon!«, rief ich dem ätzenden Endgegner zu und sprang mit Donkey Kong noch einmal zu ihm. »Komm, komm, komm!«

Es war bereits Mittwoch. Ich war George, so gut es ging, aus dem Weg gegangen und jetzt zockte ich in meiner Mittagspause bei *Winston*. Die kleine Gaminghalle lag nur zwei Blocks vom Büro entfernt.

Reed verhielt sich wieder normal. Also so normal, wie es unter seinen Umständen möglich war. Er redete nur dann, wenn er etwas wollte, und war dabei wie immer nicht freundlich. Reed starrte lieber, als etwas zu sagen. Alles war wie immer und doch … hatte sich irgendetwas verändert.

Ich dachte seit zwei Tagen darüber nach, was da im Kopierraum mit mir los gewesen war. Eigentlich hätte ich sofort abhauen sollen, als er auf mich zugegangen war. Diese Nähe zwischen Angestellter und Chef war nicht … Es war nicht …

»Ich glaube, du hast ihn schon getötet. Mehr geht nicht, Kate.«

Declan war mitgekommen und schaute mir beim Spielen zu. Ab und an zockte er auch, aber heute nicht.

»Mmh.«

An dem großen Spieleautomat aus den Achtzigern spielte ich am liebsten, seit ich für *Jacobs' Immobilien* arbeitete.

»Stress abgebaut?«, fragte er dann noch.

Er kannte mich gut.

»Geht so.«

»Dann lass uns rüber ins *Hastings* gehen. Du trinkst einen viel zu süßen Erdbeermilchshake und versuchst mich wieder mal zu überzeugen, den Dreck auch zu trinken.«

Er kannte mich zu gut. Zucker war genau das, was ich jetzt gebrauchen könnte. Also folgte ich ihm. Das *Hastings* befand sich direkt gegenüber von der Gaminghalle. Wir fanden eine kleine Nische am Fenster und setzten uns.

»Ich lad dich ein«, erklärte er und nahm sich die Menükarte.

»Ich bin doch dran mit zahlen.« Das machten wir immer so. Wir wechselten uns ab.

Er zuckte mit der Schulter, als die Kellnerin kam.

»Einen Erdbeermilchshake für die Dame und ich bekomme bitte einen Kaffee.«

Es störte mich nicht, dass er für uns bestellte. Die

Kellnerin nickte so desinteressiert, dass sie mir fast leidtat.

»So, willst du mir vielleicht sagen, warum du heute etwas aggressiv bist?«

»Ich bin nicht …«

Declan hob eine Augenbraue.

Ich verdrehte die Augen. »Es ist momentan einfach etwas viel los bei mir.«

»Stimmt«, antwortete er grinsend.

»Na toll. Danke, dass du das auch so lustig findest.«

»Es tut mir leid, Kate, aber in letzter Zeit bringst du Sachen, die echt …« Er verzog das Gesicht. Ich konnte den Ausdruck nicht mal beschreiben, so komisch sah er aus.

»Danke, Declan. Danke, dass du mich auch in meiner Mittagspause darauf hinweist.«

Er hob abwehrend die Hände. »Hey, ich sage nur die Wahrheit. Du kennst sie ja auch. Sonst wärst du nicht so genervt.«

»Ich war schon immer tollpatschig, aber in letzter Zeit ziehe ich das Pech an wie eine Motte das Licht.«

Die Kellnerin reichte uns den Erdbeermilchshake und den Kaffee. Declan bedankte sich und mischte Zucker in die schwarze Flüssigkeit. Ich spielte mit dem Strohhalm herum.

»Es werden auch bessere Zeiten kommen«, versicherte mir der gutgläubige Declan. Er sah immer positiv in die Zukunft. Wenn er mal einen schlechten

Tag hatte, zog er mich mit ins *Hastings*. Danach ging es ihm meist direkt besser. Am Anfang war er mir echt unheimlich gewesen. Mittlerweile hatte ich begriffen, dass er einfach ein sehr optimistischer Mensch war.

Sein kurzes, blondes Haar und der Anzug standen ihm super. Dazu hatte er ein so offenes und herzliches Lachen. Wenn er nicht schwul wäre, vielleicht …

»Kate? Alles okay? Du scheinst immer noch nicht ganz …«

Ich winkte ab. »Alles okay. Ich …« Ich stockte. Declan war ein Freund. Wenn ich Tiff von Georges Angebot erzählen würde, wäre ihr erster Tipp, es mit ihm ordentlich krachen zu lassen. Aber helfen könnte es mir nicht.

»Du bist ja ein Mann«, begann ich also das Thema und Declan verschluckte sich an seinem Kaffee.

»Ähm … Danke, dass du das bemerkt hast.«

Ich grinste. Die lockere Stimmung beflügelte mich.

»Hast du jemals bemerkt, dass George etwas mehr … also … Du hast ja ab und an mal mit George zu tun. Hat er irgendwann mal geäußert, dass er vielleicht, keine Ahnung, Interesse an mir hat, oder so?«

Declan wirkte überrascht. »Interesse an dir hat, oder so?«

Seufzend ließ ich den Strohhalm los. »George will mit mir ausgehen.«

Declans Gesichtszüge verhärteten sich. »George aus der Rechtsabteilung?«

Ich nickte. »Er kam auf mich zu und wollte ein Date. Einfach so.«

»Und was hast du gesagt?«

»Gar nichts.«

Declan seufzte laut.

»Was? Wehe, du sagst mir jetzt, ich mache einen großen Fehler, wenn …«

»Wenn du was, Kate?«, fragte er vorsichtig.

»Du willst mir doch jetzt sagen, dass ich mit ihm ausgehen soll. Vielleicht wird es ja ganz nett. Womöglich könnte es passen oder …«

»Das würde Tiff vermutlich sagen«, mischte Declan sich ein. »Aber ich nicht.«

»Echt nicht?« Verwundert sah ich ihn an und er schüttelte den Kopf, als hätte ich etwas Falsches gesagt.

Dann sah er zur Seite, fuhr sich durch sein blondes Haar und blickte mich dann wieder an. »Du weißt es nicht, oder?«

»Was weiß ich nicht?«

Er schüttelte den Kopf und wirkte ziemlich frustriert. Aber irgendwann schaute er mich wieder an. Declan beobachtete mich genaustens. So langsam fühlte ich mich unwohl dabei.

»Ich habe auch Interesse an dir, Kate.«

Der Schock saß sofort tief und fest. Ich öffnete den Mund, aber kein Wort drang heraus. Mein Kopf war völlig leer, ich fühlte mich völlig leer. Mir gegenüber saß Declan. Declan, mein Freund. Einer meiner besten Freunde.

»Du ... bist doch schwul.«

Ein Ruck ging durch in hindurch, als hätte ich ihm eine verpasst. »Scheiße, was?«

Declan fluchte selten. So selten, dass ich vermutlich das erste Mal »Scheiße« aus seinem Mund gehört hatte.

»Ja, Tiff hat doch mal gesagt ...«

Er verdrehte die Augen. »Du meinst die Party, bei der ich mit Fred aus der Poststelle Karaoke gesungen habe?«

Ich nickte. Tiff hatte gesagt, dass die beiden als Paar super funktionieren würden. Declan hatte dem lachend zugestimmt und da er nie über Frauen oder Freundinnen sprach, war es doch nur logisch, zu denken, dass er auf Männer stand.

»Gott, Kate. Ich war sturzbetrunken an dem Abend. Moment mal. Du denkst seit drei Jahren, dass ich schwul sei?«

Ich öffnete den Mund, sagte aber nichts, weil mein Blick irgendwie alles aussagte.

Declan schüttelte den Kopf. »Ich hätte dir das nicht hier sagen sollen. Tut mir leid. Aber ... George ist nicht der Einzige, der Interesse hat, Kate. Ich warte seit Jahren darauf, dir das sagen zu können. Nur jedes Mal, wenn ich denke, ich tue es, hast du wieder Ärger mit dem Boss und willst einfach, dass ich dir zuhöre. Das tue ich gerne. Ehrlich. Aber als du jetzt von George angefangen hast, musste ich einfach die Wahrheit sagen.«

Der Blick seiner grünen Augen traf meinen. Er war

ein toller Mensch. Er war ein Freund geworden, nachdem Tiff gegangen war.

»Declan, ich weiß ehrlich nicht, was ich dazu sagen soll.«

»Es ist besser, nichts zu sagen, als wenn du es direkt verneinen würdest«, antwortete er ehrlich.

Sprachlos starrte ich weiterhin zu ihm. Irgendwann zahlte er für mich mit.

»Wir sehen uns im Büro.«

Dann ließ er mich allein zurück. Verwirrt und überrascht.

Er war der zweite Typ, der urplötzlich mehr von mir wollte. Ich würde ja gern sagen, dass es irgendwo ein Nest geben musste, aber ich wusste ja, wie ich früher auf die Männer gewirkt hatte.

»Fat Cat! Fat Cat! Fat Cat!«

Die Rufe der Kinder und der Teenager tauchten in meinem Kopf auf. Der Schmerz war noch immer allgegenwärtig.

***

Es war bereits gegen halb sechs, und ich arbeitete immer noch. Die Zeit verging heute wie im Flug.

»Schönen Feierabend, Kate.« George lächelte mich an, während er mit ein paar anderen zum Lift ging.

Ich nickte nur, weil ich ihn nicht anlächeln wollte.

»Bis morgen, Kate!«, rief auch Declan. Er stand

neben George und lächelte. Dann schlossen sich die Türen und ich konnte wieder frei atmen.

»Großer Gott«, murmelte ich und konzentrierte mich auf meine Arbeit.

Was für ein verrückter Tag.

»Sie sollten Feierabend machen.«

Ich sah auf und erkannte, wie Reed sein Büro abschloss.

»Ich habe noch zu tun«, antwortete ich.

»Das kann sicherlich auch bis morgen warten.«

Ich ignorierte seinen letzten Satz, senkte den Blick auf den Monitor und griff nach ein paar Akten. »Dazu bräuchte ich ein paar Unterschriften.«

Weil ich zu stur war, um ihn anzusehen, hielt ich ihm die Papiere hin und erwartete, dass er sie ergriff. Stattdessen fielen sie alle zu Boden.

Reed seufzte und ich stand wortlos auf, um sie wieder aufzusammeln.

Er half mir, bis nur noch ein Zettel übrig blieb. Wir griffen zeitgleich danach, und plötzlich hielt er meine Hand fest.

Ich erstarrte regelrecht. Seine Hand fühlte sich warm und sicher an. Als könnte mir nichts passieren, wenn er mich nur weiter festhielt. *Total verrückt.*

»Kate?«

Seine Stimme klang ziemlich leise. Ich hob den Blick und wir sahen uns in die Augen.

Einen Moment lang gab es nur mich und ihn. Aber

dann wurde mir bewusst, wen ich da gerade wie einen verknallten Teenager anstarrte.

»War das das letzte Papier?«

Seine Frage ergab keinen Sinn.

Dann wurde mir klar, dass ich den Zettel und seine Hand noch hielt. Oder war es umgekehrt?

»Ja, das sind alle«, plapperte ich schnell und stand auf. Er ließ meine Hand nicht los und blieb neben mir stehen. Wir sahen uns an, als … als könnten wir nichts anderes tun.

Es geschah innerhalb von Sekunden. Der Zettel flog und unsere Münder trafen aufeinander.

Als seine Lippen auf meine trafen, schlug mein Magen Purzelbäume. Er ergriff meinen Nacken, ich krallte mich an seinem Hemd fest.

Irgendjemand stöhnte. Vermutlich ich. Erst als ich den Kuss unterbrach, bemerkte ich, dass wir in seinem Büro standen. Wie waren wir denn hierher gekommen? Ich saß auf seinem Schreibtisch, die Beine gespreizt, als wüsste ich ganz genau, was als Nächstes folgte.

»Kate, sieh mich an.«

Reed stand direkt vor mir. Sein Jackett hatte er abgelegt und begann gerade, das Hemd aufzuknöpfen.

Ich grinste, während er das tat.

»Du willst das hier, oder? Du willst es so dringend wie ich!«, sprach er so verdammt sexy mit seiner tiefen, männlichen Stimme, dass ich einfach nur wie wild nickte.

»Ach, bitte!«

Plötzlich stand Jessica Sunshine neben mir. Sie trug schon wieder dieses rote Designerkleid, das knapp unter ihren Kniekehlen endete. Ihr Gesichtsausdruck war angewidert.

»Sie ist doch überhaupt nicht dein Typ, Reed. Sieh sie dir doch an!«

Peinlich berührt hielt ich die Arme schützend vor meine Brust, nur um dann zu bemerken, dass ich vollkommen nackt hier lag.

»Fett an ihrem Bauch. Fett an ihren Beinen. Hast du schon mal was von Diäten gehört? Vermutlich nicht. Pah, sie ist wahrscheinlich noch Jungfrau. Wer will da denn drüberhüpfen?«

Ich wollte nicht hinsehen, dennoch schaute ich zu Reed. Sein Blick lag auf mir. Es war wieder dieser undeutbare Blick. Der, den ich seit zwei Jahren einfach nicht lesen konnte.

»Ich rede mir dir, Fat Cat!«, schrie Jessica plötzlich. Ich wollte etwas erwidern und mich verteidigen, aber da kam plötzlich Donkey Kong hereinspaziert und sprang von Wand zu Wand, um schlussendlich mit einem mordsmäßigen Brüllen auf Jessica zu landen, die als dünne Scheibe auf dem Boden endete …

Ruckartig fuhr ich hoch und war sofort hellwach, als mir klar wurde, was ich da gerade geträumt hatte.

Mein Zimmer lag im Dunkeln, der Wecker auf dem Nachttisch zeigte 7:42 Uhr an. Ich hatte verschlafen.

»Na großartig. Jetzt treibe ich es schon mit meinem Chef.«

Kapitel 11

Reed

Kate kam eine halbe Stunde zu spät zur Arbeit.

Wann war das jemals passiert?

Absichtlich hatte ich meine Bürotür offen gelassen, damit ich genau mitbekam, wann sie endlich käme. Endlich kam sie herein, hetzte an ihren Schreibtisch und fuhr den Computer hoch.

»Ms. Walsh«, rief ich ihr zu.

»Fuck«, fluchte sie und ich musste mein Grinsen darüber unterdrücken.

Sie rannte praktisch mit ihrem Tablet bewaffnet in mein Büro.

»Guten Morgen, Mr. Jacobs.«

Keine Entschuldigung, keine Ausrede. Interessant.

»Sie wissen, wann wir normalerweise anfangen zu arbeiten? Ich benutze das Wort »normalerweise«, weil es Ihnen anscheinend schon fremd vorkommt, oder?«

Tatsächlich war Kate alles andere als normal. Sie zog regelmäßig weiße Blusen an, obwohl auf jeder zweiten davon irgendwann einmal Kaffee landete. Die Frau flog einfach mal in den See, weil sie mich zu konzentriert anbrüllte und nicht auf ihre Umgebung achtete. Nicht zu vergessen, dass sie so stur war und lieber krank zur Arbeit kam, um nicht zugeben zu müssen, dass sie nicht arbeitsfähig war.

Mindestens einen der Gründe hätte ich nehmen können, um ihr zu kündigen. Tat ich das? Nein.

Kate blähte vor Wut die Wangen auf.

»Mr. Jacobs«, begann sie und ich hörte ihr gespannt zu.

Sie runzelte die Stirn über mich, dann biss sie sich auf ihre rot geschminkten Lippen. »Mist, jetzt haben Sie mich durcheinander, ich meine, aus dem Konzept gebracht.«

»Ich?«

»Sonst sprechen Sie mir auch immer dazwischen, wenn ich mich verteidigen will!«, sagte sie.

Tat ich das?

»Ich habe verschlafen. Das ist das erste Mal seit zwei Jahren. Leugnen Sie es nicht, wir beide wissen das.«

Jedes Mal war ich am Ende derjenige, der den Kürzeren zog. Eigentlich hasste ich es, zu verlieren. Aber Kate ließ ich immer wieder gern den Vortritt.

»Ich will einfach, dass Sie gesund zur Arbeit kommen, Kate.«

Jedes Mal bemerkte sie, dass ich ihren Vornamen ausgesprochen hatte. Dass sah ich sehr gut an ihrem irritierten Blick, den sie mir nur kurzzeitig zu sehen erlaubte. Denn wenige Momente später tat sie so, als wäre nichts anders. Aber jedes Mal erwähnte sie das nicht. Warum nicht?

Ich wartete noch ein paar Sekunden, aber sie sprach es nicht an.

»Ich habe hier noch ein paar unterschriebene Papiere, die Sie bitte faxen müssen«, begann ich dann mit dem eigentlichen Grund, warum sie hier war.

»Papiere?«, wiederholte sie verwundert und starrte wie hypnotisiert auf den Stapel, den ich ihr hinhielt. Sie sah aus, als würde sie darauf warten, dass das Papier sich selbstständig machte.

Mein Telefon klingelte. Bevor ich abnehmen konnte, riss Kate die Papiere an sich und klammerte sich daran, als wären sie ein seltener Schatz. Ich wollte mir keine weiteren Gedanken über ihr Verhalten machen. Immerhin war das hier Kate, die ständig mit unvorhersehbaren Aktionen ankam.

Normalerweise hätte ich mich wundern sollen, dass ich direkt in meinem Büro angerufen wurde, wenn augenscheinlich meine Assistentin hier stand und den Anrufer nicht erst identifizieren konnte. Ich war unüberlegt ans Telefon gegangen. Dass daran ganz allein Kate schuld sein könnte, ignorierte ich.

»Jacobs.«

»Mr. Jacobs, danke, dass Sie direkt mit mir sprechen.«

Ich runzelte die Stirn, weil mir die männliche Stimme überhaupt nichts sagte.

»Mein Name ist Jonathan Parker und ich arbeite für die Steuerbehörde …«

Mein Kopf schoss in die Höhe und ich suchte Kates Blick, die sich gerade umdrehen wollte. Aber mein Blick sprach Bände, sie wurde hellhörig und wartete ab.

Der Kerl erzählte eindringlich, für wen er arbeitete und wie umfangreich sein Talent war, Zahlen, die in eine bestimmte Richtung gedreht worden waren, wieder richtigzustellen. Im Großen und Ganzen wollte er mir ans Leder.

»Wir haben durch einen anonymen Anruf den Tipp bekommen, dass bei Ihnen Gelder verunt…«

Und wie er mir ans Leder wollte!

»Ich kann Ihnen mit absoluter Gewissheit sagen, dass der Anrufer mir und meiner Firma nur schaden möchte«, erklärte ich fest.

»Wir werden uns morgen früh Ihre Bücher ansehen, Mr. Jacobs. Bitte sorgen Sie dafür, dass um acht Uhr jemand im Hause ist, der uns freien Zugang gewährt.«

Das hieß, sie würden um sieben Uhr hier sein.

»Einen schönen Tag noch, Mr. Jacobs.«

Dieser arrogante Mistkerl hatte einfach aufgelegt.

»Was ist los?«

Ich hatte sie fast wieder vergessen.

»Trommeln Sie die Rechtsabteilung und die Mitarbeiter aus der Buchhaltung zusammen. Sie sollen sich umgehend im Konferenzraum einfinden.«

Erst schien sie wie erstarrt, nickte dann aber und ging los.

Ich starrte weiterhin auf den Hörer in meiner Hand. Das war doch alles auf Jessicas Mist gewachsen.

Zehn Minuten später kam ich in den Konferenzsaal. Die gesamte Rechtsabteilung war vertreten sowie einige aus der Buchhaltung. Aber nicht alle, wie ich sofort bemerkte.

»Jerry und Quinn, die Leitungen der Buchhaltung, sind in ihrem Kurzurlaub«, flüsterte Kate mir zu.

Ich starrte sie an, aber ihr Blick sprach Bände. Es handelte sich keineswegs um einen Witz.

Einmal holte ich tief Luft, dann kam ich auf den Punkt.

»Es wird morgen früh eine Steuerprüfung geben.«

Sie reagierten wie vermutet. Einige stöhnten genervt auf, andere schüttelten den Kopf.

»Ich weiß, dass das nicht geplant war, aber wir müssen schauen, dass die Bücher in Ordnung sind.«

»Sie sind in Ordnung«, behauptete irgendjemand.

»Wenn sie das sind, wird es keine Probleme geben«, antwortete ich sachlich. Ich erwartete keine großen Fehler, allerdings wollte Jessica Rache und die würde sie bekommen, wenn ich nicht vernünftig arbeitete.

»Na los, an die Arbeit, Leute. Ihr wisst, dass das wichtig ist!«, rief Kate durch den Konferenzsaal, und schon begannen sie herumzulaufen und sich um ihren Arbeitsbereich zu kümmern.

Kate

»Wie sollen wir das schaffen, Kate? Quinn und Jerry sind nicht hier und wir sind nur zwei. Die Idioten aus der Rechtsabteilung kennen sich nur mit Paragraphen aus, nicht mit dem, was zählt«, flüsterte mir Candy zu, die ein Jahrespraktikum bei uns machte. Eine Praktikantin schaute sich unsere Quartalszahlen an. Die Ironie daran war auch mir bewusst. Deswegen saß ich jetzt hier im Konferenzsaal neben den zwei anwesenden Mitarbeitern der Buchhaltung.

George und die anderen Anwälte saßen auf der anderen Seite des Tisches und suchten eifrig nach Möglichkeiten, dass uns nicht ans Bein gepinkelt wurde, falls das hier schiefging.

»Wir müssen es schaffen. Da gibt es gar keine andere Möglichkeit, Candy«, antwortete ich und starrte auf die Liste von Zahlen.

Sie schnaubte. Die kleine, 19-jährige Praktikantin schnaubte tatsächlich.

»Ich wette, wir kriegen die Überstunden nicht mal bezahlt.«

Ich verdrehte die Augen. »Du kannst froh sein, wenn du morgen noch deinen Job hast«, erklärte ich ihr und setzte mich demonstrativ um. Es gab einen abgegrenzten Bereich hinter dem Konferenzsaal, eine Art Ruheraum. Den benutzte kaum einer, aber heute gefiel mir die Idee von einem gemütlichen Sessel mit Fußhocker. Davon standen nur jeweils zwei hier drin.

Seufzend setzte ich mich hinein und schlug den ersten Ordner wieder auf.

Ein Ordner nach dem anderen folgte.

Ich durchsuchte und verglich zig Ausgaben, von einem einfachen Geschäftsessen bis hin zu Anschaffungen für zig Büros hier in der Firma.

Man hatte mich die ganze Zeit – über Stunden – in Ruhe meine Arbeit machen lassen, bis irgendjemand doch die Tür öffnete.

»Essen?«

Ich sah auf und begegnete Reeds Blick. Er hielt eine Packung chinesisches Essen hoch.

»Oh mein Gott, ja!« Ich entriss ihm die Schachtel und setzte mich im Schneidersitz in den Sessel. Meine Schuhe hatte ich bereits vor Stunden ausgezogen.

»Hier.« Reed reichte mir eine Gabel.

»Danke.«

Wäre ich nicht stundenlang hier drin gewesen und hätte irgendwelche Zahlen anderen Zahlen zuordnen müssen, hätte ich vielleicht eher bemerkt, wie ich auf Reed wirken musste.

Wie eine Irre, die ihre Kalorien noch nicht hatte.
Wie eine fette Irre, die ihre Kalorien noch nicht hatte.

Ich spießte Nudeln auf die Gabel, als ich bemerkte,

dass Reed sich mir gegenüber in den Sessel gesetzt hatte und mich beobachtete. Er wirkte amüsiert.

»Was?«

»Nichts. Essen Sie nur. Ich konnte gerade noch Ente und Nudeln für Sie beiseitelegen.«

»Ente und Nudeln?«, fragte ich überrascht und starrte in den Inhalt der Packung. Tatsächlich hatte er mein Lieblingsgericht vom Chinesen ausgesucht. »Essen Sie nichts?«

»Momentan arbeiten zwanzig Leute daran, dass ich mich morgen nicht wie ein dummer Schuljunge blamiere. Schlimmstenfalls finden Sie irgendeinen Scheiß, damit ich Probleme bekomme. Da denke ich an vieles, aber nicht ans Essen. Also kümmern Sie sich nicht um mich, Kate. Essen Sie.«

Die ehrlichen Worte überraschten mich, zeigten aber auch, wie ernst die Lage war. Er lehnte sich im Sessel zurück und schloss die Augen. Reed wirkte müde. Sehr müde.

»Die Steuerbehörde hat direkt bei Ihnen im Büro angerufen«, stellte ich fest.

Er sagte nichts, hielt die Augen geschlossen. Da er nichts bestritt, vermutete ich weiter.

»Ich bin kein Profi, allerdings finde ich es ziemlich merkwürdig, dass Sie 24 Stunden vorher vorgewarnt werden. Ist das üblich, wenn es sich um eine reine Prüfung handelt?«

»Ist es üblich, Kate?«, fragte er stattdessen mich, ohne die Augen zu öffnen.

»Sie wurden angeschwärzt«, stellte ich fest. Das konnte der einzige Grund sein.

Reed öffnete die Augen und sah mich mit diesen geduldigen, kühlen Augen an.

»Wer würde denn ...«

Jessica Sunshine ging mir sofort durch den Kopf.

»Sie wollen mir doch nicht sagen, dass Ihre Freundin so etwas tun würde? Was hat sie denn davon?«

»Ex-Freundin.«

»Wie auch immer«, sagte ich schnell.

»Sie denken, ich wäre wieder mit Jessica zusammen.« Diese ruhige Stimme und dazu noch dieser nichtssagende Blick machten mich nervös.

»Was ich denke, spielt keine Rolle. Es ist wichtig, zu wissen, wer Sie ans Messer liefern will.«

»Ans Messer liefern? Sie glauben, in den Büchern ...«

»Nein! Da ist mit Sicherheit alles in Ordnung. Aber momentan arbeiten zwanzig Leute rund um die Uhr daran, zu bestätigen, dass die Bücher stimmen. Das wird für's Betriebsklima nicht gerade förderlich sein.«

Reed seufzte und rieb sich über die Stirn. »Ich weiß.«

»Gut, dass Sie das wissen. Dann sorgen Sie dafür, dass Ihre Freundin ein paar Blumen bekommt und Sie sie schick zum Essen ausführen. Dann wird Sie sicherlich keinen Steuerheini mehr anrufen, um uns Ärger zu machen.«

»Sie sagen schon wieder, sie sei meine Freundin. Jessica ist nicht ...«

»Jessica Sunshine ist offensichtlich noch nicht fertig mit Ihnen.«

»Ist sie nicht«, bestätigte er leise.

Ich musste mir eingestehen, dass mir der Gedanke und seine Antwort nicht gefielen.

Sie ist noch nicht mit ihm fertig.

War es vielleicht so etwas wie ein Freundschaft-Plus-Ding? Möglich. Reed Jacobs war nicht bekannt dafür, eine Freundin dauerhaft zu halten. Wobei Jessica Sunshine vergleichsweise lange an seiner Seite bleiben durfte.

»Was denken Sie?«

»Was ich denke?«, fragte ich nach.

Das willst du nicht wissen.

Aber er nickte, weil er es tatsächlich wissen wollte.

»Sie haben sie doch gesehen, oder? Als ich diesen unfreiwilligen … Also, als ich krank wurde. Ihr Kleid war kein Kleid, das man trägt, wenn man die Klamotten seines Ex-Freundes vorbeibringt. Dieses Kleid trägt man, weil …«

Reed legte den Kopf schief, als würde er unbedingt erfahren wollen, was ich über dieses Kleid dachte.

»… sie sich noch etwas erhofft. Also, von Ihnen erhofft.«

»Sie erhofft sich mehr.«

Vier Worte, die mich mehr als überraschten. Vor allem, weil er sie mir so offen und ehrlich sagte.

»Oh. Und Sie?«

»Ich?«, fragte er amüsiert nach.

»Ich frage nur, weil ich dann alle warnen muss. Vermutlich würde ich einen Mord begehen und dazu bräuchte ich Komplizen.«

Warum hatte ich das jetzt gesagt? Was, wenn das stimmte und sie hier wieder jeden Tag antanzen würde? Großer Gott. Ich hatte tatsächlich zugegeben, sie umbringen zu wollen, wenn er wieder mit ihr zusammenkommen würde.

Boden, tu dich auf.

»Es tut mir leid, das hätte ich nicht sagen …«

Er hob beschwichtigend eine Hand. »Schon gut. Ich … ich mochte Ihre Ehrlichkeit schon immer. Sie sind vielleicht die Einzige hier, die mir jedes Mal die Meinung ehrlich und offen sagen würde.«

Er *mochte* meine Ehrlichkeit?

»Jessica und ich kommen nicht wieder zusammen. Es hat nicht mehr gepasst. Ach, was rede ich da. Es hat von Anfang an nicht gepasst. Aber beendet habe ich es auch nicht sofort, weil …«

Erst jetzt schien er bemerkt zu haben, dass er mit mir über diesen ganzen Kram redete.

Jetzt wird er wieder dicht machen …

»Sagen wir so: Sie hat mir etwas Wichtiges mit auf den Weg gegeben. Deswegen weiß ich, dass Jessica nicht die Richtige ist.«

»Sie suchen die Richtige?« Die Frage war mir herausgeplatzt, bevor ich überhaupt darüber nachdenken konnte.

Na großartig. Was denkst du denn, Kate? Dass er dir sein Profil bei Tinder zeigt?

Dad und seine Tinder-Anspielung. Die würde ich nie wieder loswerden.

»Hab ich das gesagt?« Reed runzelte die Stirn und wirkte selbst erstaunt. Hatte ich tatsächlich etwas aus ihm herausgekitzelt, das er selbst noch nicht über sich wusste?

Na, sieh einer an!

»Ihre Großmutter wird sich freuen«, antwortete ich.

Reed schnaubte. »Verraten Sie es ihr bloß nicht.«

Ich hob unschuldig beide Hände.

»Essen Sie, Kate.«

Das Essen hatte ich total vergessen, also nahm ich mir eine Gabel und steckte sie in den Mund.

»Das ist gut!«, rief ich begeistert aus.

»Ich sehe es Ihnen an«, bestätigte er schmunzelnd.

Reed Jacobs schmunzelte.

»Sie sollten öfter lächeln«, platzte dann auch der letzte Rest Zurückhaltung aus mir heraus.

»Das hat auch noch niemand zu mir gesagt. Außer meiner Großmutter vermutlich.«

Ich schnaubte und stocherte weiter in meinen Nudeln herum.

Gibt es noch mehr Ente darin?

»Und wieder einmal machen Sie mir klar, dass ich es tatsächlich öfter machen sollte.«

»Wenn Sie glückliche Mitarbeiter haben wollen, sollten Sie das in Betracht ziehen.«

Erst als ich hochsah, bemerkte ich, wie eindringlich Reed mich anblickte.

»Was?«, fragte ich vorsichtig. War ich dieses Mal zu weit gegangen? Vorhin fand er es noch witzig, dass ich so unverblümt mit ihm gesprochen hatte.

»Sobald die Steuerprüfung hinter uns liegt, sollten Sie shoppen gehen.«

»Shoppen?«, fragte ich verständnislos nach.

»Ja. Sie brauchen ein Abendkleid für unsere Benefizgala nächste Woche«, erklärte er wie beiläufig und stand auf.

»Moment mal! Die Benefizgala ist für die Overclass Bostons. Nicht für Ihre Assis…«

»Sie kommen, Kate. Mailen Sie mir die Rechnung für das Abendkleid zu.«

»Mr. Jacobs, ich glaube nicht, dass …«

»Sie glauben und Sie werden, Ms. Walsh. Dafür bezahle ich Sie«, sagte er und legte so viel autoritären Bullshit in seine Stimme, dass ich fast zurückgeschreckt wäre. »Wenn Sie mich entschuldigen würden. Ich werde mir etwas zu essen besorgen.«

Und dann war die Sache für ihn schon erledigt, denn er ging einfach aus dem Raum.

Ach, jetzt hatte er plötzlich wieder Hunger. Pah! Und ich dachte für einen winzigen Moment, einen wirklich winzigen, dass dieser Mistkerl tatsächlich auch umgänglich sein konnte.

Kapitel 12
Kate

Wir arbeiteten bis spät in die Nacht durch. An Schlaf war kaum zu denken, da ich direkt um sieben Uhr wieder im Büro sein würde.

Zwei Stunden Schlaf, die Aussicht, nächste Woche mit meinem heißen, aber arscharroganten Boss auf eine Benefizgala zu gehen und dieser übertreuerte und echt schlecht gekochte Kaffee ließen meine morgendliche Stimmung bis ins Bodenlose kippen.

Die getönte Sonnenbrille half mir nur bedingt, aber Hauptsache, irgendetwas half. Hatte ich schon gesagt, dass ich Sonnenlicht hasste? Sonnenlicht war böse, Sonnenlicht war bäh.

Die Lifttüren öffneten sich. Dieses Mal war ich pünktlich. Gott sei …

»Kate!« George kam auf mich zu, bepackt mit zig Akten.

»Was ist denn mit dir los?«, fragte ich irritiert.

»Die Steuerfahndung ist seit einer Stunde bei Reed im Büro.«

»Was?«

Automatisch glitt mein Blick zu seiner geschlossenen Bürotür. Seufzend ging ich zu meinem Schreibtisch, stellte den Kaffeebecher ab und legte meine Tasche auf den Stuhl.

»Nette Sonnenbrille«, kommentierte George meinen Look.

Ich versuchte mich an einem Lächeln. Ich versagte kläglich.

»Sie sind ziemlich früh hier aufgetaucht«, schlussfolgerte ich.

»Sind Sie. Wir wurden vorhin herbeordert. Für den Fall der Fälle.«

Ich nickte. Reed würde es erst allein mit ihnen aufnehmen und wenn er es nicht schaffen würde, wären George und seine Kollegen an der Reihe.

»Du, Kate …«

»Mmh?«

»Hast du über meinen Vorschlag nachgedacht?«

Georges Blick wurde eindringlicher.

»Ähm, ehrlich, George. Du musst dich da nicht drauf versteifen. Ich weiß, das war nur ein Scherz und …«

»Ein Scherz? Kate, ich …«

Die Bürotür wurde geöffnet und zig Anzugträger kamen heraus. Mir sagte keines der Gesichter etwas, bis auf Reeds, der als Letzter herauskam.

Er schüttelte einem von ihnen die Hand und wartete dann darauf, dass sie alle den Lift nahmen. Ich bemerkte seinen verbissenen Gesichtsausdruck.

»Können wir noch mal miteinander reden, Kate? Ich würde gern …«

Reed verschwand gerade wieder in seinem Büro, aber so leicht wollte ich es ihm nicht machen. Ich hob die Hand, damit George begriff, dass ich jetzt gerade keine Zeit hätte, und folgte meinem Boss. Als ich die Tür hinter mir schloss, stand er an einem der übergroßen Panoramafenster.

»Sie waren früh da«, sagte ich.

Er blickte zu mir und seufzte. »Können Sie nicht einmal anklopfen?«

Die Frage war längst überfällig geworden. Das wussten wir beide.

»Die Tür war offen. Also, was haben sie gesagt? Was haben sie gefunden?«

»Waren Sie nicht der Auffassung, dass sie nichts finden würden?«, stellte er die Gegenfrage.

»Davon bin ich auch überzeugt, aber mal ganz im Vertrauen … Eugene aus der Werbung stibitzt seit einem Jahr immer wieder Kaffee aus der Gemeinschaftsküche. Keine Ahnung, inwieweit der amerikanische Steuerzahler das gut finden würde.«

»Ich glaube, das können wir verkraften. Es ist alles in Ordnung. Die Zahlen sind in Ordnung.«

So leidenschaftslos, wie er das äußerte, hätte es mich normalerweise nicht kümmern sollen. Reed Jacobs war einfach ein kühler Mann. Aber in den letzten Tagen und Wochen hatte er mir auch immer wieder völlig andere Seiten von sich gezeigt.

»Und warum sehen Sie dann überhaupt nicht glücklich aus?«, platzte die Frage einfach aus mir heraus. Bei Reed passierte mir das unglücklicherweise öfter.

Er runzelte die Stirn, als er zu seinem Schreibtisch ging und Papier zusammenlegte.

»Weil es jederzeit wieder passieren könnte?«, stellte ich die Vermutung in den Raum.

Sein Blick schoss zu mir. Intensiv, fast hypnotisch starrte er mich an.

Irgendetwas sagte mir, dass ich recht mit der Vermutung hatte.

»Klären Sie das, Mr. Jacobs.«

»Sonst was?«, fragte er belustigt nach.

Oh, wie ich es hasste, wenn ich für seine tägliche Dosis »Humor« verantwortlich war.

»Sie mögen vielleicht nicht an dieser Firma und den Leuten hängen, aber ich und die anderen 53 Mitarbeiter brauchen sie. Wir verdienen unseren Lebensunterhalt damit. Und ja, vielleicht erlaube ich es mir, Sie darauf hinzuweisen, weil ich diese nette Klausel in meinem Vertrag stehen habe, dank derer Sie in den letzten zwei Jahren diese kleine Denkfalte auf der Stirn bekommen haben. Aber hey, es ist mir mittlerweile total egal, dass Sie das noch immer nervt. Mich nervt nämlich auch so einiges. Zum einen, dass Ihre Ex oder was immer sie auch für Sie ist, unsere Jobs gefährdet, weil Sie ihr vermutlich zu wenig Taschengeld zur Verfügung gestellt haben und zum anderen … Warum zum Teufel grinsen Sie jetzt schon wieder?«

Reed setzte sich an seinen Schreibtisch. »Ach, reden Sie sich ruhig weiter in Rage, Kate. Je länger Ihre Rede geht, desto später kann ich den Angestellten sagen, dass sie heute alle frei bekommen.«

»Moment, was?«, fragte ich verwirrt nach.

»Jeder Einzelne hat bis spät in die Nacht hervorragende Arbeit geleistet. Einige sind bereits informiert und direkt zu Hause geblieben.«

»Oh, das ist … freundlich von Ihnen.«

»Nein, Kate. Ich bin doch der böse CEO, dem die Mitarbeiter scheißegal sind. Schon vergessen?«, fragte er sachlich und griff nach einem Kugelschreiber.

»So habe ich das nicht gemeint.«

»Oh, ich glaube, ich weiß genau, wie Sie das gemeint haben.«

Ich biss mir auf die Unterlippe, weil es schwer wäre, mich vor Scham in den Betonboden zu graben.

»Mr. Jacobs …«

»Sagen Sie es bitte den übrigen Mitarbeitern. Ein verlängertes Wochenende wird allen guttun«, redete er mir dazwischen und kritzelte irgendetwas aufs Papier.

»Natürlich.« Ich wandte mich um und wollte aus dem Büro flüchten. Einfach nur noch flüchten.

»Ach, und Kate?«

Unsere Blicke begegneten sich wieder, als ich mich noch einmal umdrehte. Sein kühler Blick war wieder nicht zu deuten.

»Kaufen Sie heute das Abendkleid.«

Er hatte es also ernst gemeint.

»Mr. Jacobs, ich …«

»Das war keine Bitte.«

»Ich bin eine fürchterliche Shopperin«, sagte ich aus purer Verzweiflung.

»Dann werden Sie es lernen.«

»Ich möchte Sie darüber informieren, dass …«

»Dass Sie als persönliche Assistentin für den CEO von *Jacobs' Immobilien* angestellt worden sind und nur seinen Arbeitsanweisungen Folge leisten müssen? Danke, Ms. Walsh. Das weiß ich bereits.« Er sah mich nicht einmal an, während er pure Arroganz und Autorität ausstrahlte.

War es ziemlich merkwürdig, dass ich das irgendwie total anziehend fand?

»Ist noch etwas, Ms. Walsh?«

Erst war ich Kate, dann wieder Ms. Walsh. Dieser Typ konnte sich auch nicht entscheiden, oder?

»Ihre Krawatte sitzt schief«, sagte ich und drehte mich um, damit ich endlich hier herauskam.

Leider saß sie nicht schief, aber Hauptsache, dieser aalglatte Mistkerl dachte es.

***

Wie so oft telefonierte ich an diesem Abend mit Tiff.

»Hast du denn ein Kleid?«, war tatsächlich ihre erste Frage, nachdem ich ihr alles über Reed und seinen heutigen Anflug von Arroganz erzählt hatte.

Ich lag ausgestreckt auf meinem Bett, mein Laptop stand auf meinem kleinen Schminktisch. So konnte Tiff mich noch sehen.

»Natürlich habe ich eins«, antwortete ich.

Nachdem ich fast den halben Tag in zig Läden gewesen war, um ein vernünftiges Abendkleid zu finden.

»Und? Wie sieht es aus?«

»Du interessierst dich ernsthaft für das beschissene Kleid, wenn ich dir sage, dass ich dazu genötigt werde, auf diese dämliche Gala zu gehen? Tiff …«

Ich drückte mich mit den Ellbogen hoch, um zum Laptop zu sehen. So wie ich das einschätzen konnte, war sie gerade dabei, sich die Zehennägel zu lackieren.

»Das waren jetzt ein paar nicht so nette Adjektive, meine Liebe …«

»Ach, scheiß doch auf diesen Mistkerl!«, fluchte ich und griff mir eines meiner Zierkissen, um es auf meinen Bauch zu drücken.

»Dieses Mal hat er dir ganz schön zugesetzt, oder?«

»Er hat mir nicht …« Wieder drückte ich mich mit den Ellbogen hoch. »Der Typ kriegt seine Freundin nicht unter Kontrolle und wir müssen alle darunter leiden. *Ich* muss darunter leiden und …«

»Verstehe, du musst also leiden.«

»Ja, natürlich. Sie kann mich nicht leiden. Ich kann sie auch nicht leiden. Was glaubst du, wie schön es wird, wenn sie wieder regelmäßig auftaucht?«

Ich ließ mich wieder auf mein Bett zurückfallen und schloss seufzend die Augen.

»Hast du nicht erwähnt, dass Reed gesagt hat …«

»Er sagt vieles, Tiff. Und meistens sind das Unwahrheiten oder irgendwelche Befehle, die ich gefälligst zu erledigen habe«, antwortete ich genervt und hielt die Augen weiterhin geschlossen.

Ich war müder als gedacht. Daran war nur diese unfreiwillige Shoppingtour schuld. Nein, Quatsch! Reed war schuld!

»Er ist nun mal dein Boss.«

»Das weiß ich nur zu gut. Und ich erledige meine Arbeit so gut wie möglich.«

»Ich bezweifle das nicht. Und er sicher auch nicht. Ich habe dir ja gesagt, dass er sicherlich Mittel und Wege gefunden hätte, dich zu feuern, wenn er es wirklich gewollt hätte.«

Dieser Aussage wollte ich wieder keine Bedeutung geben. Ich hatte einen wasserfesten Vertrag. Basta!

»Ich … ich verstehe diesen Mann einfach nicht. Gestern zum Beispiel.« Ich setzte mich wieder auf und sah sie an. »Wir hatten ein wirklich nettes Gespräch, und schwups, befiehlt er mir plötzlich, auf dieser Gala aufzutauchen, bei der kein einziger anderer Mitarbeiter auftaucht, weil alle nur superreiche Leute sind, die von Reed bemuttert werden wollen. Was zum Teufel soll ich denn dort?«

»Keine Ahnung«, war ihre enttäuschende Antwort.

Ich gab ein genervtes Schnauben von mir und ließ mich auf mein Bett zurückfallen. Dabei sah ich, dass eine kleine Stelle Farbe an der Decke abblätterte. Ich sollte mal wieder streichen.

»Aber dieses ellenlange Vorspiel zwischen euch ist ziemlich ermüdend, wenn ich nur aus der Ferne zusehen darf.«

Es dauerte einen Moment, bis Tiffs Worte sich in mein zentrales Nervensystem gefressen hatten.

»*Was?*«

Ich machte mir keine Mühe, mich wieder aufzurappeln. Tiff würde mir eh antworten und ich hatte die Befürchtung, ihr dabei nicht ins Gesicht sehen zu können.

»Süße, am Anfang war es ja noch ziemlich nett anzusehen, dass wenigstens eine von uns mit dem Boss *so* reden kann. Nur ... zwei Jahre später sieht das etwas anders aus.«

»Und wie soll das bitte heute aussehen?«, fragte ich belustigt nach.

»Zum einen ist da ständig diese Aggression zwischen euch. Die definitiv von dir ausgeht.«

»Wooow!«, rief ich laut aus und setzte mich auf. »Das geht doch nicht von mir aus!«

»Er ist der Boss. Egal wie du es drehst und wendest. Und das kannst du einfach nicht akzeptieren. Immerhin ist der große, erfolgreiche CEO Reed Jacobs heiß, reich und ständig mit den schönsten Frauen unterwegs.«

»Was hat das denn bitte damit zu tun?«

Tiff sah mich mitfühlend an. »Du bist in ihn verliebt, Kate.«

Als der erste Schock über ihre Vermutung vorbei war, begann ich schallend zu lachen. Ich konnte gar nicht mehr aufhören damit.

»Kate.«

»Nein, warte …«

Die Tränen kamen mir zwar nicht, aber ich stand kurz davor. Warum ich fast heulte, konnte ich nicht sagen. Irgendwann erstarb das Lachen und in mir spürte ich eine Leere, die mir zuvor nicht bekannt gewesen war.

»Kate?«, hörte ich sie meinen Namen sagen, aber ich starrte einfach vor mich hin.

»Er ist überheblich«, begann ich laut. »Er ist überheblich, arrogant und …«

Der abgebrochene Satz hinterließ eine Stille und einen so bitteren Beigeschmack, dass mein Herz sofort schneller schlug und zu viel Blut durch meine Adern pumpte.

»Süße, es bringt nichts, wenn du es verdrängst. Ja, Reed ist vielleicht die verbotene Süßigkeit, die man nie essen soll, weil sie direkt auf die Hüften geht.«

Ich schnaubte, weil ich genug Hüfte für uns beide besaß.

»Aber er hat auch mehr als einmal bewiesen, dass er nicht nur *dieser* Reed ist. Er hat dir den Arzt besorgt, er …«

»Schon gut, ich habe verstanden. Meine beste Freundin will mir gerade meinen Boss schmackhaft machen. Du hast aber eines dabei vergessen.«

»Und das wäre?«

»Er steht auf Frauen wie Jessica Sunshine. Du kennst sie. Sie hängt regelmäßig am Times Square!«

»Nur einmal war sie dort zu sehen. Und das hat diese arrogante Zicke auch jedes Mal laut durchs Büro gerufen. Also wäre ich Reed, hätte ich sie viel eher abgeschossen«, erklärte sie mir.

Tiff verbrachte immer noch zu viel Zeit damit, sich den Büroklatsch der anderen anzuhören.

»Sag mal, dieser Blumenstrauß, den ich da hinten in der Ecke sehe, der ist doch neu, oder?«

Tiffs Themenwechsel kam überraschend. Ich sah in die genannte Ecke und blickte auf den riesigen Strauß aus Tulpen und anderem Grünzeug. Eigentlich mochte ich keine Blumen, aber es war eine nette Geste von Declan gewesen, der sie mir von einem Lieferanten hatte zustellen lassen. Nur sein Name auf der Karte verriet überhaupt, dass er es gewesen war.

»Ach, die. Die sind von Declan.«

Ich hätte nicht gelangweilt klingen sollen, aber zum Teufel noch eins! Vor fünf Minuten hatte Tiff mir noch gesagt, ich wäre in Reed verliebt. Hallo? Es gab wichtigere Themen als Declan und diese Blumen!

»Declan? Habe ich was nicht mitbekommen?«

Eine ganze Menge, dachte ich.

»Kate? Kannst du mir vielleicht mal verraten, warum Declan dir Blumen schickt?«

»Er mag mich, okay? Und danke dafür, dass du mir die letzten Jahre gesagt hast, dass er nicht schwul ist!«

Kurz wirkte Tiff ertappt, dann lachte sie. »Anfangs war es lustig, dich im Glauben zu lassen, er wäre es. Dann kam irgendwie immer etwas dazwischen, wenn du …«

Ich hob die Hände, weil ich gerade echt keine Lust hatte, auch noch über Declan zu reden.

»Also datest du jetzt Declan?«, fragte sie vorsichtig.

»Was? Nein! George und Declan sind Arbeitskollegen, ich kann doch nicht einfach …«

»*George*? Der George aus der Rechtsabteilung?«, fragte sie überrascht.

»Argh, Tiff! Können wir bitte mal auf das letzte Thema vor George und Declan eingehen?«

Sie ignorierte mich und zählte mit den Fingern auf. »Der Brite, der Schwule und dein Boss. Ich würde sagen, das wird spannend.«

Dass Declan gar nicht schwul war, hatte Tiff natürlich längst vergessen. Sonst wäre sie ja mal auf die glorreiche Idee gekommen, mir zu sagen, dass meine Vermutung einfach nur heiße Luft gewesen war.

»Das wird überhaupt nicht spannend!«

»Weil du dich längst entschieden hast«, antwortete sie so beiläufig, als hätte ich das wirklich getan. Also eine Entscheidung gefällt, die ich gar nicht fällen wollte, weil es nichts zu entscheiden gab.

Konnte man mir noch irgendwie folgen? Ich mir selbst jedenfalls nicht.

Aaargh!

»Ich verstehe das echt nicht. George kommt auf mich zu und erklärt mir plötzlich, dass er mit mir ausgehen will. Declan erzählt mir zwischen einem Erdbeershake und einem Kaffee, dass er ewig etwas von mir wollte.«

»Du hattest immer Probleme, die Signale eines Mannes zu deuten«, war die altkluge Antwort meiner besten Freundin.

»Welche Signale? Die beiden waren nie mehr als Arbeitskollegen. Gut, Declan und ich haben vielleicht mehr miteinander abgehangen, aber das war es auch schon. Seit ich in diesen blöden See geflogen bin, haben die beiden nicht mehr aufgehört, mich …«

Ich dachte den Gedanken zu Ende, konnte ihn aber nicht über die Lippen bringen.

Die beiden verhielten sich erst so merkwürdig, seitdem wir an diesem See waren. Aber da hatte ich keinem von beiden irgendwelche *Signale* gegeben, sodass sie glauben könnten, ich wollte mehr von ihnen.

»Hast du nicht gesagt, dass sie dir aus dem See geholfen haben?«, fragte Tiff jetzt nach und riss mich so aus meinen Grübeleien.

»Ja, aber ich wollte ihre Hilfe nicht. Beide sind wie verrückt auf mich zugeschwommen, weil sie dachten, eins fünfzig tiefes Wasser könnte mir gefährlich werden.«

»Mmh … wie hieß der See noch mal?«, hakte Tiff nach.

Seufzend ließ ich mich wieder aufs Bett fallen, weil die Müdigkeit mich langsam, aber sicher für sich einnahm.

»Lake Winnipesaukee oder so. Ich sage dir, freiwillig werde ich keinem See mehr näher als hundert Fuß kommen. Nicht nur, dass ich vor allen reingefallen bin wie eine Idiotin, die nie gelernt hat, vernünftig zu laufen. Nein, ich werde auch noch krank und …«

»Das ist ja interessant«, unterbrach sie mich. »Hast du dir mal bei Wikipedia die Infos zu diesem See durchgelesen?«

»Nein, warum?«

»Tatsächlich steht dort auch etwas über die angeblich magischen Kräfte dieses Sees.«

Ich schnaubte. »Ja, natürlich. Und Loch Ness findet sich nicht in Schottland, sondern in New Hampshire.«

»Die Legende besagt, dass sich jeder Mann nach einem Sprung in diesen See in die erste Frau verliebt, die er danach erblickt«, las sie laut vor und ich drückte mich mit den Ellbogen wieder hoch, um ihr dabei zuzusehen. Einen langen Augenblick schien sie tatsächlich nur auf das Handy zu starren. »Aber das sind alberne Geschichten, um den Ort interessanter zu machen. Du wirst sehen, alles völlig normal.«

»Ich bin bereits reingefallen, Tiff«, erklärte ich ihr.

»Ja, aber so wie es aussieht, soll das Wasser ja nur bei den Männern wirken. Was ich, wohlgemerkt, echt emanzipiert finde. Sonst sind wir Frauen immer diejenigen, die …«

»Wie du bereits sagst, das sind alberne Geschichten«, sagte ich und lachte kurz auf.

»Natürlich«, entgegnete sie. »Aber komisch ist es schon. Du fällst rein, George und Declan folgen dir und verhalten sich plötzlich wie zwei verknallte Teenager.«

»Ach was. Sie sind doch nicht verknallt!«, antwortete ich, obwohl beide Männer etwas anderes sagten.

»Schon klar. Weißt du, was mich verwundert? Du hast mir die ganzen Tage nichts davon erzählt, dass Declan und George mit dir ausgehen wollen. Selbst die Blumen hast du nicht erwähnt. Aber Reed war die ganze Zeit Thema.«

»Er ist mein Boss.«

»Klar ist er das. Schade, dass er nicht in den See gesprungen ist.«

»Wie kommst du denn jetzt darauf?«

Sie zuckte mit der Schulter, als wüsste sie es nicht, aber das war ganz klar gelogen. Ich wollte gerade weiter nachhaken, da hörte ich Josés Stimme bei ihr im Hintergrund. Tiff verdrehte sofort die Augen.

»Jaja. Ich komme gleich!«

»Alles okay?«

»Muss«, war ihre kurze Antwort. »Wir reden morgen weiter. Und dann ernsthaft.«

Die Drohung war angekommen, obwohl ich sie nicht ganz nachvollziehen konnte.

Der Bildschirm wurde schwarz und ich blickte in mein eigenes Spiegelbild.

Kapitel 13
Reed

Die Musik klang öde und die Gäste waren es auch. Gerade erklärte mir Mr. Ramsey zum dritten Mal an diesem Abend, dass er eine Unverträglichkeit gegen Milch, Getreide und irgendeine andere Sache hatte, die mich noch weniger interessierte.

Die Benefizgala, die ich jährlich im *Museum of Fine Arts* ausrichtete, sollte zum einen der AIDS-Stiftung meiner Großmutter zu Gute kommen und zum anderen meine Kunden zufriedenstellen. Aber ich vergaß jedes Jahr, dass diese Leute einfach nur langweilig waren. Die Gespräche waren stets dieselben, die Menschen verhielten sich genauso. Langweilig und eintönig.

Das Museum hatte große, hohe Räume und jede Wand war mit einem Kunstwerk bestückt. Mir gefiel es, deswegen veranstaltete ich diese Gala auch hier.

Als Ramsey wieder anfing, seine Unverträglichkeiten aufzuzählen, kapitulierte ich.

»Mr. Ramsey, wenn Sie mich entschuldigen wollen, ich muss leider noch …«

»Aber natürlich, Junge. Machen Sie nur, dass Sie rumkommen.«

Dass der Kerl nur zwölf Jahre älter war als ich, war ihm schnurzpiepegal. Und ich ließ ihn in dem Glauben, dass ich gern »Junge« genannt werden würde.

Ein Kellner kam an mir vorbei und ich griff mir ein Glas Champagner von seinem Tablett. Dann begutachtete ich die Gegend. Mittlerweile stand ich vor dem Buffet und sah mir die Köstlichkeiten an, die Unsummen kosteten.

»Ich hoffe, der Kaviar ist echt.«

Ich musste nicht hinsehen, um sie zu erkennen. Einmal holte ich tief Luft, bevor ich mich Jessica zuwendete.

Sie trug ein silbernes Glitzerkleid, das all ihre Kurven bestens zur Geltung brachte. Ich kannte bereits alles, was sich darunter verbarg. Ihr Körper war ansehnlicher als ihr Inneres.

»Welchem alten Bock hast du jetzt wieder schöne Augen gemacht, damit du dich hier reinschleichen kannst?«

»Eifersüchtig?«, fragte sie neugierig.

Ich schüttelte den Kopf und nahm einen Schluck von dem Champagner. »Ich will nur wissen, wer es ist. Ich will keinen Kunden in meiner Firma haben, der nicht weiß, wen er sich da anlacht, wenn er auf meiner Veranstaltung auftaucht«, erklärte ich tonlos.

Jessica hatte eine andere Antwort erwartet, aber das konnte sie sich abschminken.

»Immer noch dasselbe Arschloch, das die Namen anderer Frauen im Schlaf murmelt.«

Ich verdrehte die Augen, weil sie es einfach nicht lassen konnte. »Ich habe mich bereits bei dir entschuldigt.«

»Das hast du Tage später getan und nur, damit du schnell wieder zu deiner Kate gehen konntest.«

Sie sprach von Kates Erkrankung und ihrer Ohnmacht. Sie wollte immer noch nicht begreifen, dass Kate wirklich Hilfe benötigt hatte. Deswegen war Jessica auch nichts für einen Mann wie mich. Sie verstand einfach nicht, dass die Welt sich nicht nur um sie drehte.

»Ich habe mich entschuldigt, weil ich dich verletzt habe. Das wollte ich nicht.« Ihr Blick wurde sofort sanfter. »Es ändert aber nichts daran, dass wir beide nicht gut füreinander sind.«

»Du willst es nicht mal versuchen!«, fuhr sie mich an.

Gott sei Dank war die Musik so laut, dass keiner um uns herum mitbekam, worum es in unserem Gespräch ging.

»Was soll ich denn versuchen, Jessica? Du hetzt mir die Steuerbehörde auf den Hals und rufst die Presse an, weil du irgendeinen Dreck verkaufen möchtest. Was willst du zwischen uns denn da noch versuchen?«

»Das war impulsiv von mir, ich weiß, aber …«

Sie redete weiter auf mich ein, aber ich hörte nicht mehr zu. Es war kein Zufall, dass sie hier war. Keine Frage. Jessica war hartnäckig. Vielleicht hätte es mich auch gerührt, wenn ich in der Lage wäre, irgendetwas für sie zu fühlen. Aber das war ich nicht.

»Ob impulsiv oder nicht, das geht so nicht«, redete ich ihr ruhig dazwischen.

Ihr geschminktes Gesicht verdüsterte sich zusehends. Sie hatte definitiv erwartet, dass das hier anders für sie ausgehen könnte.

»Was soll ich denn deiner Meinung nach tun? Es ist doch offensichtlich, dass du auf diese Kate stehst und mit mir nur zusammen warst, weil …«

»Weil wir beide solo waren und Spaß miteinander haben wollten. Hör auf, in diese Sache zu viel hineinzuinterpretieren. Ich habe nicht mal eine Ahnung, was ich da geträumt haben soll.«

»Du hast ihren Namen gesagt!«

Und das tat mir leid, weil ich es nicht erklären konnte. Aber ihre Reaktion und den daraus resultierenden Scheiß konnte ich einfach nicht gebrauchen.

»Ja, und dafür habe ich mich entschuldigt. Was willst du denn jetzt von mir hören? Dass wir es noch mal miteinander versuchen, obwohl du mich in jedem zweiten Satz daran erinnerst, dass ich angeblich auf meine Assistentin stehe? Wenn es so wäre, Jessica, und wir uns trotzdem eine weitere Chance geben, was wäre ich dann für ein Mann? Ein Mann, der mit dir schläft und in Kate verliebt ist?« Ich schnaubte, weil ich auf diesen absurden Gedanken selbst nicht anders reagieren konnte.

»Ms. Walsh.«

Ich kniff die Augen zusammen, weil ich nicht ganz verstand, was sie damit meinte.

»Du hast sie nie beim Vornamen genannt«, fügte Jessica hinzu.

Nein, hatte ich nicht. Aber seit einiger Zeit tat ich es. Kate hatte es bisher nie erwähnt, aber sie bemerkte es. Der Unglaube und die Überraschung darüber waren stets in ihren Augen zu sehen.

»Angeblich nenne ich sie ja auch in meinen Träumen so, also ist es auch egal, wie ich sie im wachen Zustand nenne«, erklärte ich ihr sachlich.

Ich hätte sie eigentlich nicht weiter provozieren sollen. Allein ihre letzte Aktion hatte mir viele Stunden Schlaf geraubt. Von meinen Mitarbeitern brauchte ich erst gar nicht erst zu sprechen.

»Du willst mich wirklich abservieren wegen … wegen …«

Sie drehte den Kopf fast in sämtliche Richtungen, bis sie irgendwohin zeigte.

Ich schluckte gerade den letzten Rest Champagner runter – bei Jessica würde Alkohol zumindest kurzzeitig helfen –, als ich bemerkte, dass ihre Geste nicht willkürlich gemeint war.

Sie hatte Kate erblickt. Kate war endlich hier.

Ich hatte mich schon gefragt, wo sie steckte. Immerhin hatte ich ihr klar und deutlich gesagt, dass sie hier erscheinen sollte.

Ich erstarrte mit dem Glas vor den Lippen, als mir auffiel, wie sie heute Abend aussah.

Kate hatte sich für ein schwarzes Kleid entschieden. Ein schwarzes Kleid, das bodenlang war. Ihre Haare waren gelockt und offen, sodass ihre lange Haarpracht zur Geltung kam. Das Kleid saß eng an. So eng, dass ich jede einzelne Kurve nachzeichnen könnte. Es war nicht zu vergleichen mit dem weißen Kleid, das sie am See getragen hatte. Damals fand ich sie schon unglaublich hübsch. Aber jetzt … Jetzt war sie wunderschön.

Sie war wunderschön. Kate war schön.

Mein Mundwinkel zuckte. Ich fand sie auch in ihrem Hosenanzug und mit diesen ständigen Kaffeeflecken schön, aber heute bewies sie Klasse.

Was besaß diese Frau eigentlich nicht? Sie konnte kontern, war intelligent, stur, witzig, besaß ein Talent dafür, mich zum Lächeln zu bringen. Da ich wusste, wie humorlos ich für andere herüberkam, war das praktisch eine Glanzleistung.

»Du glaubst doch wohl nicht, dass du sie hier so anschauen kannst, während ich neben dir stehe!«

Jessica hatte ich total vergessen, und das würde mir zum Verhängnis werden. Das war sofort klar!

Sie zog mich an sich, aber ihr boshaftes Lächeln erkannte ich zu spät. Dieses Miststück von Supermodel drückte mir einen Kuss auf die Lippen, der sich kälter nicht anfühlen konnte, und ließ dann von mir ab. Jessica lächelte vielsagend und ließ mich dann stehen wie einen verdammten Idioten, den sie austricksen konnte. Den sie ausgetrickst hatte.

Als hätte sie mir keinen Kuss aufgedrückt, stolzierte sie von mir weg, direkt in die Arme eines reichen Bockes. Der hatte von ihrer Aktion vermutlich nichts mitbekommen oder war einfach froh, dass sich irgendeine Frau für ihn interessierte. Ich kannte ihn, er hieß Bolt und war Aktienunternehmer. Da sie öffentlich mit jemand anderem aufgetaucht war, brauchte ich mir zumindest keine Sorgen mehr machen, dass die Presse *nicht* davon Wind bekam. Dieses Miststück tat mir mit diesem Auftritt sogar einen Gefallen. Wobei … wäre es wirklich so gut, wenn ich die Trennung bekanntmachen würde? Jessica hatte mir gerade bewiesen, dass es keine gute Idee wäre.

Ich berührte meine Lippe, um eventuelle Lippenstiftreste wegzubekommen, aber soweit ich das sagen konnte, war ich davon verschont geblieben.

Dann schoss mein Blick zu Kate, die gerade mit wütend funkelnden Augen zur Bar ging. Mein Instinkt rief mir zu, es ihr sofort zu erklären, aber Ramsey, der Idiot, versperrte mir den Weg.

»Mr. Jacobs, mein Junge. Da sind Sie ja wieder!«

Kate

Das war so eine blöde Idee. Eine absolut verrückte und idiotische Idee …

Gerade hatte ich Ms. Sunshine mit meinem Boss erwischt und ich konnte nichts weiter tun, als zur Bar zu gehen und mir einen doppelten Martini zu genehmigen. Ich hätte vermutlich auf den teuren Marmorboden gekotzt, hätte ich mir das weiter angesehen.

Das war so eine blöde Idee.

»Was war eine blöde Idee, mein Kind?«

Plötzlich stand Reeds Großmutter neben mir.

»Mrs. Jacobs«, brachte ich verwundert heraus.

»Ja, meine Kleine, ich lebe noch. Wieso in Gottes Namen tun hier alle so, als wäre das meine Beisetzung und ich bin die Einzige, die nicht Bescheid weiß?«, erwiderte sie unbeeindruckt und setzte sich neben mich an die Bar. Sie hielt ihren Gehstock in der Hand und musterte mich abwartend.

»Entschuldigung. Ich war einfach nur überrascht, dass ich Sätze laut ausgesprochen habe, die besser nicht hätten gesagt werden sollen«, antwortete ich.

Ein Grinsen erschien auf ihrem Gesicht. »Nun ja, bei dem lächerlich aufgesetzten Kuss zwischen meinem Enkel und dem erfolglosen Model hätte ich wohl auch für kurze Zeit den Kopf verloren.«

»Ich weiß nicht …«, begann ich mich herauszureden, aber da begegnete mir ihr ernster Blick. Ich wandte mich zur Bar um. »Keine Ahnung, was Sie meinen.« Dann nippte ich schnell an meinem Drink. *Oh großer Gott. Ich schwöre, noch nie in meinem Leben hat Alkohol so gutgetan wie in diesem Moment.*

»Kindchen, ich habe so manchen Kampf miterlebt, den Sie mit meinem Enkel gehabt haben, und Sie sind nie als Lügnerin aus der Arena gegangen. Also fangen Sie heute nicht damit an.«

Das Kleid zwickte, meine Füße schmerzten und jetzt unterhielt ich mich auch noch mit Reeds Granny über, nun ja, ihn! Ich wusste, diese Veranstaltung war nichts für mich.

»Ich habe vielleicht ab und an ein paar Differenzen mit seiner Freundin gehabt. Nichts Ernstes, nichts …«

Ich machte den Fehler und schaute wieder zu ihr. Sie taxierte mich genau wie Reed. Na wunderbar. Da wussten wir also, woher er diesen Blick hatte.

»Sie sagten Freundin«, bemerkte sie.

»Na, offensichtlich ist sie das ja!«, sagte ich wütend und bemerkte zu spät, dass ich ihr vielleicht zu viel verriet.

Aber was sollte ich denn auch verraten? Dass ich Reed attraktiv fand? Okay, das wusste ganz Boston! Aber dass ich in ihn verliebt war? Pah! Von wegen!

»Ms. Walsh. Kate«, begann sie, mich ganz persönlich anzusprechen. »Sehen Sie Reed mit ihr zusammen? Jetzt gerade?«

Automatisch schaute ich mich im großen Saal um. Jessica stand am anderen Ende des Saals und unterhielt sich mit einer ganzen Gruppe Männer. Einer davon hielt seine Hand verdächtig tief an ihrem Rücken und es schien ihr nichts auszumachen.

»Glauben Sie, ein Mann wie Reed würde sich das gefallen lassen, wenn sie noch aktuell wäre?«

Mein Blick schoss zu Reed, der ein paar Meter von uns entfernt mit Mr. Ramsey redete. Ich kannte ihn, weil er bereits mehrmals bei uns gekauft hatte.

»Ich bin nur seine Assistentin«, sagte ich leise. Ich sollte mir nichts daraus machen, dass er womöglich wirklich wieder zu haben war. Was würde das ändern?

»Oh, Kate. Sie sind ziemlich naiv.«

Ihr letzter Satz ließ mich die Stirn runzeln.

Mrs. Jacobs stand mühselig auf. »Schauen Sie mich nicht so an. Das ist eine Eigenschaft, die so manch einen den Kopf kosten könnte, aber meine Menschenkenntnis sagt mir, dass es das ist, was Sie ausmacht. Mein Enkel verdient jemanden, der erst lernen muss, wie kostbar er ist. Wie kostbar er für *ihn* ist.«

»Hören Sie, Mrs. Jacobs, Ihr Enkel und ich ... Das ist rein beruflich. Ich meine, ich bin doch nur ...«

»Was Sie sind oder nicht sind, spielt keine Rolle. So, ich muss mal wieder weiter. Ich hoffe, dass diese

Veranstaltung genug Geld abwirft, damit sich mein Besuch gelohnt hat. Machen Sie es gut, Kate.«

Ich nickte gedankenverloren.

»Oh, Mrs. Jacobs, ich wollte mich noch für die wunderbare Suppe bedanken, die Sie für mich gekocht haben, als ich krank war!«

»Suppe? Ach, ich habe nur die Tupperdose gespendet. Reed besitzt so etwas nicht, und bevor er so typisch Mann mit einer kalten Suppe angekommen wäre, habe ich sie ihm geliehen.«

Die Überraschung war mir wohl aus dem Gesicht zu lesen.

Daraufhin lächelte sie. »Ja, er kann einen überraschen, nicht?«

Ich sah ihr noch einen Moment nach, dann drehte ich mich wieder zur Bar. »Noch einen Doppelten, bitte«, bestellte ich und kramte in meiner kleinen Clutch herum, um an Bargeld zu kommen.

Reed Jacobs hatte mir tatsächlich eine Suppe gekocht. Keine aus der Tüte. Eine frische, leckere Suppe.

Bevor ich jedoch überhaupt zum Bezahlen kam, legte jemand anderes Geldscheine auf den Tresen. Wie gebannt starrte ich auf die Hand, die mir sofort bekannt vorkam.

»Für die Dame.«

Obwohl ich etwas zu dieser Anmerkung sagen wollte, blickte ich stattdessen hoch in sein Gesicht. Er stand dicht an mich gedrängt und erwiderte meinen Blick.

»Ich kann meine Drinks selbst bezahlen.«

»Ja, das könnten Sie. Allerdings habe ich Sie hierzu eingeladen. Deswegen …«

Ich schnaubte und nahm den Drink vom Kellner entgegen.

»Das Schnauben hat wohl eine Bedeutung.« Er seufzte und lehnte sich mit den Ellbogen an den Tresen.

»Sie haben mich gezwungen, herzukommen«, stellte ich klar.

»Habe ich das?«, fragte er so beiläufig, als hätte es den autoritären Befehl nie gegeben.

»Oh ja, und wie Sie das haben! Und nicht nur, dass ich unfreiwillig hier bin, ich bin auch die Einzige, die von unserer Belegschaft anwesend ist!«

Reed hob die Hand in Richtung des Kellners. »Bourbon on Ice«, bestellte er und sah wieder zu mir. »Sie sind meine persönliche Assistentin.«

»Oh ja. Sagen Sie das auch zu Jessica, wenn Sie Ihre Zunge in ihren Hals stecken? Heute bist du mal meine Freundin und morgen wieder die Ex?«

»Vergessen Sie den Bourbon. Whisky pur, bitte!«, sagte er zu dem Kellner und seufzte.

Ich würde meine Worte ja bereuen, aber die Wut über Ms. Sunshine und ihn … ausgerechnet hier … war zu viel.

»Worum geht es hier eigentlich?«, fragte er plötzlich, während er das Glas entgegennahm. »Darum, dass Jessica hier ist, weil sie sich durch irgendeinen notgeilen alten Bock eine Einladung zu meiner Veranstaltung erschlichen hat ... Oder darum, dass sie mich geküsst hat, um Sie zu provozieren?«

Mein Hals fühlte sich eine Spur zu trocken an, deswegen schnaubte ich und nippte an meinem Drink. »Sie juckt mich nicht die Bohne.«

Einen ganz langen Moment – so fühlte es sich zumindest an – erwiderte er nichts darauf. Er trank nur einen Schluck.

»Und jucke ich Sie?«

»Was?«, fragte ich hastig nach.

Als hätte er nichts gesagt, stellte er seinen Drink auf den Tresen und hob die Hand. »Tanzen Sie mit mir?«

Ich lachte kurz auf, weil ich den Vorschlag ganz sicher nicht ernst nehmen konnte.

Aber Reed ließ mir auch nicht die Zeit, darüber nachzudenken. Er nahm sich meine Hand, als würde sie ihm gehören, und zog mich mit sich zur Tanzfläche. Okay, großartig darum kämpfen musste er nicht, ich folgte ihm fast schon bereitwillig.

Er drehte mich kraftvoll herum und wie automatisch landete ich in seinen Armen. Dann platzierte er seine linke Hand ziemlich tief an meinem Rücken und ergriff meine andere Hand, um meine Finger mit seinen zu verschränken. Bis hierhin wäre alles okay gewesen, hätten seine Hände nur nicht so eine verdammte Wärme ausgestrahlt. Eine Wärme, die mir bis in den Bauch fuhr.

Reed bewegte sich langsam zum Takt der Musik, ich folgte ihm.

Mein Kopf lag direkt an seinem Hals, sodass ich sein Aftershave roch. Es war kein aufdringlicher Geruch. Dad benutzte ein ziemlich strenges Rasierwasser, wobei mich das nicht mehr störte, da es mich an Zuhause und eben an Dad erinnerte. Reeds Duft war nicht so fein definiert. Ich könnte nicht sagen, was für eine Marke oder was für einzelne Komponenten sich darin verbargen. Nein, ich mochte einfach das, was er trug. Kaum zu glauben. Immerhin redeten wir hier von Reed Jacobs.

»Sie sind nervös«, flüsterte er plötzlich an meinem Ohr. Wir tanzten wie jedes andere Paar auf der Tanzfläche, und doch war es mit ihm anders. Intimer. Und wir waren kein Paar.

»Ich bin nicht nervös«, behauptete ich natürlich.

»Aber ich bin es«, erklärte er und verschlug mir damit vollkommen die Sprache.

Wir tanzten weiter, aber es fühlte sich an, als würden wir das beide nur machen, weil wir sonst nicht wussten, was als Nächstes kam. Verrückt. Absolut verrückt.

»Warum?«, flüsterte ich und bemerkte, wie zittrig meine Stimme klang.

Jetzt war Reed es, der schnaubte.

»Können wir das Thema wechseln?«, fragte er stattdessen.

»Sie haben doch damit angefangen«, fuhr ich ihn

an und suchte seinen Blick. Aber er verwehrte ihn mir, indem er stur geradeaus schaute und einfach weitertanzte.

»Habe ich und es tut mir leid, Kate.«

Die persönliche Anrede erschreckte mich nicht mehr, daran war ich gewöhnt. Woran ich nicht gewöhnt war, war, dass er langsam begann meinen Rücken zu streicheln. Meine ganze Haut begann zu kribbeln.

Tiff hatte recht. Ich brauchte dringend mehr Dates.

»Sie sehen heute unglaublich aus«, flüsterte er mir so nah zu, dass seine Lippen mein Ohr streiften.

Da! Er hatte es wieder getan!

Ich sog überrascht die Luft ein. Vor Schreck blieb ich mitten auf der Tanzfläche stehen und auch Reed versuchte nicht mehr, mich zum Tanzen zu bewegen. Als wäre auch er erstarrt.

»Reed«, flüsterte ich atemlos. Keine Ahnung, warum ich seinen Namen sagte, aber irgendetwas in mir wollte ihn einfach aussprechen.

»Fuck«, antwortete er leise und mit einer Verzweiflung in der Stimme, die ich noch nie zuvor bei ihm gehört hatte. Instinktiv schien er mich näher an sich zu drücken und da spürte ich die Verhärtung an meinem Bauch.

Ach du …

Mein Gesicht lag halb auf seiner Schulter, während seines direkt an meinem Ohr zu hängen schien, so gut hörte ich ihn atmen.

Die ganze Zeit über hatte ich die Augen geschlossen gehalten oder mich auf sein Jackett fixiert, aber jetzt fiel mein Blick auf Jessica. Sie stand noch immer bei dieser Männergruppe, fixierte aber uns. Mich.

Ihr hasserfüllter Blick traf mich unvorbereitet.

Mit einer Schnelligkeit, die ich mir selbst nie zugetraut hätte, riss ich mich von Reed los.

Was hatte ich getan? Was war ich im Begriff zu tun? Dieser Mann vor mir war mein Boss. Reed Jacobs. Den ich seit zwei Jahren hasste. Oder nicht?

Er hatte bisher nichts gesagt. Ich schaute in diese kristallblauen Augen, die wie Wirbelstürme funkelten.

War es das alles wert? Jessica hatte vor Wut schon versucht, Reeds Firma zu zerstören. Was würde sie mit mir machen?

Und was, wenn ich mir das alles nur einbildete?

»Du bist in ihn verliebt, Kate.«

Ausgerechnet jetzt musste Tiffs Stimme in meinem Kopf für noch mehr Verwirrung sorgen.

»Kate.« Er hob die Hand, weil er etwas sagen wollte.

»Du bist in ihn verliebt, Kate.«

Erst jetzt fiel mir auf, wie gut Reed in dem Smoking aussah, den er für diesen Abend angezogen hatte. Einen Abend, an dem es nicht um Katherine Walshs verwirrte Gedanken ging.

»Du bist in ihn verliebt, Kate.«

Der dicke fette Kloß in meinem Hals war kaum noch zu ignorieren. Mein Herz schlug schneller vor

Panik, weil Tiff etwas ausgesprochen hatte, für das ich definitiv nicht bereit war.

»*Du bist in ihn verliebt, Kate.*«

»Ich kündige.«

Zwei so bedeutende Worte. Ohne weiter darüber nachzudenken, warf ich sie ihm mitten auf der Tanzfläche seiner Benefizgala vor die Füße, bevor ich schnurstracks zum Ausgang lief, meinen Mantel bei der Garderobe abholte und auf die Straßen Bostons verschwand.

Kapitel 14

Kate

Es gab kein leeres Taxi in ganz Boston für mich. Ich wartete zwanzig Minuten darauf, dass mich eines mitnahm. Fehlanzeige!

Also machte ich mich in meinen Pumps zu Fuß auf den Heimweg.

Ich wiederhole: in meinen zehn Zentimeter hohen Pumps!

Während ich durch die nächtlichen Straßen Bostons zog, kramte ich in meiner Clutch nach meinem Handy.

»Wo zum Teufel bist du, du verdammtes … Ah!«

Ich wählte die Nummer, die ich immer wählte, wenn ich etwas loswerden musste, aber dieses Mal war sie das eigentliche Opfer.

Es klingelte und klingelte, aber Tiff ging einfach nicht an ihr beschissenes Handy. Als ihre Mailbox ansprang, begann ich wie wild zu fluchen.

Als der Piep ertönte und ich endlich etwas sagen

konnte, blieben mir die Worte im Halse stecken. Ich blieb mitten auf dem Bürgersteig stehen.

»Warum hast du es mir gesagt? Warum zum Teufel konntest du nicht einfach die Klappe halten? Du weißt, dass ich langsam schalte. Ich hätte von dir als meine beste Freundin erwartet, dass du es mir nicht sagst. Jetzt steck ich nämlich in der Scheiße. So richtig in der Scheiße! Tiff, ich … . Ich kann das nicht …« Seufzend starrte ich in den dunklen Himmel. Kein einziger Stern war dort zu sehen. »Scheiße, vergiss das. Sicher hättest du als beste Freundin nicht still sein sollen, ich …«

Wieder ertönte der Piep und die Mailboxansagezeit war vorüber.

Ich fluchte, bis die Passanten um mich herum sicher dachten, ich würde gleich den Verstand verlieren.

Da ich hoffte, Tiff würde gleich zurückrufen, sobald sie meinen Anruf auf dem Handy aufblinken sah, ging ich langsam weiter.

Eine halbe Stunde später bog ich endlich in meine Straße ein. Meine Schuhe trug ich mittlerweile in der Hand. Tiff hatte noch nicht zurückgerufen, sodass ich dementsprechend gut gelaunt war.

Es war ziemlich ruhig hier in meiner Straße, deswegen erkannte ich den roten Ferrari vor meiner Tür sofort. Gut, vielleicht lag es auch daran, dass sich niemand, der hier in Southie wohnte, jemals einen Ferrari leisten könnte.

»Oh, verdammte Scheiße«, flüsterte ich, weil ich

nur einen Mann kannte, der sich diese Art von Auto leisten konnte.

»Wo zum Teufel bist du gewesen?«

Wutentbrannt kam er von der Treppe meines Wohnhauses heruntergelaufen und musterte mich von oben bis unten.

Hatte ich etwas nicht mitbekommen?

»Ich bin nach Hause gelaufen«, antwortete ich langsam, als wäre er der Dummkopf und ich die Dumme, die ihm zuhörte. Nein, das ergab keinen Sinn. Denn falsch gemacht hatte ich nichts.

»Zu Fuß?«, fragte Reed geschockt.

»Nein. Aladdin und ich sind erst eine Runde in Agrabar herumgeflogen, dann hat er mich mit seinem fliegenden Teppich abgesetzt und mir eine schöne Nacht gewünscht. Was denkst du denn?«, fuhr ich ihn wütend an.

»Hör auf, dich noch darüber lustig zu machen!«

»Lustig? Der Einzige, der sich lustig macht, bist du! Ich lebe hier seit Jahren, mir ist noch nie etwas passiert, also komm wieder runter. Du bist derjenige, der morgen seinen Wagen als gestohlen melden darf, wenn er weiterhin so *unauffällig* hier parkt!«

»Ich habe mir Sorgen gemacht«, entgegnete er plötzlich.

»Du musst dir aber keine Sorgen mehr machen. Ich bin zu Hause angekommen. Und ich bin unversehrt, außer einer echt fiesen Blase am Fuß fehlt mir nichts. Okay?«

Lange musterte er mich hier im Dunkeln.

Gott, warum war er nur hierher gefahren? Und warum fühlte sich dieses Gespräch viel intimer an als noch vor ein paar Stunden?

»Okay«, sagte er plötzlich.

»Kate, da bist du ja!«

Im Schein der Laterne erkannte ich Declan, der mit großen Schritten auf uns zugelaufen kam.

»Declan?«, fragte ich überrascht.

»Matthews«, kam es unfreundlich von Reed.

»Mr. Jacobs?« Declan ließ seinen Namen wie eine Frage klingen. Klar, mein Boss hatte vor meiner Wohnung nichts zu suchen.

»Was machst du hier?«, fragte ich, um diese unangenehme Stille zu beenden.

Declans Blick huschte zu mir. »Tiff hat angerufen. Sie meinte, du klangst total verzweifelt und sie konnte dich nicht erreichen, weil dein Handy wohl aus ist.«

»Mein Handy ist nicht aus«, behauptete ich und kramte es wieder umständlich aus meiner Clutch heraus. Der Bildschirm war dunkel. »Es ist aus.«

»Also, ist alles in Ordnung hier?«, fragte Declan vorsichtig. Sein Blick schoss zu Reed, der lässig seine Hände in den Taschen hielt und sich dieses Gespräch anhörte.

»Sicher. Mr. Jacobs hat mich nur eben nach Hause gefahren.« Ich ignorierte Reeds Schnauben. »Tiff muss da etwas falsch verstanden haben. Ich wollte ihr nur erzählen, wie bequem meine neuen Schuhe sind.«

Declans Blick schoss zu den Schuhen in meinen Händen.

»Ah ja, natürlich.«

Wenigstens stellte er mich nicht direkt zur Rede, warum ich ihn offensichtlich anlog.

»Danke, dass Sie sich so große Sorgen um Ihre *Arbeitskollegin* machen, Mr. Matthews. Aber Kate ist wohlauf und Sie können den Abend wieder genießen«, sagte Reed und betonte bestimmte Worte ganz genau.

»Kate ist meine *Freundin*, Mr. Jacobs. Wenn sie in Schwierigkeiten gerät, bin ich zur Stelle.«

»Ich werde es Sie wissen lassen, wenn Kate in Schwierigkeiten gerät«, antwortete Reed und so langsam bekam ich das Gefühl, für die beiden nicht mehr anwesend zu sein.

Sie starrten sich mit einer Ruhe an, die beängstigend war.

»Ähm ... Jungs?«

»Ihnen ist schon bewusst, dass Kate *meine* Assistentin ist.« Reed ging zwei Schritte auf ihn zu.

»Natürlich. Und ich hoffe, Sie wissen auch, dass Kate *Ihre* Assistentin ist, Mr. Jacobs«, erklärte Declan und kam auch zwei Schritte auf ihn zu. Jetzt standen sie sich fast direkt gegenüber.

Die beiden schauten aus, als würden Sie sich gleich auf die Brust klopfen und brüllen: »Ich bin der geilste Kerl der Welt, nimm deinen Knochen weg und lass mir meine Beute!«

»Jungs ...«

»Sie wollen ja nicht, dass ich annehme, Sie würden von Kate mehr wollen, als die normalen Arbeitszeiten zulassen.«

»Declan!«, fuhr ich ihn an, wurde aber natürlich weiter ignoriert.

»Oh, natürlich will ich das nicht«, antwortete Reed und machte mich damit sprachlos.

Nicht, dass ich wirklich erwartet hatte, dass er etwas anderes sagen würde. Aber die Kränkung kam schnell und saß tief.

»Das sollte ihr Boss zumindest sagen, nehme ich an. Aber außerhalb der Arbeitszeiten bin ich einfach …«

»Reed!«, rief ich entsetzt aus, weil er ja nicht weiterreden sollte, oder sollte er das doch? »Ich meine, Mr. Jacobs!«

Jetzt schaute Declan zu mir. »Kate, was hat das zu bedeuten?«

»Ähm …«

Was sollte ich sagen? Was konnte ich überhaupt antworten?

»Ich denke, das reicht für heute. Sagen Sie Ms. Scott, ihr geht es gut und …«

Reed hatte meinen Ellbogen ergriffen und war bereit, mit mir die Treppen hochzugehen.

»Hey, lassen Sie sofort Kate los!«

»Ach du heilige …«, murmelte ich und blickte kurz verzweifelt in den Himmel, als würde dort jemand sitzen und mir helfen. Vermutlich hatte derjenige aber eine Chipstüte in den Händen und lachte sich über meine Situation total schlapp. Jepp, das würde eher zu meinem Leben passen.

Bevor es noch wirklich Ärger gab, zwängte ich mich zwischen Reed und Declan. Ich stand mitten auf der Treppe.

»Declan, es reicht! Du redest gerade mit Mr. Jacobs, unserem Boss. Ist dir das bewusst?«

»Ja, aber …«, wollte er wieder anfangen zu diskutieren, doch ich schüttelte vehement den Kopf.

»Nichts aber, Declan. Geh nach Hause. Mir geht's gut. Ich rufe Tiff an, sobald mein Akku wieder geladen ist.«

»Aber …«

»Gott, Declan! Was ist denn los mit dir?«

Reed schnaubte, als hätte er etwas dazu zu sagen, tat es aber nicht.

»Ich gehe, aber wehe, Sie tun etwas, das sie nicht will!«

Declan wartete lange weitere Sekunden ab. Dann marschierte er murrend nach Hause.

»Eins muss man ihm ja lassen. Er besitzt definitiv Courage.«

Reed stand über mir, also drehte ich mich zu ihm um.

»Courage? Sie beide hätten sich fast geprügelt!«

»Wir hatten unsere Gründe«, erklärte er sachlich.

Mit offenstehendem Mund glotzte ich meinen Boss an.

»Das höre ich mir nicht länger an.« Ich schob mich an ihm vorbei, um endlich an die Haustür zu kommen.

»Ach, kommen Sie …«

»Ich wiederhole: Sie hätten sich fast mit Declan geprügelt!«, fuhr ich ihn an. »Und das nur, weil Sie mit Ihrer Protzkarre …« Ich zeigte auf seinen roten Ferrari, der selbst hier im Dunkeln glitzerte wie ein verdammtes Werbegeschenk. »… vor meiner Haustür stehen und mich angemotzt haben, weil ich diese dämliche Veranstaltung verlassen habe, zu der Sie mich gezwungen hatten! Was glauben Sie eigentlich, wer Sie sind?«

»Ich bin …«

»Aaargh, ja verdammt, Sie sind mein Boss. Reed Jacobs, der mir ständig das Gefühl gibt …«

Ich erstarrte und selbstverständlich bemerkte Reed, dass ich irgendetwas nicht aussprechen wollte.

Er wollte wieder etwas sagen, aber ich wedelte wie eine Verrückte, die zu viele rosa Schweinchen vorbeifliegen sah, mit den Händen herum.

»Ich werde jetzt in meine Wohnung gehen und Sie fahren nach Hause.«

Dieses Mal erwiderte er nichts, sondern blickte mich nur an. Da mich das nervös machte, schloss ich meine Tür auf und lief schnell in den Flur hinein. Ich bog um die Ecke und lehnte mich erschöpft an die Flurwand.

Auch wenn ich geschockt war, was Declan und Reed sich da gerissen hatten … eine wichtige Information hatte ich vollkommen vergessen.

»Ich habe gekündigt«, stellte ich geschockt fest.

Die Fahrstuhltüren öffneten sich. Kate stand allein darin. In der einen Hand hielt sie einen Thermobecher, mit der anderen wühlte sie in ihrer Tasche herum.

Ich erinnerte mich noch gut daran, wie sie mich das erste Mal mit einem Pappbecher erwischt hatte. Greenpeace-Chauvi hatte sie mich genannt. Der Gedanke an diesen »netten« Spitznamen sorgte immer noch für ein Lächeln auf meinen Lippen.

Sie sah auf, bemerkte mich und erstarrte.

Na, war sie überrascht, mich zu sehen? Hatte sie etwa erwartet, dass ich es einfach so akzeptierte, dass sie kündigte und heute hier auftauchte, als wäre das nie passiert?

»Mr. Jacobs.« Es sollte eine Begrüßung sein, klang aber eher nach einer Warnung. Sie blickte dazu noch über meine Schulter, weil sie wohl Hilfe erhoffte.

Tja, da konnte sie lange hoffen.

Ich stieg in den Fahrstuhl und Kate trat instinktiv einen Schritt zurück. Die Verwirrung über meine Nähe war ihr anzusehen. Aber mir völlig egal.

Heute trug sie kein Kleid, das ihre schönen Beine betonte. Heute war sie wieder meine Assistentin in einer simplen Bluse und einem Rock.

»Sie sind zu spät«, erklärte ich, ohne sie aus den Augen zu lassen.

»Ach ja?«, flüsterte sie. Als hätte sie zu spät begriffen, wie sinnlich sie geantwortet hatte, ging ein Ruck durch sie hindurch. »Ich bin nicht zu spät.« Ihre Augen funkelten vor Trotz.

»Oh, dieser verdammte Kampfgeist«, murmelte ich und drückte sie an die Wand des Fahrstuhls. Ich stützte mich dort ab und hielt sie zwischen meinen Armen gefangen.

»Was soll das?«, fragte sie und wurde mit jedem Wort leiser, als hätte sie vergessen, was sie sagen wollte. Ich hatte auch längst vergessen, was ich hier wollte.

Ach ja, ich wollte … wollte …

Mein Griff glitt in ihren Nacken, den ich fest umschloss, um ihr Gesicht zu mir zu ziehen.

»Reed …«

Mein Name aus diesem Mund war die Sünde wert, die ich im Begriff war, zu begehen.

»Kate.« Einmal, nur noch einmal musste ich ihren Namen sagen, damit ich selbst begriff, dass sie es in meinen Armen war.

Ich hörte, wie der Thermobecher laut auf den Boden schlug. Ich registrierte, wie ein Seufzer über ihre Lippen kam, das direkt in meinen Schritt glitt – und dann spürte ich eisige Kälte auf meinem Gesicht.

Blinzelnd öffnete ich die Augen und war schlagartig hellwach.

»Ah, ist der miese Betrüger also auch schon wach?«

Ich hob das nasse Handtuch auf und warf es direkt wieder zu Boden. Irritiert rieb ich mir die Augen, als das Licht anging. Jessica war aus dem Bett gestiegen und zog sich gerade wieder ihre Klamotten an.

Was war jetzt schon wieder ihr Problem? Im Grunde kratzte es mich nicht. Ich war müde und wollte einfach nur …

Wieder schlug ich die Augen auf. Ich lag in meinem Bett, aber das Licht war ausgeschaltet und Jessica hatte sich schon seit Wochen nicht mehr in meinem Schlafzimmer aufgehalten.

Was zum Teufel war das gewesen? Ein Traum in einem Traum?

Meine Erektion drückte gegen die dünne Decke.

Zumindest konnte ich mir jetzt vorstellen, warum ich Kates Namen geflüstert haben sollte, als Jessica damals noch neben mir gelegen hatte.

Es war nur ein Traum gewesen.

Nichts auf dieser Welt bedauerte ich gerade mehr.

***

»Das Mortimer-Gebäude wurde vor zwei Wochen reserviert und nächste Woche unterschreibt der neue Besitzer den Kaufvertrag. Er wünscht noch ein paar Änderungen …«

Mr. Riggs redete seit geraumer Zeit. Obwohl er nur

seinen Job tat und mich auf dem Laufenden hielt, starrte ich mehr vor mich hin, als ihm wirklich zuzuhören.

Mit dem Zeigefinger tippte ich auf meiner Stuhllehne herum, während ich konzentriert über seine Schulter blickte, um den leeren Sitzplatz vor meinem Büro zu betrachten.

Sie war nicht da. Kate hatte Ernst gemacht. Das hätte ich auch tun sollen …

Warum zum Teufel hatte ich sie einfach in ihre Wohnung gehen lassen, ohne noch mal klarzustellen, dass ich sie Montagfrüh erwartete?

»Wir haben noch ein paar Interessenten für die Drei-Zimmer-Apartments auf der …«

Kate hatte urplötzlich diesen unsicheren Blick aufgesetzt, der mich verunsicherte. Konnte es sein, dass sie Angst vor mir bekommen hatte?

Während des restlichen Wochenendes konnte ich nur daran denken, dass ich ihr gar keine andere Möglichkeit gelassen hatte, als Panik vor mir zu bekommen. Immerhin hatte ich ohne Ankündigung vor ihrer Wohnung gestanden und mich mit Matthews angelegt, weil dieser Idiot sich in ein Revier wagte, das Sperrgebiet für ihn war.

»Den Rest besprechen wir später. Ich muss noch etwas erledigen«, erklärte ich Mr. Riggs. Der wirkte zwar überrascht, ließ es sich aber nicht lange anmerken. »Und lassen Sie die Tür geöffnet!«

Mr. Riggs tat mir den Gefallen. Er musste mir nicht

sagen, wie merkwürdig ich mich verhielt. Aber ich stand auf Selbstgeißelung. Das hatte ich dieses Wochenende mehr als bewiesen. Wie ein Spanner oder ein dämlicher Schuljunge hatte ich bei ihr zu Hause auf sie gewartet, weil sie einfach vor mir geflohen war. Und mir wurde immer bewusster, wovor sie eigentlich floh.

»Haben Sie kurz Zeit, Mr. Jacobs?«, fragte jemand von meiner Tür aus.

Na, wen hatten wir denn hier? Dass Matthews tatsächlich die Eier besaß, die Initiative zu ergreifen, fand ich bewundernswert.

Ich hob die Hand, damit er hereinkam.

Er schloss die Tür hinter sich. »Ihre Assistentin ist Ihnen abhandengekommen.«

Hatte ich bewundernswert gesagt?

»Oder finden Sie es nicht merkwürdig, dass sie nicht zur Arbeit erschienen ist, nachdem Sie vor ihrer Wohnung standen, obwohl sie es augenscheinlich nicht wollte?«

Ich biss mir auf die Zunge, um nicht aus der Haut zu fahren. Deswegen lehnte ich mich zurück und beobachtete Matthews.

Kein »Freund« verhielt sich so, wie er es tat. Er stand auf Kate. Den Verdacht hatte ich bereits bei dem Ausflug gehabt, aber wie weit das ging, wurde mir erst jetzt klar.

»Entweder sind Sie äußerst mutig oder absolut lebensmüde«, sagte ich.

»Warum? Weil Sie mein Boss sind?«

Unter anderem ...

»Ich habe keine Angst vor Ihnen!«

Ich wollte ihm gerade sagen, dass er wieder an seine Arbeit gehen und verdammt noch mal Geld verdienen sollte, als er noch etwas hinzufügen musste.

»Es ist doch offensichtlich, dass Kate sich hier nicht mehr sicher fühlt.«

Ich erstarrte. Kate fühlte sich nicht mehr sicher?

»Erst dachte ich, Sie kümmern sich einfach nur höflich um Kate, weil sie in letzter Zeit so eine verdammte Pechsträhne hat. Aber dann zwingen Sie sie, an dieser Party teilzunehmen und stehen mitten in der Nacht vor ihrer Tür, obwohl sie wirkte, als wäre es das Letzte, was sie wollen würde! Sie haben ...«

Ich donnerte meine Faust auf den Tisch.

»Raus aus meinem Büro!«, forderte ich ihn auf.

Wieder zeigte dieser Bastard Eier und schien kurz zu überlegen, ob er es riskieren konnte, zu bleiben.

Er riskierte es nicht und ließ mich allein zurück.

Vor Wut schäumend, hielt ich mich wie ein Ertrinkender an meinem Schreibtisch fest.

Sie soll Angst vor mir haben?

War es jetzt so weit? Der Moment, in dem ich einsah, dass eine Frau nie bereit sein würde, das zu tun, was ich mir so sehnlichst wünschte?

Denn dass ich Kate wollte, war selbst für mich keine Überraschung mehr.

Hätte es Jessica und all die oberflächlichen Frauen vor ihr nicht gegeben, wäre es mir vielleicht eher aufgefallen.

Ich brauchte keine von ihnen. Nur Kate.

Und ich hatte bis vor Kurzem gedacht, ihr könnte es genauso gehen. Immerhin spürte ich es, wenn unsere Blicke sich begegneten. Wenn sie stur und unnachgiebig war oder mir mal wieder die Leviten lesen wollte. Wenn sie lächelte, obwohl ihr klar war, dass ich vor ihr stand. War die Nähe, die ich in den letzten Wochen und Tagen gesucht hatte, zu viel für sie geworden?

War unser Verhältnis nie über das Berufliche hinausgegangen – hatte ich mir eingebildet, dass dort mehr zwischen uns war?

Ich drückte auf die Freisprechanlage, um meiner Assistentin zu sagen, dass ich ab sofort außer Haus wäre. Dann wurde mir wieder bewusst, dass sie ja nicht hier war.

Kapitel 15

Kate

Mein Handy klingelte bereits das vierte Mal heute. Tiff wusste, dass ich nicht arbeiten war. Sie wusste es, sonst hätte sie es nicht schon wieder versucht …

Seufzend nahm ich den Anruf an. Diesmal war es keiner über Kamera. Gott sei Dank. Ich sah fürchterlich aus.

»Ich lebe noch«, teilte ich ihr direkt mit.

»Oh, na dann genieß deine letzten Stunden, denn ich komme gleich zurück nach Boston und bringe dich persönlich um! Was denkst du dir dabei, nicht an dein beschissenes Telefon zu gehen? Eine SMS, in der du mir mitteilst, dass es dir gut geht, reicht mir nicht aus, wenn Declan mich am Samstag darüber informiert, dass Reed Jacobs vor deiner Haustür stand!«

»Hey, darf ich dich daran erinnern, dass ich versucht habe, dich an dem Abend anzurufen?«, fragte ich hoffnungsvoll.

Während es auf der anderen Seite ziemlich ruhig blieb, rührte ich weiter den Inhalt meiner Pfanne um.

»Ich ignoriere deinen erbärmlichen Versuch, dich zu entschuldigen. Und jetzt rede. Reed. Haustür. Mitten in der Nacht?«

Ab und zu sprach Tiff nur noch in Wortfetzen, wenn sie nervös war. Gut zu wissen, dass mein Liebesleben sie in so eine Aufruhr versetzte.

Also, ich meinte nicht direkt Liebesleben …

Seufzend ergab ich mich und erzählte ihr von dem ganzen Abend. Einschließlich Declans und Reeds wirklich merkwürdigem Gespräch.

»Das ist doch vollkommen verrückt!«, waren meine letzten Worte zu dieser ganzen Geschichte und ich kippte das fertige Rührei auf einen Teller.

»Was? Dass zwei gutaussehende Typen dir an die Wäsche wollen?«

»Reed hat absolut keine Anstalten gemacht, mir an die Wäsche zu wollen«, erklärte ich sofort.

»Ach so. Ja, entschuldige. Ich muss da was falsch verstanden haben, als du verwirrt von dieser Gala abgehauen bist, weil ihr eng getanzt habt und …«

»Ja, du sprichst es doch an! Ich war verwirrt, weil du diesen Wahnsinn auf mich projiziert hast!«

»Moment, was habe ich denn bitte …«

»Komm mir nicht mit deinem ›Was habe ich denn getan?‹-Geschwafel«, sprach ich und fuchtelte mit meinem Pfannenwender herum. Dabei flog ein bisschen Rührei durch die Wohnung. Ich war zu sehr in meinem Element, als dass es mich wirklich gestört hätte. »Ich konnte Reed kaum in die Augen sehen, weil ich jedes Mal nur daran denken musste, was du zu mir gesagt hast!«

»Süße, du konntest ihm doch so schon kaum in die Augen sehen …«

Da war etwas dran. Egal.

»Du bist also zu Hause«, redete Tiff weiter, als ich nichts erwiderte.

»Mmh …«

»Flucht ist keine Lösung.«

»Ich flüchte nicht«, stellte ich fest und salzte das Ei. »Ich habe gekündigt.«

»Was hast du?«, brüllte sie regelrecht ins Handy.

»Du hast ganz richtig verstanden!«, erklärte ich und fühlte mich viel sicherer als anfangs gedacht.

»Du hast … Du hast gekündigt? Einfach so?«, fragte sie weiter nach, als hätte ich den Verstand verloren.

Eine kleine Stimme in meinem Kopf sagte mir auch, dass ich den längst verloren hatte, aber mein Stolz war immer noch größer.

»Und was ist mit deinem Kredit? Deinen laufenden Kosten? Kate, du hast deine sichere Stellung aufgegeben!«

»Ich werde schon einen neuen Job finden, Tiff. Mach dir keine Sorgen!«

Obwohl ich mir Sorgen machte, wollte ich es nicht zugeben. Genauso wenig, dass die Arbeit mir schon nach einem Tag wieder fehlte.

»Oh großer Gott, Kate! Du kannst deinen Job doch nicht einfach so aufgeben!«

»Und ob ich das kann!«

»Kate.« So mahnend, wie sie meinen Namen aussprach, wusste ich, dass sie da ganz anderer Meinung war.

Erst nahm ich mir das Handy, dann den Teller voller Rührei und setzte mich an meinen kleinen Küchentisch, den ich vom Sperrmüll gerettet hatte.

»Dir ist schon klar, dass du aus Angst …«

»Ich habe keine Angst, okay! Es ist … Tiff.«

Mir war der Appetit vergangen und ich lehnte mich an den kleinen Stuhlrücken.

»Du fürchtest dich, und das ist vollkommen in Ordnung.«

»Nein, ich glaube, das ist es nicht mal.«

»Okay?«

Ich lehnte so unvorteilhaft auf meinem Stuhl, dass meine Speckröllchen gut zu sehen waren. Weil es erst knapp halb zehn war, trug ich eine alte Leggings und ein enges Shirt, das genauso alt war wie meine kotzgrünen Socken.

Ich strich über meinen Bauch, der schon immer eine meiner Problemzonen gewesen war. Der, der mir immer wieder meinen netten Spitznamen eingebrockt hatte.

»Es kann doch nicht gesund sein, wenn ich mich in meinen Boss verliebe. Ich meine, wir reden hier von Reed Jacobs, Tiff.«

»Jaha, der Name sagt mir was.«

»Hör auf, darüber Witze zu machen.«

»Was soll ich denn sonst sagen? Hey, du hast recht. Deine Komplexe, deine Figur, das sind alles Hindernisse, um dir den Typen zu angeln, in den du verliebt bist?«

Gequält schloss ich die Augen. Sie hatte es wieder ausgesprochen.

»Du bist verliebt, Kate. Und daran ist nichts auszusetzen.«

»Und ob es das ist! Er liebt mich nämlich nicht und das … das kann ich doch nicht einfach so ignorieren. Du weißt, wenn ich mich verliebe, verliebe ich mich.«

»Ich weiß«, seufzte sie.

Sie kannte meine Vorgeschichte. Jedes Mal, wenn ich mich verliebte, tat ich es so intensiv und extrem, dass ich immer zu spät bemerkte, dass Liebe allein nicht ausreichte. Ich benötigte außerdem Vertrauen und Wertschätzung. Etwas, das ich von meinen Ex-Freunden nie bekommen hatte.

»Auch wenn du es nicht hören willst … Ich finde schon, du solltest darüber nachdenken, warum Reed dir mehr Aufmerksamkeit schenkt als all den anderen. Und komm mir jetzt nicht damit, dass du seine Assistentin bist, Kate. Sonst komm ich dir durchs Handy!«

Ich brummte unwillig.

»Ich fasse es nicht, dass du gekündigt hast.«

»Fass es ruhig.«

»Darf ich ehrlich sein? Du bist meine beste Freundin, Kate, und du weißt, ich habe dich lieb.«

Ich nickte und stocherte wieder in meinem Rührei herum.

»Aber dein Liebesleben ist schon immer eine Katastrophe gewesen. Und wenn ich Katastrophe meine, dann die, in der du den Falschen eine Chance gegeben und den Richtigen eine Abfuhr erteilt hast.«

Ich schnaubte. »Reed ist mein Boss und er hat … Jessica war seine Freundin. Ein Supermodel.«

»Richtig, die Betonung liegt auf *war*. Vielleicht solltest du einfach mal den Gedanken zulassen, dass er wirklich an dir interessiert ist. Reed ist Boss genug, zu wissen, dass es nicht nur eine Affäre sein kann, wenn er sich mit dir einlässt. Dazu ist er einfach zu professionell.«

»Deswegen wird er auch nichts mit mir anfangen«, behauptete ich felsenfest.

»Ja, gut. Dann nimm Declan oder George, von denen sprichst du ja immerhin den ganzen Tag!«, fuhr sie mich genervt an.

»Tiff …«

»Was? Ehrlich, Kate. Du bist so lang schon allein, weil du mit dir selbst nicht im Reinen bist. Du kannst dir nicht vorstellen, dass ein Mann wie Reed Jacobs auf dich stehen könnte. Gut. Ich akzeptiere das.«

»Okay …«

»Aber du hast gekündigt. Was hält dich davon ab, Declan oder George zu daten? Du verstößt nicht mehr gegen die Regeln, sie sind nicht mehr deine Kollegen.«

Ich wollte etwas sagen, aber ich wusste nicht was.

»Ganz genau! Du willst sie nicht!«

Stöhnend schob ich das Rührei weg. »Ich … Ich hasse dich.«

»Nein, du liebst mich. Und ich liebe dich. Aber ich werde mir nicht weitere zwei Jahre ansehen, wie du dir jegliche Liebe verwehrst, weil du dich selbst für wertlos hältst.«

Sie hatte den Nagel auf den Kopf getroffen und das erschütterte mich zutiefst.

Bevor ich etwas darauf erwidern konnte, klopfte es an der Tür.

»Ich muss Schluss machen, Tiff. Dad wollte heute vielleicht vorbeischauen und du weißt, er wird es nicht so gut aufnehmen wie du, dass ich gekündigt habe.«

Tiff seufzte. »Mach ruhig. Meld dich, wenn du reden willst.«

Hatten wir das nicht gerade ausführlich getan? Ich fühlte mich emotional so durch den Wind, dass Dads Besuch mir gar nicht gelegen kam. Aber wenn ich ihm jetzt schon sagte, dass ich mir einen neuen Job suchen musste, brauchte ich es später nicht zu tun.

Wieder klopfte es an der Tür und ich beeilte mich, zum Flur zu kommen und sie zu öffnen.

»Dec…«

Sein Name blieb mir im Hals stecken, als Declan seine Lippen auf meine drückte. Völlig perplex reagierte ich viel zu langsam.

»Was sollte das denn?«, rief ich geschockt aus, als ich ihn endlich von mir schieben konnte. Er stand einfach vor mir, direkt im Hausflur, und sah mich eindringlich an.

»Es ist mir egal, ob es ungünstig ist. Ich kann es nicht mehr zurückhalten.«

»Offensichtlich«, flüsterte ich und hielt mir die Hand vor die Lippen.

»Bevor du dem Falschen deine Aufmerksamkeit schenkst, sollst du wissen, dass ich dich liebe, Kate.«

»Was?«

Shit. Er hatte mir seine Liebe gestanden. Declan. Der hübsche Makler Declan. Und ich reagierte mit einer Schockstarre.

»Du bist perfekt, so wie du bist. Ich will dich, Kate. Mit allem, was du mir bereit bist zu geben«, fügte er inbrünstig hinzu.

Da standen wir also. Ich starrte meinen Freund einfach nur an und zwei Gedanken vertieften sich in meinem Kopf.

Ich bin nicht perfekt, würde es aber gerne sein. Nur nicht für dich. Und: *Ich kann dir nichts geben, auch wenn ich es gern tun würde.*

Es war nicht so, dass ich nicht schon gewusst hatte, dass Declan nicht mehr als ein Freund für mich war. Aber jetzt, da er hier vor mir stand und mir eine wunderschöne und ehrliche Liebeserklärung gemacht hatte, wusste ich es mit Bestimmtheit.

»Declan, ich fühle mich geschmeichelt, aber …«

»Er ist es, oder?«, unterbrach er mich, und schon war seine Stimme mindestens zwei Stufen kühler geworden.

»Du hast mir nie das Gefühl gegeben, dass du mehr in mir siehst«, redete ich einfach weiter.

Declan schloss gequält die Augen. »Ich wusste damals nicht …«

»Es ist auch okay. Ich meine, die Richtige würde diese Liebe erwidern. Also bin ich es auch nicht«, erklärte ich und klang wirklich überzeugt von dem, was ich da sagte.

»Soll mich das irgendwie beruhigen?«

»Muss es, Declan. Ich … ich mag dich, als Freund. Aber …«

»Reed scheinst du mehr zu mögen.«

»Warum kommst du mir ständig mit Reed?«, fragte ich genervt nach. Jeder sprach ihn an. Einfach jeder!

»Ach, Kate.« Er lächelte. So kannte ich ihn. Fröhlich und ehrlich. Wobei ich seine Ehrlichkeit gerade wirklich verfluchte. »Er hat auch ziemlich ungehalten reagiert, als ich ihn auf dich angesprochen habe.«

»Was hast du getan?«, fragte ich verwundert nach.

Er machte eine wegwischende Geste. »Ich muss wieder los. Ich … keine Ahnung, warum ich gehofft habe, dass du es dir anders überlegst, nachdem ich euch Samstag zusammen gesehen habe. Es ist einfach über mich gekommen. Tut mir leid.«

»Du musst dich nicht für deine Gefühle entschuldigen«, erwiderte ich und war erstaunt, wie ehrlich

ich das meinte. Seine Gefühle fand ich also völlig in Ordnung, nur meine durften es nicht sein?

»Doch, muss ich. Bis dann, Kate.« Er drehte sich um und ging.

»Bis dann«, flüsterte noch, obwohl er es vermutlich nicht mehr hören konnte. Dann starrte ich auf die kotzgrünen Socken an meinen Füßen.

»Diese Woche ist definitiv auch nicht meine Woche.«

Weil ich nun mal Kate war, bildete ich mir ein, dass die linke Socke mir bedauernd zunickte und die rechte einfach nur mitleidig den Kopf schüttelte.

***

Mit dem verhassten Pling hielt der Lift im gewünschten Stockwerk.

Sofort war ich erleichtert, als vor mir alles dunkel war. Das Büro war seit einer Stunde geschlossen. Dass jetzt noch jemand arbeitete, kam selten vor.

Es sei denn, wir wurden wieder bei der Steuerbehörde angeschwärzt.

»Was bist du doch witzig, Kate«, redete ich mit mir selbst und lief auf meinen Schreibtisch zu.

Mitten auf dem Weg erstarrte ich, weil doch noch ein Licht an war. In Reeds Büro.

»Bitte sei die Putzfrau, bitte sei die Putz…«

Aber der Schatten hinter der Tür war nicht Drucilla.

Drucilla maß knapp eins fünfzig und aß gerne und gut. Aber diese Silhouette hier besaß eine Statur, die ...

Können wir uns einfach darauf einigen, dass es nicht Drucilla ist?

Mir blieben zwei Möglichkeiten. Entweder ich rannte davon wie eine Verrückte, die dabei erwischt wurde, wie sie sich abends in ihr ehemaliges Büro schlich, um ihren Schreibtisch zu räumen, oder aber ich zeigte Courage und tat das, wofür ich hergekommen war.

Also drückte ich den Rücken durch, ignorierte den Schatten und lief zu meinem Schreibtisch. Die Kiste für meine persönlichen Dinge hatte ich bereits mitgebracht.

Verdammt! Er hätte längst nicht mehr hier sein sollen! Wieder huschte mein Blick zu diesem blöden Schemen, der mir gleich Herzrythmusstörungen verursachen würde.

Ich stellte die Kiste ab und begann alles einzupacken, was mir gehörte.

Und Reed stand weiterhin dort. Dieser dämliche Schatten wollte einfach nicht verschwinden.

»Sie machen also Ernst.«

Reed sprach diese Tatsache aus, als hätte er nichts anderes von mir erwartet.

»Morgen gebe ich die Kündigung bei der Personalabteilung ab«, sagte ich und überlegte, ob der Tacker mir gehörte. Irgendwann hatte ich mir einen Neuen geholt, nachdem ich – aus Versehen – den firmeneigenen an die Wand geworfen hatte. Keine Ahnung, was ich damals für einen Grund gehabt hatte, aber er hatte sicherlich irgendetwas mit Reed zu tun.

Einen Moment ließ er mich wirklich meine Sachen packen, aber dann fragte er nach.

»Warum?«

Ich erstarrte und ließ zu, dass er meine Reaktion genaustens mitbekam.

»Du hast Überstunden wie Sand am Meer gemacht«, begann er zu reden und kam langsam auf den Tisch zu. »Und sag mir jetzt nicht, das hätten alle getan. Du stehst fast immer an der Spitze, wenn es ums lange Arbeiten geht. Ich habe die Listen dazu gesehen.«

Hatte er das?

»Jede Aufgabe, die ich dir aufgetragen habe, hast du erledigt. Ich will jetzt nicht loben, dass du es ohne Murren getan hast.«

Er wirkte belustigt, ich schnaubte.

»Aber du hast sie erledigt. Mit vollem Einsatz, weil du deinen Job liebst. Und jetzt kündigst du, weil du nicht damit umgehen kannst? Ehrlich, Kate. Ich hätte mehr von dir erwartet.«

Ich warf ein paar Glitzerstifte, die ich mir selbst gekauft hatte, mit viel zu viel Kraft in den Karton.

Eine seiner Augenbrauen zuckte und er legte die Hände mit einer Lässigkeit in die Taschen seiner Anzughose, dass ich fast vor Wut explodierte. »Ich entschuldige mich nicht für den Tanz oder dafür, dass ich mir Sorgen gemacht habe, als du einfach abgehauen bist.«

»Du entschuldigst dich nicht? Reed, ich … ich ertrage das einfach nicht mehr!« Innerhalb von Sekunden hatte ich jeglichen Scheiß in diesen dämlichen und viel zu kleinen Karton gepackt. »Für dich ist das alles nur ein Spiel, oder? Wie oft kann ich wohl heute meine kleine, dicke Assistentin durcheinanderbringen, damit sie endlich zugibt, dem nicht gewachsen zu sein?«

Schnell ergriff ich den Karton. Er war maßlos überladen, aber ich schiss gerade darauf.

»Du siehst …« Ich blieb vor ihm stehen. »Du hast gewonnen.«

Der Plan war, gar nichts zu ihm zu sagen.

Der Plan war, cool und professionell zu sein.

Der Plan war …

Scheiße, er hätte gar nicht hier sein sollen!

Das Licht aus seinem Büro erhellte gerade so sein Gesicht. Dieses attraktive Gesicht, das mir nur Ärger gebracht und mich meinen Job gekostet hatte.

Das Schlimmste an der Sache war aber, dass er genau wusste, wie er auf Frauen wirkte.

Er sagte nichts mehr und es wirkte auch nicht, als würde er noch etwas sagen wollten.

Reed wollte nicht nachtreten? Gut. Wenigstens etwas Würde ließ er mir.

Es ist ja nicht so, als hätte ich mich bereits zum völligen Trottel gemacht.

Mit meinem überfüllten Karton ging ich dann also zum Lift, der leider nicht mehr hier war. Leise flehend, dass er schnell wieder hochgefahren kam, drückte ich den Schalter.

Die Zeit des Wartens fühlte sich endlos an, obwohl es wirklich nur ein paar Sekunden sein konnten, bis die breiten Türen des Lifts sich öffneten.

»Ich habe nicht gewonnen«, ertönte dann auf einmal seine Stimme. Er stand plötzlich vor dem Lift und sah mich an.

»Doch, hast du, Reed. Das hast du«, erklärte ich ihm müde.

Plötzlich nahm er die Hände aus den Taschen und sah mich schmunzelnd an. »Es war nie ein Spiel, Kate.«

Wovon sprach er jetzt? Von dem, was ich meinte? Nein. Das … Das …

»Belassen wir es dabei, okay? Du wirst jemanden finden, der sich nicht ständig aufregt oder Widerworte gibt.«

»Ich hab mich an deine Widerworte gewöhnt«, behauptete er.

Ich schnaubte. »Betrunken zur Arbeit zu kommen, passt nicht zu dir.«

Reed lachte und brachte mich dadurch total aus dem Konzept.

Die Lifttüren wollten sich schließen, deswegen drückte er sich noch schnell hinein und lehnte sich mir gegenüber an die Wand, ohne mich aus den Augen zu lassen.

»Zu kündigen, ohne eine wirkliche Begründung zu haben, passt nicht zu dir«, konterte er, ohne mich aus den Augen zu lassen.

Ich biss mir auf die Innenseite meiner Wange.

»Aber ich muss gestehen … Dein kleiner, unüberlegter Satz hat mich etwas zum Nachdenken gebracht.«

»Welcher Satz?«, fragte ich irritiert nach.

Erst jetzt bemerkte ich, dass ich mich tatsächlich wie ein feiges Huhn in die nächste Ecke verdrückt hatte. Der Karton spendete mir etwas Sicherheit.

Sicherheit vor wem? Reed? Das war doch absolut lächerlich!

»Ich bringe dich durcheinander«, antwortete er und kam plötzlich auf mich zu.

»Das hast du falsch verstanden«, erwiderte ich schnell. Viel zu schnell.

»Wäre mir neu …« Er blieb direkt vor mir stehen und ich drückte mich noch tiefer in diese verdammte Ecke. Aber Metall gab halt selbst bei mir nicht so einfach nach.

Mist! Mist! Mist!

Seine kristallblauen Augen hatten noch nie so hell ausgesehen. Noch nie! Ich verlor mich in dieser wunderschönen Farbe, bis ich bemerkte, dass es ja *seine* Augen waren.

»Hör auf mit den Spielchen«, sprach ich wütend.

Das erste Mal an diesem Abend schien ich ihn überrascht zu haben.

Er hob gerade die Hand, als würde er mich tatsächlich berühren wollen, da erklang das mir so bekannte Pling und die Lifttüren öffneten sich. Reeds Kiefer verkrampfte sich und sein ganzer Körper schien erstarrt.

»Mr. Jacobs?«

Ich kannte die Stimme. Es war der Pförtner namens Mr. Peanut. Ja, er hieß wirklich so.

»Guten Abend, Ralph«, begrüßte Reed ihn und schaute kurz über seine Schulter. »Würden Sie so nett sein und unsere Etage für uns drücken?«

»Aber …«, wollte ich mich einmischen, aber Reeds intensiver Blick galt schon wieder mir.

»Ich habe noch etwas vergessen und Ms. Walsh muss mir dabei helfen.«

»Aber natürlich, Mr. Jacobs. Schönen Abend noch, Kate«, rief Peanut uns zu, schon schlossen sich die Türen und unsere Etage leuchtete auf.

»Ihnen auch, Ralph«, flüsterte ich, während der Fahrstuhl wieder nach oben fuhr.

Er runzelte die Stirn. »Ralph darf dich also Kate nennen.«

»Du nennst mich auch Kate.«

Er schien belustigt. Es war wirklich eine sehr komische Situation. Wir standen hier im Lift, so nah wie irgendmöglich, aber er berührte mich nicht.

»Das stimmt wohl. Sollte ich das lieber lassen?« Plötzlich nahm er Abstand. »Immerhin hast du jetzt gekündigt. Da sollten wir wohl wieder zu der förmlichen Anrede übergehen.«

Er stellte sich wieder mir gegenüber an die Wand, als hätte es die Nähe zwischen uns nicht gegeben.

Ich runzelte die Stirn. Was zum Teufel sollte das ständig?

»Alles okay, Kate? Du siehst leicht erhitzt aus.«

»Da wir ja jetzt die *förmliche* Anrede benutzen, Reed. Macht es dir doch sicher nichts aus, dass du mich mal kreuzweise am Arsch …«

Reed wartete lächelnd auf meine nächsten Worte, die ich aber leider gar nicht überdacht hatte.

Räuspernd versuchte ich irgendwie das Rad noch mal zu drehen, aber da stoppte plötzlich der Lift. Panisch sah ich mich um und landete mit meinem Blick bei Reed, der gerade den Stoppknopf gedrückt hatte.

»Oh mein Gott. Hast du … hast du gerade den Lift angehalten?«, fragte ich sofort panisch nach.

Er öffnete den Mund, aber meine Panik siegte.

»Das ist nicht witzig, Reed. Ja, okay. Ich habe gekündigt und du willst mir eine Lektion erteilen. Ja, du hast mich durcheinandergebracht. Ich will nicht, dass du das tust. Deswegen habe ich gekündigt. Zufrieden? Du hast den Grund erfahren und jetzt lass uns weiterfahren! Oh Mist, Mist, doppelt Mist!«

Ich drehte mich im Kreis und krallte mich fester an den Karton, als wäre ich zehn und das in meinen Armen meine Puppe. Ich bekam kaum mit, dass Reed mich mit einem Ruck zu sich drehte.

»Kate.«

»Ich spüre schon, wie uns der Sauerstoff ausgeht«, jammerte ich und atmete immer schneller.

»Kate!«, rief er lauter aus und zog mich noch näher an sich. »Es ist alles okay. Wir sterben hier drinnen nicht.«

»Nein, nur ich. Weil ich eine Panikattacke bekomme, das ist mir schon klar!«, antwortete ich und versuchte vernünftig ein und auszuatmen. Ich ignorierte sein Schmunzeln und schloss die Augen.

»Kate, sieh mal nach oben.«

Weiterhin ignorierte ich ihn.

»Kate, ich weiß, du scheißt auf das, was ich sage, aber sieh bitte einfach nach oben!«, redete er eindringlicher.

Blinzelnd tat ich ihm den Gefallen.

»Siehst du die kleinen Löcher? Es gibt eine Sauerstoffanlage, die 24 Stunden lang im Betrieb ist. Die Löcher sorgen dafür, dass wir ständig mit ausreichend Luft versorgt werden.«

Tatsächlich?

Zweimal atmete ich noch etwas zu schnell, dann begann meine Lunge langsamer zu arbeiten. Ich entspannte mich sichtlich und schaute ihn an.

Er musste die ganze Zeit über direkt vor mir gestanden haben. Uns trennten nur noch Zentimeter. Vermutlich schielte ich bereits, weil er so nah bei mir stand.

»Warum hast du den Lift angehalten?«, fragte ich leise.

Erst antwortete Reed mir gar nicht. Er starrte nur.

»Weil ich … genauso durcheinander bin wie du.«

Mein Herz begann verrücktzuspielen. Es pumpte wie von Sinnen Blut in meine Adern und ich verstand die Welt nicht mehr.

»Ich bin nicht durcheinander!«

Reed legte eine Hand an meine Wange. »Wie lange wollen wir das hier eigentlich noch spielen?«, fragte er.

»Ich spiele nich…«

Reed riss sich los und drückte den Knopf wieder. Sofort fuhren wir wieder los.

»Ja, gut!«, fuhr ich ihn an und die Türen öffneten sich.

Super. Wir waren wieder da, wo es angefangen hatte.

»Du hast, was du wolltest! Ich bin hier!«

Lässig wie eh und je legte er seine Hände in die Hosentasche.

»Habe ich das?«, fragte er. »Komm, wir reden in meinem Büro.«

Er lief vor und wartete erst gar nicht auf mich.

Aber was sollte schon passieren? Selbst im Lift hatte er die Hände bei sich behalten. Und er war ja nicht der Part von uns beiden, der verknallt war.

Als ich in sein Büro kam, stand er angelehnt vor seinem Schreibtisch und hatte die Arme vor der Brust verschränkt.

»Setz dich.«

Ich folgte seiner Anweisung nur, weil der Karton langsam zu schwer wurde.

»Irgendwie geht das bei uns immer wieder schief«, murmelte er.

Ich runzelte die Stirn. Seine Haltung war plötzlich eine völlig andere.

»Ich will dich«, platzte es aus ihm heraus.

Ich starrte ihn stumm an.

»Du willst nicht mehr da raus.« Er tippte auf seine Stirn. »Und das ist inakzeptabel.«

Selbst als mein erster Freund mir damals gebeichtet hatte, dass er mich mit mindestens drei anderen Mädels betrogen hatte, war ich nicht so geschockt und sprachlos gewesen wie jetzt.

»Es gibt keine andere, und ich will auch keine andere. Ich will dich, Kate.«

Grübelnd blickte ich mich um. Wo könnte er Kameras versteckt haben?

»Das ist ein Witz«, fuhr ich ihn wütend an, als er mich nur abwartend ansah.

Ich stand so ruckartig auf, dass der Tacker aus dem Karton fiel. »Ich bin deine Assistentin!«

Bedächtig nickte er.

»Ich. Bin. Deine. Assistentin.«

»Das sagtest du bereits.«

»Ja, deine Assistentin, die tollpatschig und vorlaut ist und mindestens zwanzig Pfund zu viel auf den Rippen hat!«

Es sind vierzig, aber das würde ich niemals laut aussprechen.

Er hob die Hand, aber ich wollte gar nichts mehr hören.

»Du kannst doch hier nicht einfach stehen und so etwas sagen!« Wieder sah ich mich panisch um. »Wo sind die verdammten Kameras?«

»Kameras? Ich versichere dir, es gibt keine. Aber wenn du willst …«

Ich verdrehte die Augen. »Musst du immer wieder so zweideutige Antworten geben?«

Er zuckte die Schulter. »Bei dir bietet es sich an.«

»Bei mir bietet es sich an? Reed, hör auf, mir schöne Augen zu machen, wenn du offensichtlich …« Ich kämpfte mit den Tränen. Es war aussichtslos.

»Wenn ich offensichtlich was?«, fragte er dann auch noch nach und brachte mein Fass – das ich dank Reed überhaupt erst besaß – zum Überlaufen.

Er hatte mich gefragt. Er hatte nach dem Offensichtlichen gefragt. Wenn er es nicht ernst meinte …

»Ich kündige.«

»Oh nein!« Reed ergriff meinen Oberarm. Der Karton fiel mir aus den Händen und jedes noch so kleine Teil machte einen Heidenlärm auf dem Parkettboden. »Du haust jetzt nicht einfach ab, nachdem du hier diesen Unsinn erzählt hast.« Er riss an meinem Arm, als könnte er mich wirklich davon abhalten zu gehen.

»Loslassen!«, fuhr ich ihn an und kämpfte gegen ihn, aber Reed war mir körperlich zu überlegen, als dass ich da noch etwas entgegenbringen könnte.

»Ich lasse dich nicht los, wenn du wieder abhaust. Was glaubst du denn? Dass ich jetzt jeden Abend hier sitze und darauf warte, dass du erscheinst?«

Mit einem Ruck hatte er mich an sich gezogen und blickte mir wütend ins Gesicht. Und ich kämpfte weiter.

»Lass mich los!«

»Hörst du mir überhaupt einmal zu?«, fuhr er mich jetzt an und ich erstarrte.

Ich spürte seine Wut. Eines meiner Handgelenke befand sich in seiner großen Hand. Selbst wenn ich mich hätte losreißen können, hätte ich es niemals bis zum Lift geschafft. Mein Atem ging stoßweise und auch Reed wirkte nicht mehr so, als würde ihn das hier kaltlassen.

Meine Brust drückte sich an seinen Anzug und ich spürte jeden einzelnen Muskel unter diesem Hemd. Ich konnte ihm nicht in die Augen sehen, deswegen atmete ich einfach weiter. Versuchte es zumindest.

»Kate.«

Ich erzitterte, als er atemlos meinen Namen aussprach, und schaute auf. Ein leichtes Lächeln, fast schon entschuldigend, lag auf seinen Lippen.

»Ich glaube, wir beide müssen mal etwas klarstellen.«

»Ich wüsste nicht, was«, antwortete ich gereizt.

Reed drückte einmal kraftvoll meine Hand. »Mir war nicht klar, wie tief bei dir gewisse Dinge sitzen. Mir ist schon aufgefallen, dass du in manchen Momenten unsicher wirkst. Vor allem in Bezug auf mich, wenn ich dich ansehe.«

»Blödsinn«, behauptete ich und zog an meiner Hand, aber wieder blieb er stur und hielt mich fest. Diese Nähe machte mich noch wahnsinnig!

»Aber ich hätte nie gedacht, dass du mein Interesse an dir nicht ernst nehmen könntest.«

Sprachlos blickte ich ihn an. Reed verzog keine Miene.

»Was glaubst du, was ich hier tue, Kate? Was ich seit Wochen tue?« Sanft begann er, mein Handgelenk mit dem Daumen zu streicheln. Die andere Hand legte er auf meinen Rücken und presste sich an mich. »Ich habe schon viele Frauen erlebt, die meinetwegen den Kopf verloren haben.«

Ich verdrehte die Augen. »Oh bitte, ich will mir das nicht anhör…«

Reed ließ meinen Rücken los, um meinen Nacken zu ergreifen. »Aber keine hat sich so sehr dagegen gewehrt wie du!«

Und dann küsste er mich.

Nicht sanft.

Nicht beruhigend.

Reed Jacobs küsste mich, als wäre ich das Wasser, das er nach drei Tagen Wüstenwanderung unbedingt benötigte.

Er küsste mich, als wäre nach wochenlanger Finsternis die Sonne aufgegangen.

Und ich küsste Reed Jacobs, als wäre er die Finsternis, die ohne das Licht nicht existieren könnte. Ich küsste Reed Jacobs, als hätte ich nie Wasser gebraucht, sondern nur ihn!

Kapitel 16

Reed

Halte Kate Walsh davon ab, zu kündigen! Das war der verfluchte Plan gewesen, als ich hier wie ein Bekloppter auf sie gewartet hatte. Und wie so oft in meinem Leben hatte sie mich nicht enttäuscht. Sie war gekommen.

Und jetzt saß Kate auf meinem Bürotisch, weil ich sie darauf gesetzt hatte, nachdem ich das erste Mal von ihren Lippen kosten durfte.

»Reed«, murmelte sie gegen meine Lippen, die gar nicht mehr aufhören wollten, ihre zu berühren.

Mein Verstand setzte aus. Ich wollte sie einfach nur noch fühlen. Sie schmecken. Sie beißen. Scheiße, wenn ich nicht aufpasste, würde sie noch bemerken, wie sehr ich sie eigentlich brauchte.

Kates Hände waren überall. Sie drückte mich an sich, zog an meiner Krawatte, damit ich sie wieder küsste und verflucht, ich war genauso versessen darauf.

Ihre Beine waren gespreizt, damit ich zwischen ihnen stehen konnte, um sie um den verdammten

Verstand zu küssen. Meine Erektion würde bald meine Hose sprengen, aber das war gerade mein kleinstes Problem. Seit sie mir ihre Ängste und diese blöden Vermutungen vor den Kopf geworfen hatte, wollte ich etwas beweisen. Etwas, das ich auch erst jetzt bereit war zuzugeben.

Ich beendete den Kuss und drückte einen Knopf an meinem Telefon.

»Reed, was …?«

Bevor sie wieder zu zweifeln begann oder Schlimmeres, küsste ich sie wieder, während die Panoramafenster ihre Struktur veränderten und sich dunkel tönten.

Dann dimmte sich das Licht und ich ließ von ihr ab, um den Anblick in mich aufzusaugen. Dabei entfernte ich mich drei Schritte vom Schreibtisch.

»Was tust du?«, fragte sie irritiert. Ihre Augen wirkten verschleiert, als würde sie gerade wirklich einen sehr schönen Traum erleben.

Nein, Baby. Es ist kein Traum und keiner außer mir weiß das besser!

»Dich ansehen.«

Sie lächelte, aber es wirkte nicht echt. »Quatsch.«

Kate räusperte sich und verschränkte die Arme vor der Brust. Ihre Beine lagen leicht auseinandergespreizt, der Rock war verboten hoch gerutscht.

»Sieh dich doch an«, sagte ich heiser.

Sie runzelte die Stirn und ich nickte zum Fenster. Ihr Blick folgte meiner Geste.

Die Scheiben waren nun komplett getönt, sodass niemand von den umliegenden Wolkenkratzern etwas sehen konnte. Und darin spiegelte sich Kate.

»Du sitzt auf meinem Schreibtisch und schaust mich mit deinen unschuldigen Augen so bittend an, dass ich gar nicht anders kann …«

Einen Moment betrachtete sie ihr Spiegelbild. Ich konnte ihren Blick nicht deuten, betrachtete sie weiter und zog mir die Krawatte vom Hals.

»Du bist wunderschön, Kate. So wie du bist. Ich will dich nicht anders. Und es wird Zeit, dass du das auch begreifst.«

Ihr Blick glitt wieder zum Fenster, langsam begann sie sich zu entspannen und hörte auf, die Arme schützend vor ihren Oberkörper zu halten.

Dann sah sie zu mir. Sie lächelte und mehr Ermunterung benötigte ich nicht.

Ich stürzte mich auf sie und küsste sie. Kate erwiderte den Kuss genauso stürmisch und zog an meinem Hemd. Irgendwann spürte ich, wie die Knöpfe ihren Widerstand aufgaben und in sämtliche Richtungen flogen.

Ich schob eine Hand unter ihren Rock, aber dieses Ding war so eng, dass ich fluchte und mich mit so viel Kraft hineinschob, dass der Stoff lauthals riss.

Kate kicherte gegen meine Lippen und ich stimmte mit ein, während meine Hände langsam, aber sicher, ihr Ziel fanden.

»Reed«, rief sie überrascht aus.

»Was? Überrascht, Kate?«, raunte ich grinsend gegen ihre Lippen.

Sie hatte die Augen geschlossen und genoss meine Berührung. Der Slip war kein Hindernis mehr für mich, als ich ihn zur Seite schob und sie berührte.

Kate erstarrte und stöhnte, als meine Finger auf ihre zarte Knospe trafen.

Ich biss mir auf die Unterlippe, während ich dabei zusah, wie Kate vollkommen die Kontrolle über sich verlor. Ihre Stirn war leicht gerunzelt, als würde sie jede meiner Bewegungen genaustens analysieren. Ihr Mund war leicht geöffnet und ihre sinnlichen Laute schossen direkt in meinen Schwanz.

Mit einer Hand hielt ich sie im Arm, mit der anderen massierte ich sie. Als ich begann, immer wieder einen Finger in sie zu stoßen, krallte sie sich in mein Hemd.

»Gott, ja!«, rief sie aus und krallte sich enger an mich. Das war mein Zeichen, meinen Finger aus ihr herauszuziehen und die Sache anders zu beenden.

Kate öffnete die Augen und starrte mich geschockt an. »Warum hast du aufgehört?«

»Ich habe noch gar nicht angefangen«, flüsterte ich ihr zu und küsste sie wieder.

Noch energischer als zuvor küsste sie mich zurück und legte die Arme um meinen Hals. Während unsere Zungen miteinander kämpften, anders konnte ich die

Intensität zwischen uns nicht beschreiben, öffnete ich meine Hose.

Obwohl mein Verstand sich wortwörtlich auf den Weg in meinen Schritt machte, achtete ich konzentriert darauf, dass sie es sich nicht doch noch anders überlegte. Denn wenn es eine Frau gab, die im leidenschaftlichsten Moment unseres Lebens die Reißleine ziehen könnte, dann war es Kate.

Aber da war kein Zögern. Da war kein ›Hör auf, Reed. Du bist mein Boss und ich nur die Angestellte‹-Scheiß. Sie wollte es.

Kate Walsh wollte es!

Mehr Ansporn benötigte ich nicht. Es dauerte einen weiteren Moment, doch dann befand ich mich in ihr. So tief, dass wir beide aufstöhnten.

»Oh Gott«, rief sie aus und drückte sich enger an mich, wenn das überhaupt möglich war.

Ich biss ihr leicht in den Hals und begann mich zu bewegen.

Wir waren beinahe vollständig angezogen, und doch war es intim. So intim, dass ich mehrere Anläufe benötigte, um einen Rhythmus zu finden.

Ihr Duft wurde zu meinem Duft. Ihr Stöhnen wurde zu meinem Stöhnen.

In ihr zu sein, fühlte sich so verdammt berauschend an, dass es mir den Atem nahm. Die Luft wurde stickig und sexgeladen. Unser Tempo schneller, meine Ungeduld immer schlimmer.

»Reed, ja!«

Meinen Griff an ihren Hals kommentierte sie mit einem Stöhnen, das mir noch mehr Ansporn gab. Kate fiel mit dem Rücken auf den Schreibtisch, während ich sie fickte.

Der Unglaube über diese Situation würde mich noch Wochen verfolgen. Das Gefühl, in ihr zu sein, mich für immer brandmarken.

»Schneller! Fester!«

Ihre Befehle klangen abgehackt, aber so sinnlich, dass ich bereit war, alles zu tun, wenn sie nur weiterhin so reden würde.

»Reed, verdammt! Schneller!«

Ich grinste, weil Kate sich so sehr fallen ließ.

»Dein Wunsch ist mir Befehl«, antwortete ich, spreizte ihre Beine noch eine Spur weiter, legte eines ihrer Beine über meine Schulter und gab ihr, was sie von mir wollte.

»Oh Gott. Ja!«

Kate krallte sich an mir fest, während ich sie immer weiter den Berg hinaufführte. Sekunden später kniff sie so fest zu, dass es wehtat. Sie schrie, melkte mich und Sekunden später folgte ich ihrem Orgasmus.

Kate

Reed lag auf mir und war völlig außer Atem, während ich langsam begriff, was hier passiert war.

»Heilige Scheiße«, murmelte ich.

Ich spürte seine Brust vibrieren. Lachte er etwa?

»Als heilig könntest du es natürlich auch beschreiben«, verkündete er und stützte sich ab, um mich anzusehen.

»Das ist nicht witzig, Reed. Wir. Du. Ich …«

Irgendwie kam kein vernünftiger Satz aus mir heraus.

Nun, Kate, vielleicht liegt es daran, dass dein Chef sich noch in dir befindet!

Reed ließ mich nicht für einen Moment aus den Augen.

»Lass mich runter. Ich tropfe noch deinen Schreibtisch voll.«

Hatte ich das gerade wirklich gesagt? Oh Gott.

Ich wollte ihn von mir runterschieben, aber Reed lehnte sich unnachgiebig auf mich. Dann stöhnte er auch noch auf und lehnte seine Stirn gegen meine Schulter.

»Du solltest so etwas nicht sagen und dich dann *so* bewegen, Kate. Das hilft dir ganz sicher nicht runter von meinem Schreibtisch.«

Ich spürte, wie er wieder hart wurde. War das möglich?

»Reed, bitte …«

Wir konnten unmöglich da weitermachen, wo wir aufgehört hatten. Das war doch Wahnsinn!

Vielleicht würde mein verzweifelter Tonfall ihn wieder auf Kurs bringen. Also auf den vernünftigen Kurs. Scheiße, was war denn los mit mir?

Nun, Kate, vielleicht liegt es daran, dass dein Chef sich noch in dir befindet!

Gut, das reichte. Ich legte eine Hand auf seine nackte und ziemlich durchtrainierte Brust, damit er endlich Abstand nahm.

Er tat es. Zwei Sekunden lang war ich enttäuscht.

Meine Bluse war halb aufgerissen, mein Rock komplett zerrissen. Grundgütiger. Hatte ich das wirklich zugelassen?

»Kate?«

Ungeduldig blickte er mich an. Sein Hemd war ebenfalls eine Katastrophe.

»Ist alles okay?«

Ob alles okay war? Scheiße, nein! Es war gar nichts okay! Ich saß hier halbnackt und mit seinem Sperma zwischen meinen Beinen auf dem Schreibtisch meines Chefs und stand kurz davor, Rotz und Wasser zu heulen!

Kate Walsh, Vorzeige-Assistentin und Moppel vom Dienst hatte mit Reed Jacobs auf seinem Schreibtisch geschlafen!

»Kate?« Reed stützte die Hände neben mir ab und musterte mich intensiv.

Was würde er sagen? *Oh großer Gott, er wird mir …*

»Das, was hier passiert ist, wollten wir beide.«

… das Herz brechen. Moment, mein Gedanke passte nicht zu seinem letzten Satz.

»Was immer du auch zwischen uns siehst, das uns Probleme bereiten könnte, es wird nie der Klassenunterschied sein. Es liegt nur an deinem sturen Kopf, was das mit uns wird.«

»Wovon redest du?«

Hey, ich hatte meine Stimme doch nicht verloren!

Eine Weile sah er mich einfach nur an, lächelte dann und ließ vom Schreibtisch ab. Ich konnte wieder atmen.

»Ich erwarte dich morgen pünktlich zur Arbeit. Und wehe, du kommst nicht.«

Moment, was? Ich sollte weiter hier arbeiten? Er hatte doch bekommen, was er wollte. Oder lag ich damit völlig falsch?

»Kate, sieh mich nicht so an, als würdest du eine Wiederholung wollen. Mich hindert nichts daran, dich noch mal hier auf meinem Tisch zu nehmen. Ich fürchte nur, dass du das gerade nicht wirklich willst.«

Perplex sprang ich vom Tisch. Reed war zur Stelle und fing mich auf, weil meine Knie ihre Arbeit noch nicht wirklich aufnehmen konnten.

»Danke«, hauchte ich in seinen Armen, weil ich bestimmt mit voller Wucht auf dem Boden gelandet wäre.

»Keine Ursache«, sagte er leise. Es sollte eine einfache Antwort sein, aber es klang eher nach Versuchung, Hitze und ganz vielen Versprechungen.

Plötzlich zog er eine Strähne aus meinem Gesicht und steckte sie mit einer Zärtlichkeit hinter mein Ohr, dass ich erschauderte.

»Nimm dir meinen Mantel, wenn du gehst. Ralph würde womöglich die Cops rufen, wenn er dich so sehen würde.«

Er wirkte belustigt und irgendwie war ich das auch.

»Du hast recht.«

»Oh, scheiße. Sag doch so etwas nicht«, murmelte er und drückte mich an sich. Ich spürte seine Erektion, kicherte gegen seine Schulter und genoss die Wärme, die er ausstrahlte.

»Ich würde dich gern fahren, aber ich fürchte, dass du dann keinen Schlaf mehr bekommst. Und Schlaf brauchen wir für morgen.«

Für morgen?

Kapitel 17

Kate

Ich schrieb gerade einen wichtigen Brief an meinem Computer, als ich spürte, wie Reed ins Büro kam.

Ich hatte alle Fragen meiner Kollegen ignoriert, warum ich gestern nicht zur Arbeit erschienen war. Aber jetzt war Reed da und hielt mir den Grund wieder vor Augen.

Ich hatte keine einzige Minute schlafen können. Am liebsten hätte ich Tiff angerufen und ihr von dem Sex erzählt, aber das hätte sie wieder in Hochstimmung versetzt und ich wollte nicht, dass sie sich Hoffnung machte, wenn ich einfach nicht weiter darüber nachdenken wollte.

Trotzdem konnte ich nicht schlafen und dachte eben über Reed nach.

Der Sex war unglaublich gewesen.

Reed war unglaublich gewesen.

»Guten Morgen, Kate.«

Ich schloss kurz die Augen und versuchte meinen Körper zu beruhigen. Seine Stimme klang wie immer, und doch war sie heute anders. Heute wusste die Stimme, wie ich nackt aussah. Zumindest unten herum. Ergab das einen Sinn?

»Guten Morgen, Mr. Jacobs.«

Er wirkte nicht überrascht, dass ich ihn nicht beim Vornamen ansprach, sondern lief wie immer schnurstracks in sein Büro, ohne mir einen Blick zu schenken.

Es war ein Fehler, wieder herzukommen. Ein Stich ins Herz fühlte sich wohl genauso an wie Reeds abweisendes Verhalten. Was hatte ich mir nur dabei gedacht?

Gut, ich hatte mit ihm geschlafen, aber warum saß ich wieder hier und tat so, als wäre nie etwas passiert? Wenn er mich in sein Büro rufen würde, könnte ich doch niemals mehr den Schreibtisch anschauen, ohne puterrot anzulaufen.

»Hey, Kate! Geht's dir wieder besser?«

George stand vor meinem Schreibtisch und musterte mich neugierig.

»Besser? Ich war nicht …« Dann dachte ich an meine Abwesenheit gestern. »Ähm, ja. Klar. Alles wieder bestens.«

»Okay. Gut. Das ist gut.« George nickte immer wieder, als würde er noch etwas loswerden wollen.

»Alles gut?«

George sah mich unsicher nur an. »Ich weiß nicht, wie ich es sagen soll, Kate. Declan hat erwähnt, also … er hat erwähnt, dass er dir offen gesagt hat, wie er … nun ja, zu dir steht.«

Mein Blick schoss direkt zu Declan, der an seinem Schreibtisch saß und uns genaustens beobachtete.

»Oh.«

»Ja, oh. Und du hast ihn abgewiesen.«

Manchmal sprach George einfach viel zu britisch.

»Er ist einfach nur ein guter Freund.«

»Und ich?«, schoss er direkt heraus.

»Du?«, fragte ich nach und wusste nicht, wie ich den Satz weiterführen sollte.

George nickte und wartete auf meine Antwort.

»George … Ich hab viel zu tun und …«

»Komm, lass Kate ihre Arbeit erledigen«, unterbrach Declan mich. Er war tatsächlich zu meinem Schreibtisch gekommen.

»Ich unterhalte mich mit Kate«, erklärte George ihm.

»Oh, natürlich. Und sie sieht auch so aus, als würde sie das wollen.«

»Wie bitte?«, knurrte George schon fast.

»Jungs!«

Ich wurde komplett ignoriert, während die beiden lauthals miteinander diskutierten. Sie bekamen nicht mal mit, dass Reeds Bürotür aufging, er herauskam und sich belustigt neben mich stellte. Die beiden Jungs hatten sich bereits etwas vom Tisch entfernt.

»Ist das etwa witzig?«

»Situationsbedingt schon.«

»Situationsbedingt?«, fragte ich verständnislos nach.

»Oh ja. Immerhin hast du nicht auf ihrem Schreibtisch gelegen.«

Sprachlos schaute ich ihn an. Sein Blick schoss zu mir. Wenn mich nicht alles täuschte, würde ich behaupten, dass er stolz auf sich war.

»Das ist doch kein verdammter Wettbewerb!«

»Sag das mal den beiden. Sie wissen ganz genau, dass es untersagt ist, unter Kollegen etwas miteinander anzufangen. Sie versuchen es bei dir trotzdem. Wer tut hier also etwas Unerlaubtes?«

»Wir beide arbeiten auch hier!«

»Ich bin dein Boss, Kate. Ich darf das.«

»Du darfst das?«, fragte ich überrascht nach.

Und was, wenn ich nicht die Erste gewesen war, die aus der Firma …

»Du bist die Ausnahme von der Regel«, erklärte er noch dazu, als hätte er meinen Gedanken bereits erahnt.

»Du legst dir die Antworten auch so zurecht, dass sie immer passen, oder?«

Jetzt wandte er sich mir direkt zu und schaute mich unverwandt an.

»Sag mir, dass du das gestern bereust …«

Ich wollte ihm eben genau das sagen, als er den Satz weiterführte.

»… weil du dabei rein gar nichts gefühlt hast, und ich akzeptiere das. Es ist nie passiert, wenn du es willst. Sag es, Kate, und ich schwöre dir, ich werde dich in Ruhe lassen.«

Panisch schaute ich mich um, ob jemand unser Gespräch mitbekam. Aber jeder einzelne Mitarbeiter war mit seiner Arbeit beschäftigt und Declan und George diskutierten weiterhin.

»Reed, ich …«

»Und wehe, du sagst es nur, weil du denkst, du und ich würden nicht zusammenpassen.«

Ich wollte gerade zu genau dieser Antwort ansetzen, da zogen Declan und George all meine Aufmerksamkeit auf sich – denn sie begannen gerade, sich zu prügeln.

»Jetzt tu doch etwas, Reed!«

Seufzend machte er sich auf den Weg und hielt die beiden auseinander.

»Mr. Jacobs!« George blutete aus der Nase, aber es interessierte ihn anscheinend kaum. Alle Mitarbeiter im Büro hatten aufgehört zu arbeiten und starrten auf die drei.

»Ich denke, es ist genug um Ms. Walsh herumstolziert worden«, verkündete Reed so laut, dass ich die Augen verdrehte. Mittlerweile wusste ich, wann er eine Show abzog und wann nicht. Denn Reed Jacobs konnte auch anders. Er war nicht immer dieser kühle, arrogante Scheißkerl, den wir Boss nannten.

»Sie alle kennen die Regel«, fuhr Reed fort, gerade als Declan etwas sagen wollte. »Liaisons zwischen Angestellter und Angestelltem sind untersagt.«

War es reines Kalkül, dass er den Satz *so* sagte?

»Und soweit ich aus interner Quelle weiß, ist Ms. Walsh längst liiert.«

Mein Mund klappte auf. Das hatte er jetzt nicht gesagt, oder? Die ungläubigen Mienen von Declan und George waren Antwort genug.

»Also hören Sie mit dem Theater auf und machen Sie sich an die Arbeit«, war Reeds letzter Satz. Dann ließ er die beiden einfach stehen und kam auf mich zu.

»Bist du total …«

Er legte ein Post-it auf mein Schreibtisch. Darauf stand einfach eine Uhrzeit.

»19 Uhr?«

»Bei mir«, sagte er nickend, als wäre es das Banalste dieser Welt, abends zu ihm zu gehen.

»Ich dachte, das hier ist kein Wettbewerb?«

Reed lächelte. »Es wäre dumm, mein Revier nicht abzustecken.«

Sein Revier? Warum zum Teufel hatte ich jetzt ein Bild von Reed in einem Tarzankostüm vor Augen, der mich in eine Höhle schleppte?

»Indem du sagst, ich wäre mit jemandem zusammen?«

»Mit jemandem?«, fragte er belustigt nach. »19 Uhr, Kate.«

Damit war das Gespräch für ihn beendet.

***

Gegen Mittag war ich der festen Überzeugung, Reed abzusagen. Was dachte er sich auch dabei? Dass wir dort weitermachen konnten, wo wir gestern aufgehört hatten?

Nun ja, Kate. Sag bloß, du denkst nicht an eine zweite Runde.

Und seit gestern Abend war da auch diese dumme Stimme in meinem Kopf, die sich darüber lustig machte, dass ich überhaupt versuchte, den Sinn hinter allem zu finden.

»Hallo, Kate.«

Pete aus der Marketingabteilung stand vor mir und wirkte ziemlich unsicher.

»Hi. Alles okay?«

»Ich denke nicht.«

Ich runzelte die Stirn. »Okay, dann …«

»Scheiße, ich habe so Mist gebaut«, platzte es aus ihm heraus.

»Okay«, antwortete ich dümmlich und wartete ab.

Pete sah sich in seinem zu groß geratenen Anzug um und lehnte sich dann auf den Schreibtisch, um mir etwas zuzuflüstern. »Ich habe falsche Plakate drucken lassen und …«

»Etwa die Plakate, die uns mehrere tausend Dollar gekostet haben?«, fragte ich vorsichtig nach. Ich hoffte für Pete, dass dem nicht so war. Reed hatte letzte Woche eine große Kampagne an den Start gebracht. Wir sollten in jedem Viertel Bostons hängen, damit auch jeder die Nummer eins der Immobilienfirmen kannte.

So, wie Pete den Mund verzog, traf ich direkt ins Schwarze.

»Und von wie vielen Plakaten sprechen wir?«, fragte

ich weiter. Vielleicht war es ja kein allzu großer Fehler. Man könnte womöglich noch …

»Alle vierhundertfünfzig Stück.«

»Was?«, brüllte ich schon fast. »Pete! Wie konnte das passieren?«

Pete fuhr sich durch sein Haar, das offensichtlich ein paar Tage schon nicht mehr gewaschen worden war. Auch sein Anzug wirkte zerknittert. Der ganze Mann wirkte um Jahre gealtert.

»Du hast die Gerüchte sicherlich schon gehört …«

»Gerüchte?«, fragte ich und dachte an dieses Getuschel von vor einigen Monaten. »Sie stimmen? Deine Frau hat dich rausgeworfen?«

»Nicht ganz. Sie hat mich verlassen, weil sie sich in ihren Yoga-Lehrer verknallt hat.«

»Oh.«

»Das ist keine Entschuldigung für den Fehler, das weiß ich. Aber letzte Woche bekam ich die Scheidungspapiere und die Kosten für ihre Yogakurse, die sie seit der ersten Stunde nie bezahlt hat.«

»Moment. Der Typ, der jetzt das Bett mit deiner Frau teilt, schickt dir seine Rechnung für die Kurse, in denen er sie kennengelernt hat?«, fragte ich ungläubig.

Pete nickte, als hätte er wirkliche Schmerzen. »Kate, ehrlich. Ich will nicht mehr darüber nachdenken. Das habe ich schon die letzte Woche über getan und es hilft mir nicht. Ich habe die gesamte Promotion für unsere Firma versemmelt.«

Reeds Bürotür wurde aufgerissen und der Boss höchstpersönlich kam heraus. »Kate, ich brauche Kaffee und Kekse für meinen 16 Uhr-Termin. Ach, und ...« Stirnrunzelnd musterte er Pete. »Und Sie brauchen etwas, oder wollen Sie sich an die lange Schlange für Kates Aufmerksamkeit anstellen?«

Haha! Er ist ja so witzig!

Er musste mich nicht daran erinnern, dass Declan und George mich keines Blickes mehr würdigten.

»Ähm ... nein, Sir. Ich wollte mit Ihnen sprechen, wenn Sie Zeit hätten.«

»Ach, wollen Sie das? Gut. Ich habe noch ein paar Minuten frei. Folgen Sie mir.«

Pete McGregor lief so eingeschüchtert in mein Büro, dass ich bereits das Schlimmste vermutete. Auch Kate wirkte etwas angespannt, als ich ihn in mein Büro bat.

»Setzen Sie sich«, bat ich ihn und nahm an meinem Schreibtisch Platz.

McGregor benötigte mehrere Anläufe, um sich zu setzen, so nervös war er. Seine Hände arbeiteten die ganze Zeit, sein Blick lag stur auf mir, als würde er sich verbieten, woanders hinzusehen, obwohl er genau das wollte.

»Was kann ich für Sie tun?«

»Ich …«, begann er, aber da kam plötzlich Kate hereingeplatzt.

»Ihr Kaffee und die Kekse, Mr. Jacobs.«

»Ach, das ging aber schnell«, kommentierte ich ihren Auftritt.

Zu schnell.

Kate stellte das Tablett auf meinen Schreibtisch und blickte mich durchdringend an. Als würde sie mir etwas sagen wollen und da ich Kate sehr gut einzuschätzen wusste, las ich in ihrem Blick: *Sei lieb und nicht dieser beschissen kühle Bastard, den du sonst so gibst.*

Ich grinste, als ihr klar wurde, dass ich darauf

wartete, dass sie noch etwas sagte. Aber sie hielt ihren süßen Mund und lief lächelnd wieder hinaus.

Jetzt wurde ich noch neugieriger. Warum zum Teufel nahm Kate Pete McGregor in Schutz?

»Nun, Mr. Jacobs ... Ich weiß nicht, ob Sie mich noch kennen. Ich arbeite in der ...«

»Ich weiß sehr wohl, womit Sie sich in meiner Firma beschäftigen, Mr. McGregor«, erklärte ich ihm und er wirkte natürlich überrascht.

Verflucht! Ich musste auf die anderen tatsächlich wie Sauron wirken. Kein Wunder, dass Kate alle ständig nach Mordor schickte, wenn mich ein Mitarbeiter sprechen wollte.

»Oh. Okay. Also, Sie haben vor ein paar Tagen die firmeninterne Plakatpromotion durchgewunken.« Er räusperte sich. »Und na ja, also ...« Wieder ein Räuspern. »Ich habe aus Versehen den falschen Schriftzug an die Druckerei geschickt und jetzt sind ...«

»Lassen Sie mich raten: Der Fehler ist nicht rückgängig zu machen?«

»Ja, Sir. Leider ist das der Fall.«

Ich holte tief Luft. »Helfen Sie mir auf die Sprünge. Von wie vielen Fehldrucken reden wir?«

»Alle vierhundertfünfzig«, antwortete er leise.

Alle vierhundertfünfzig Stück.

»Wie lange sind Sie bei mir angestellt?«

»Seit sechs Jahren, Sir.«

»Also hat mein Vater Sie eingestellt«, folgerte ich

und tippte mit dem Finger auf meinem Schreibtisch herum. Dem Schreibtisch, auf dem Kate gestern Abend noch gelegen hatte und die mir durch die Blume sagen wollte, dass ich McGregor gefälligst »nett« behandeln sollte.

Verdammt noch mal! Wir redeten von über 50.000 Dollar Schaden für die Firma!

McGregor nickte und wirkte bereit, entlassen zu werden.

»Mein Vater hat keine Amateure eingestellt. Warum also dieser Fehler?«

»Es tut mir leid, Sir. Ich habe viel um die Ohren und …«

Ich lehnte mich zurück. »Das haben wir alle. Also, geben Sie mir einen Grund, Sie nicht zu feuern.«

Kapitel 18

Kate

Es war 19 Uhr und ich stand vor Reeds Wohnhaus. Der Wolkenkratzer befand sich direkt in der Innenstadt. Fünf Blocks vom Büro entfernt. Wenn das nicht zeigte, dass Reed und ich in zwei völlig verschiedenen Welten lebten, dann der Page, der mich höflich musterte.

»Kann ich Ihnen helfen?«

»Nein«, antwortete ich viel zu schnell und total unüberlegt. »Ich meine. Scheiße, ja. Ich meine, habe ich das gerade tatsächlich laut gesagt?«

Ich war einfach total durcheinander. Immer wieder dachte ich an Pete und Reed. Nach zwanzig Minuten des Bangens kamen sie aus seinem Büro spaziert, als wären keine vierhundertfünfzig Plakate falsch bedruckt worden. Reed hatte Pete die Hand geschüttelt und war dann wieder in seinem Büro verschwunden. Pete, der vor seinem Besuch bei Reed mit Sicherheit lieber im Mystic River untergegangen wäre, als zu ihm zu gehen, zwinkerte mir fröhlich zu und machte sich wieder an die Arbeit.

Ich war so verwirrt darüber gewesen, dass ich nicht nachgefragt hatte.

Und jetzt stand ich vor dem Pagen und machte mich zum Affen.

»Wie kann ich Ihnen helfen, Miss?«, fragte der Page amüsiert.

»Ich wollte zu Mr. Jacobs.«

»Wollte?«

»Quatsch, ich meine, ich will! Ich will zu Mr. Jacobs.«

»Na, das freut mich zu hören. Ich würde Mr. Jacobs ungern mitteilen, dass seine Verabredung vor mir steht, aber nicht zu ihm will. Kommen Sie.«

Ich folgte ihm Richtung Lift.

»Sie brauchen keine Angst vor ihm haben, Vieles ist nur heiße Luft«, behauptete ich, obwohl all die anderen in der Firma etwas anderes sagen würden. Gut, Pete würde ab heute wohl auf meiner Seite stehen.

»Interessante Antwort, Miss.« Er deutete höflich in den Lift.

»Kate. Nenn Sie mich einfach Kate.«

Er runzelte die Stirn, als hätte so etwas noch nie jemand angeboten. »Mein Name ist Fred. Ich schicke Sie jetzt in den 22. Stock, Kate. Ich wünsche Ihnen einen schönen Abend.«

»Ihnen auch. Obwohl Sie arbeiten müssen. Ach, Sie wissen schon, wie ich das meine.«

Er lächelte und bedankte sich dann, bevor die Lifttüren sich schlossen.

Und dann war ich in einem engen kleinen Würfel eingeschlossen, der mich geradewegs in Reed Jacobs' Apartment bringen würde. Ich holte mehrmals tief Luft, um diese Beklemmung gar nicht erst zuzulassen.

»Großer Gott. Was habe ich mir nur dabei gedacht?«, redete ich mit mir selbst. Die Panik, eine völlig falsche Entscheidung gefällt zu haben, wurde immer größer. »Er ist mein Boss. Gut, mein heißer Boss. Aber das kann doch nie gut gehen.«

Noch könnte ich einfach das Treppenhaus nehmen und diesen Abend einfach vergessen.

Die Lifttüren öffneten sich.

»So mach ich es. Ich gehe einfach …«

Aber ich stand nicht in einem Flur, sondern direkt in Reeds Apartment.

Kristallblaue Augen trafen auf meinen überraschten Blick.

»Was zum Teufel …«

Er musterte meinen Aufzug. Eine Jeans und ein dunkelblaues T-Shirt von *Led Zeppelin*.

Oh ja. Ich putz mich für dich nicht heraus, nur weil du mich eingeladen hast.

Aber Reed trug auch keinen Anzug, sondern eine schwarze Jeans und dazu ein enges Shirt, das alles betonte und nichts verheimlichte. Gestern Abend hatte ich schon sehen und fühlen können, wie trainiert er war … Nein! Ich wollte nicht an unseren letzten Abend erinnert werden.

Nun ja, Kate. Er steckte gestern in dir drin!

Argh! Wie ich diese innere Stimme hasste! Als hätte Tiff sie mir implantiert. Furchtbar!

»Schön, dass du gekommen bist«, begrüßte er mich mit dieser sexy, tiefen Stimme. »Bevor du wieder flüchten willst, komm rein.«

»Ich will nicht flüchten«, behauptete ich und Reed schenkte mir diesen ›Wen willst du verarschen?‹-Blick.

Seufzend stieg ich also aus und folgte ihm.

Als Erstes durchquerten wir das großzügige und modern eingerichtete Wohnzimmer und befanden uns am Ende in einer riesigen Küche.

»Wow. Wie viele Quadratmeter sind das bitte?«

Die Kochinsel mit dem Herd war größer als mein Badezimmer. Der riesige Küchentisch stand direkt vor übergroßen Fenstern, die den Panoramafenstern in seinem Büro ähnelten. Die graue Küche passte perfekt zu den weißen Fliesen auf dem Boden.

Als ich wieder zu ihm blickte, wirkte er nachdenklich.

»Keine Ahnung. Ich denke, es ist genug Platz.«

Ich schnaubte. »Was tust du da?«, fragte ich dann und sah dabei zu, wie er irgendetwas in einem Topf umrührte. Das Bild, wie Reed Jacobs kochte, würde ich wohl niemals wieder vergessen.

»Ich koche etwas zu essen.«

»Echt? Es brennt nicht an?«, fragte ich, legte meine Tasche auf einen der Hocker und setzte mich auf den anderen.

Reeds Blick zeigte klar und deutlich, dass er niemals etwas verbrennen lassen würde.

»Warum kein Restaurant?«, fragte ich neugierig nach.

Er grinste. »Hier kann ich die Türen abschließen. Reine Vorsichtsmaßnahme, falls du wieder vor mir flüchten willst.«

»Ich flüchte nicht«, wiederholte ich langsam.

»Wenn du meinst«, erwiderte er lächelnd und begann, das Essen zu würzen.

»Ich meine übrigens auch, dass die Suppe, die du als Grannys Schöpfung ausgegeben hast, von dir ist.«

Herausfordernd blickte ich ihn an. Reeds stechender Blick bohrte sich in meine Haut.

»Du hast tatsächlich für mich gekocht. Warum?«

»Warum nicht?«, fragte er und ließ mich nicht aus den Augen. Die Wärme, die sein Blick in meinem Körper hervorrief, war extrem. So extrem, dass ich eine Gänsehaut entwickelte.

»Was kochst du eigentlich?«, stellte ich ihm die Frage, die ihn hoffentlich dazu brauchte, mich nicht mehr so anzusehen.

»Zitronenrisotto.«

»Klingt lecker.«

»Mit Zander.«

»Italienisch«, erklärte ich und er nickte, als wüsste er bereits, dass ich die mediterrane Küche bevorzugte.

Merkwürdig.

»Ente und Nudeln … Das hast du mir damals zurückgehalten, als hättest du bereits gewusst, was ich gern esse.«

»Ach wirklich?«, fragte er so beiläufig, dass ich es fast geglaubt hätte.

Selbst jetzt, da ich tatsächlich darauf gekommen war, *wie* aufmerksam Reed eigentlich war, wollte er es nicht zugeben.

»Danke«, schoss es aus mir heraus.

Reeds Löffel erstarrte. »Wofür?«

»Offensichtlich achtest du doch mehr auf deine Angestellten, als ich dir zugetraut habe. Also …« Ich holte tief Luft. »Danke für die Suppe und die chinesischen Nudeln.«

Oh Gott. Bedankte ich mich hier wirklich dafür, dass er dafür sorgte, dass mein Hintern noch breiter wurde?

»Offensichtlich hast du da etwas missverstanden.«

Ich schaute auf und Reed stand plötzlich hinter mir. Das Essen kochte weiterhin auf dem Herd.

Er umfasste meine Oberarme und wanderte langsam nach oben zu meinem Hals, damit er mein Haar zur Seite schieben konnte. Ich biss mir auf die Unterlippe, um keinen peinlichen Laut von mir zu geben.

»Das habe ich allein für mich getan«, flüsterte er.

»Du lügst«, hauchte ich atemlos zurück.

Ich spürte, wie seine Brust an meinem Rücken vibrierte. Lachte er mich etwa aus?

»Oh, Kate. Du glaubst wirklich, ich gehöre zu den Guten, oder?«

Mit Schwung drehte ich mich samt Hocker herum und blickte ihm direkt in die Augen. »Du hast Pete nicht gekündigt.«

»Ah, Pete soll mich also bekehrt haben«, stellte er amüsiert fest.

So langsam nervte er.

»Du hättest ihm kündigen sollen. Selbst dein Dad hätte ihn rausgeworfen, wenn ihm zu seiner Zeit dieser Fehler passiert wäre. Aber du hast ihn in der Firma behalten. Warum?«

Er verdrehte die Augen. Diese Geste war mir neu und brachte mich kurz aus dem Konzept. Reed reagierte bei mir mittlerweile so völlig normal, dass es eben nicht normal wirkte. Ergab das Sinn?

»Er hat dir von seiner ehebrechenden Frau erzählt, oder? Und du hattest Mitleid mit ihm.«

»Oh, glaub mir. Durch meine Familie weiß ich, wie es ist, wenn Angestellte plötzlich zu Geliebten werden.«

Kurzzeitig dachte ich an Reed und irgendeine Yogalehrerin, aber dann wurde mir bewusst, dass er seinen Dad meinte und die unzähligen Affären, die er zu seinen Lebzeiten gehabt hatte.

»Er soll einfach nicht auf den falschen Weg geführt werden, weil seine Frau ihm das Leben zur Hölle macht.« Reed fuhr mit dem Finger mein Schlüsselbein nach.

»Also hast du Mitleid mit ihm gehabt«, schlussfolgerte ich und Reed schenkte mir einen genervten Seufzer, der mich zum Lächeln brachte.

»Schlimm, es zu geben zu müssen, oder?«

»Für dich war ich immer Sauron, Kate. Es wäre schade, wenn du aus mir plötzlich irgend so einen kleinen Hobbit machst, der die Welt verändern will.«

»Ich würde eher sagen, du gehörst zu den Elben.«

»Oh, doch nicht diese Weibsbilder«, murmelte er und drückte mich enger an sich.

Meine Stirn lag an seinem Kinn und ich fühlte mich heute das erste Mal wieder gut. So gut, dass ich die Arme um ihn legte, damit ich ihn auch halten konnte.

»Und du veränderst nicht die Welt«, begann ich und blickte auf, um ihn anzusehen. »Aber du veränderst meine Welt und das macht mir ehrlich gesagt … ziemliche Angst.«

Ehrlichkeit. Absolute Ehrlichkeit war schwierig und für mich etwas, das ich noch nie zuvor jemandem wie Reed geschenkt hatte.

»Angst?«, fragte er nach und drückte mein Kinn nach oben, weil ich wieder wegschauen wollte. Langsam, fast zärtlich streichelte er dort meine Haut. »Oder ist es noch etwas anderes?«

Meine Lippen zitterten, aber wirkliche Worte wollten nicht hinaus.

Reed lächelte und dann küsste ich ihn, weil diese verdammte Nähe zu viel für mich wurde.

Eigentlich hatte ich angefangen, aber irgendwie führte Reed sofort den Kuss an, der immer besitzergreifender wurde.

Ich zog an seinem T-Shirt, das so wunderbar jeden Muskel betonte, und er zog mich an sich, als hätte er keinen Hunger auf das Risotto, sondern auf mich!

»Kate …«

Seine Hände fuhren durch mein Haar, dann beendete er den Kuss.

»Kate. Kate, Kate!«

Seine Flüstern brachte meinen Bauch zum Kribbeln. So ehrfürchtig, fast überrascht klang er.

»Was hast du nur mit mir angestellt? Du hast mich verzaubert, oder? Ist es das?«

Jedes einzelne Wort sog ich auf, als würde ich es zum Atmen benötigen. Und dann sprach er davon, dass es ein Zauber war, der ihn zu mir zog, und ich erstarrte.

»Alles okay?«

Ich schluckte mehrfach. »Ja, nur … Könnte ich etwas Wasser haben?«

»Sicher.«

Ich griff mir an den Hals, der sich vor einer Minute noch nicht so trocken angefühlt hatte. Merkwürdig.

»Hier«, sagte Reed und hielt mir ein gefülltes Wasserglas hin.

»Danke …«

»Keine Ahnung, was ich hier tue, aber vielleicht hast du Lust, die Tage mit meinem kleinen Bruder und mir …«

Eigentlich hätte ich ihm zuhören sollen, aber mir fiel die Wasserflasche in seiner anderen Hand auf. Sie besaß ein einzigartiges Design und ich runzelte die Stirn. »Was ist das für ein Wasser?«

Auch wenn ich Markenwasser wie *Vichy* nicht bei ihm erwartet hatte, wollte ich unbedingt wissen, woher sie kam. Dieses Etikett kam mir so bekannt vor.

»Das Wasser?«, fragte er nachdenklich und starrte die Beschriftung an. »Das müssten die restlichen Flaschen von diesem Mitarbeiterausflug sein. Ich habe doch ein paar Flaschen gekauft, um die Besitzerin zu besänftigen. Für die Party.«

»Das Wasser kommt aus dem Lake Winnipesaukee?«, fragte ich entgeistert. Jetzt wusste ich, was auf dem Etikett zu sehen war. Der See. Dieser verzauberte See!

»Was ein langer Name für den See, aber ja …« Er las das Etikett. »Sie besitzen dort eine kleine Trinkwasseranlage und füllen es in Flaschen ab.«

Ich starrte wie hypnotisiert auf mein Glas voll mit Wasser.

Tiff hatte den Wikipedia-Eintrag vorgelesen und ich kannte noch jedes einzelne Wort.

»Die Legende besagt, dass sich jeder Mann nach einem Sprung in diesen See in die erste Frau verliebt, die er danach erblickt. Aber das sind alberne Geschichten, um den Ort interessanter zu machen. Du wirst sehen, alles völlig normal.«

»Kate? Alles okay? Du siehst aus, als hättest du einen Geist gesehen.«

»Wie lange trinkst du es schon?«

»Was?«, fragte er verwirrt nach.

»Das Wasser? Trinkst du es auch?«

»Ja, klar. Warum?«

Reed hatte von dem Wasser getrunken.

Ich könnte mich irren, aber es würde Sinn geben. Warum sonst würde ein Mann wie Reed Jacobs sich für mich interessieren?

An diesem ganzen Hokuspokus war doch etwas dran!

Dann dachte ich an Declan und George zurück. Sie waren die beiden Männer gewesen, die mir in den See gefolgt waren.

»Declan und George auch?«, redete ich leise vor mich hin.

»Was ist mit den beiden? Kate? Auch wenn die beiden verrückt nach dir sind, solltest …«

»Was hast du gesagt?«, fuhr ich ihm dazwischen.

Reed schaute mich durchdringend an. Klar. Er versuchte herauszufinden, was mit mir los war. Das wollte ich auch!

»Ich sagte, die beiden sind verrückt nach dir und …«

»Verrückt nach mir, weil sie in den See gefallen sind«, sprach ich geschockt die Tatsache aus, die mir die ganze Zeit vor der Nase gestanden hatte. Und ich hatte es einfach nicht verstanden.

»Was redest du denn da?«

Ich stand auf und griff mir meine Tasche. »Ich muss gehen! Ich muss …«

Keine Ahnung, was ich musste, aber ich wollte los.

»Du willst gehen? Moment, Kate. Ist das wieder so eine Unsicherheit, die du dir einredest, oder …«

»Es ist keine Unsicherheit. Es ist eine Tatsache!«

Ich wollte so schnell wie möglich raus hier, aber Reed stellte sich mir stur in den Weg.

»Was für eine Tatsache? Was zum Teufel hat sich innerhalb weniger Minuten denn so arg geändert?«

»Lass mich vorbei, Reed.«

»Dann sag mir, was dein Problem ist!«

»Du bist mein Problem«, fuhr ich ihn an. »Du und dein perfektes Leben, Reed. Du bist mein Problem!«

Einen Augenblick schaute er mich überrumpelt an, dann machte er Platz.

Ich hörte ihn noch fluchen. Womöglich war das Risotto angebrannt, es roch danach. An mir lag es ganz sicher nicht. Denn dazu hätte er echte Gefühle für mich haben müssen. Aber das hatte ich mir selbst genommen, indem ich etwas gefunden hatte, das alles erklärte.

***

Mein Plan war ganz einfach: So schnell es ging zu diesem wortwörtlich verfluchten Lake zu fahren und die Wahrheit herauszufinden.

Aber dann erreichte ich mein Apartment und sah eine Person davor sitzen, deren Anblick jeden Plan wegwischte.

»Tiff? Was tust du hier?«

Sie trug ihren Sohn Phil auf den Armen, der selig schlief.

»Begrüßt man so seine beste Freundin?«

Ich ignorierte ihre müden Augen und die unzähligen Koffer und umarmte sie erst einmal.

»Entschuldige, aber du hast gar nicht angerufen. Was wird das? Ein spontaner Kurztrip?«

»Ja, so ungefähr«, murmelte sie.

»Wie lange sitzt ihr denn hier schon? Egal, kommt rein.«

Wenige Minuten später saß Tiff mit Phil in den Armen auf der Couch und ihre Koffer befanden sich in meinem Schlafzimmer. Es waren zu viele Koffer für einen Kurztrip und Tiffs angespannte Miene sprach Bände.

»Komm, gib ihn mir. Ich leg ihn in mein Bett.«

Tiff versuchte zu lächeln, als ich den Kleinen an mich nahm und rüber ins Bett legte. Er gab keinen Ton von sich, als ich ihn zudeckte und einen Moment einfach nur anschaute.

Tiff hatte solch ein Glück. Und doch war sie hier … ohne José.

Seufzend machte ich mich auf das Gefecht bereit. So irgendwie.

Tiff saß noch immer auf dem Sofa, hundemüde von

dem langen Flug. Sie hatte sich eine Decke um den Körper geschlungen und starrte vor sich hin.

»Er schläft wirklich tief«, kommentierte ich Phils Schlaf.

»Ausnahmsweise«, erwiderte sie schnaubend.

»Der Flug und der Weg hierher waren sicher anstrengend für den Kleinen.«

»Ich hab ehrlich gesagt keine Lust, heute noch drüber zu reden, Kate.« Seufzend legte sie sich auf meine Couch und schloss die Augen.

»Gut. Wie du willst. Dann frag ich dich halt morgen aus. Und wehe, du denkst dir nicht wenigstens eine gute Ausrede aus, warum José nicht bei dir ist!«

»Du nervst, Kate«, sagte sie.

»Und du lügst, Tiffany!«

Da ich ihren vollen und vor allem verhassten Namen gesagt hatte, sah sie mich wütend an.

»Du willst mir also die Leviten lesen?«, fragte sie gereizt.

»Zumindest möchte ich wissen, was los ist.«

»Es ist alles! Alles zusammen!«, rief sie frustriert und setzte sich wieder auf.

»Alles?«

»Erst ist es wie ein Paradies. Immerhin bist du frisch verheiratet und der Kerl himmelt dich an. Dann ist das Kind da, die Sonne fühlt sich plötzlich nicht mehr wie der Himmel an, sondern eher wie die heiße Hölle. Und dein Mann ist 14 Stunden täglich arbeiten und bekommt nichts davon mit, wenn der eigene Sohn schreit, jammert und in die Hose kackt.«

Ich setzte mich vorsichtshalber mal hin und wartete darauf, dass sie sich etwas beruhigte.

»Ich musste da einfach mal weg.«

»Hast du mal mit José darüber geredet?«

»Mal? Ich habe es ständig versucht, Kate. Und jedes Mal hat er mich nicht ernst genommen.«

»Aber du hast ihm Bescheid gegeben, oder? Wohin du fliegst?«, fragte ich vorsichtshalber nach, weil ich Tiff kannte.

Sie zuckte mit der Schulter und gab mir die Bestätigung.

»Du musst ihn anrufen!«

»Ach, und du denkst, es kümmert ihn? Ich war ihm doch auch monatelang total egal.«

»Tiff …«

»Nein! Und ich diskutiere nicht mehr. Ich bin müde.« Sie verschränkte trotzig die Arme vor der Brust und starrte stur an die Wand.

»Fein. Dann will ich mal nicht mehr stören.«

Ich hatte Durst und Hunger. Mit diesen Problemen wollte ich mich erst einmal beschäftigen.

»Wo warst du eigentlich?«

»Unterwegs«, antwortete ich beiläufig und griff nach der Kekspackung, die ich noch in der Küche liegen hatte.

»Ah, natürlich. Und mit wem?«

Wo verflucht noch mal waren die Kekse mit der Vollmilchfüllung?

»Kate?«

»Mmh?« Ich sah auf und begegnete ihrem nachdenklichen Gesichtsausdruck.

»Was läuft da zwischen Reed und dir?«

Ich verdrehte die Augen. »Wer hat dir davon erzählt?«

Tiff quiekte auf und kniete sich hin, um sich über die Rückenlehne zu beugen und mich breit grinsend anzusehen.

»Du«, antwortete sie amüsiert und klatschte in die Hände. »Seit Wochen sagst du mir, dass du ihn nicht abkannst. Dann erinnere ich dich daran, dass er der einzige Typ in deinem nahen Umfeld ist, der dich interessiert, und du schläfst mit ihm?«

Ich gab einen ziemlich merkwürdigen Laut von mir und wühlte weiter in dieser verdammten Kekspackung herum, bis ich endlich den letzten Keks mit Vollmilchschokolade erwischte. Ha! Gewonnen!

Ich biss gerade in den Keks, als ich Tiffs Starren bemerkte. »Was?«

»Du hast es nicht abgestritten.«

»Was habe ich nicht abgestritten?«

»Du hast mit Reed geschlafen!«

Mir fiel der halbe Keks aus dem Mund. »Es ist nicht mehr wichtig«, erklärte ich und sammelte die Krümel auf der Küchentheke akribisch auf.

»Nicht wichtig? Kate, ich quatsch dich hier mit meinen Hausfrauenproblemen zu und du hast mit Reed geschlafen. Wann ist das passiert? Wie ist das passiert?«

»Tiff, hör einfach auf!«

»Wieso? Hat er sich danach wie ein Arsch benommen?«

Tief Luft holend legte ich die Kekspackung weg. Der Hunger war plötzlich wie weggefegt.

»Kate? Jetzt sag schon. Muss ich ihm eine verpassen?«

»Es ist nicht echt«, platzte es aus mir heraus.

Tiff runzelte verwirrt die Stirn, weil sie natürlich nicht verstand, was ich damit sagen wollte.

Also erzählte ich ihr von meiner Vermutung und der überraschenden Erkenntnis, dass Reed die ganze Zeit über dieses Wasser getrunken hatte.

Mittlerweile lag auch ich auf der Couch. Tiff direkt neben mir. Ihr Blick brannte sich in meinen Kopf.

»Du glaubst das also wirklich? So wirklich, wirklich?«, hakte sie nach.

»Das ergibt doch total Sinn. Reed, George und Declan verhalten sich seit dem Ausflug total …«

»Verliebt?«, fragte Tiff nach.

»Verrückt. Das Wort, das du suchst, ist verrückt.«

»Ja, aber ich weiß nicht … Das klingt alles nach einem schlechten B-Movie, aber doch nicht nach …«

»Ich werde morgen hinfahren und es herausfinden.«

»Und wenn es stimmt? Was ändert es denn an deinen Gefühlen?«

Es änderte nichts, und das machte mir eine Höllenangst.

»Wir sollten ins Bett. Ihr beide könnt meins nehmen. Ich schlaf auf der Couch«, bot ich ihr an.

Tiff erwiderte nichts. Sie schaute mich nur an. Aber sie gab tatsächlich irgendwann nach.

Kapitel 19

Reed

Mein Handy zeigte keine Nachricht von Kate an. Seit Stunden versuchte ich, eine dämliche Nachricht an sie zu verfassen, fand aber nicht die richtigen Worte.

Wann hatte ich jemals die richtigen Worte suchen müssen? Ich wusste immer, was ich sagen musste oder wollte. Aber die Ironie bei der Geschichte war, dass ich bei Kate überhaupt nichts mehr klar wusste.

Mir war nur bewusst, was ich wollte.

Sie. Mit allen Mitteln.

Egal wie frustrierend es war, dass Kate nicht einfach war.

Aber wer war das schon?

Ich stieg aus dem Fahrstuhl und bemerkte sofort ihren leeren Schreibtisch. Sie war nicht gekommen.

Widerwillig ignorierte ich es und lief zu meinem Büro.

Immer noch hatte ich keinen Schimmer, was da gestern Abend abgelaufen war. Kate war urplötzlich erstarrt, als hätte sie sich bei einem riesigen Fehler ertappt. Ich hoffte, dass nicht ich dieser Fehler gewesen war.

Denn wenn ich eines feststellen musste, dann dass Kate alles für mich war, aber niemals ein Fehler.

Ich wollte meine Bürotür aufschließen, aber sie war bereits offen.

Stirnrunzelnd trat ich ein und hätte nicht erfreuter sein können.

Jessica saß an meinem Schreibtisch und wartete auf mich.

»Guten Morgen, Reed.«

»Jessica. Willst du dir jetzt unter den Verbrechern einen Namen machen, indem du in Büros einbrichst?«

Sie drehte sich einmal mit meinem Bürostuhl um die eigene Achse und schnaubte. »Du gehst ja nicht an dein Handy oder lässt mich in dein Apartment.«

»Ja, dann bricht man also in mein Büro ein. Ein Tipp für dich, Jessica. Ein ›Nein, ich will dich nicht sehen‹ bedeutet auch genau das.« Ich versuchte, mich so locker wie möglich zu geben, und setzte mich ihr gegenüber. »Nun, du hast dir jetzt Zeit erschlichen. Was willst du?«

Jessica lächelte. Mir war nie bewusst gewesen, wie unheimlich dieses Lächeln sein konnte. Bis jetzt. Ihr gefiel mein Verhalten nicht, aber das war mir so was von egal.

»Du hast der Presse noch nicht von unserer Trennung erzählt.« Sie spielte mit einem meiner Bleistifte herum.

»Ich erzähle der Presse nie etwas.«

»Dann eben deine Pressemitteilung, die du von deinen PR-Leuten schreiben lässt. Ich habe noch nichts davon gelesen.« Jessica steckte den Bleistift zurück in den Halter und musterte mich.

»Das liegt vielleicht daran, dass ich das auch noch nicht getan habe«, antwortete ich.

»Ach? Und woran mag das wohl liegen? Immerhin musste ja auch jemand darauf achten, dass keine Infos herausgehen, nachdem ich offiziell mit jemand anderem bei der Spendengala erschienen bin.«

Ich legte meine Krawatte zurecht und lächelte. »Ich weiß nicht, was du meinst.«

»Weißt du das nicht? Komisch. Ich war mehrmals beim Globe und jedes Mal hat man mich abgewiesen. Mich, Reed. Jetzt sag mir, dass du da auch nicht deine Hände im Spiel hattest.«

Mein Grinsen wurde breiter, weil ich ihr das mit absoluter Sicherheit garantieren konnte, dank Granny und ihrer Kontakte.

»Habe ich nicht.«

»Du lügst«, behauptete sie.

So langsam wurde dieses Gespräch lästig.

»Möchtest du noch irgendetwas anderes, Jessica? Wenn nicht, dann …«

Ich erhob mich, damit sie endlich begriff, dass das Gespräch für mich beendet war.

»Wo ist deine Assistentin? Kate, richtig?«

Sie kannte ihren Namen verdammt noch mal ganz genau und mein kurzes Erstarren hatte mich für sie verraten. Verdammt.

»Was glaubst du, wie wird sie reagieren, wenn ihr Ruf für alle Zeit ruiniert ist?«

Ich starrte sie an und Jessica grinste.

»Du magst einige Leute kennen, Reed. Aber du kannst nicht alle kennen. Nicht diejenigen, die allzu gern über eine Affäre am Arbeitsplatz bei *Jacobs' Immobilien* quatschen möchten.«

Ich presste die Lippen zusammen, um meinen Ärger zu kompensieren, und doch tauchte das Bild von Kate in meinem Kopf auf, die die große Schlagzeile las. Ihre Welt würde zusammenbrechen.

»Was willst du?«, fragte ich lauernd.

Jessicas Lächeln wurde breiter. »Das, was jede Frau will …«

Kate

Mit extra viel Kaffee im Blut parkte ich meinen Wagen direkt am See.

Es war brühend heiß geworden. Und da ich mir das Auto kurzfristig mieten musste, bekam ich eins ohne Klimaanlage. Mein Kleid klebte praktisch von Kopf bis Fuß an mir.

Ich ließ den Blick über die schöne Natur schweifen und fand am Ende den Steg, von dem ich gefallen war. Ich ging darauf zu.

Das Wasser lag klar und wunderschön vor mir. War diese Legende nur eine Legende? Oder war alles wahr?

»Kann ich Ihnen helfen?«

Ich zuckte so heftig zusammen, dass ich wieder in den See gefallen wäre, hätte ich nur etwas näher am Wasser gestanden. Tief Luft holend blieb ich stehen und drehte mich um.

»Mrs. Klein. Hallo. Erinnern Sie sich an mich?«

Die kleine, ältere Frau musterte mich, als wäre ich ein Wurm, der dringend zerquetscht werden musste. Dass sie dabei etwas schwankte, ließ mich die Stirn runzeln.

»Ja, vage«, antwortete sie gereizt. Ich hatte ganz vergessen, wie »nett« sie war. »Ich habe Ihnen mehrere E-Mails geschrieben.«

Ja, aber ich hatte diese durch das ganze Durcheinander in den letzten Wochen schon wieder vergessen. Dieses Verhalten passte nicht zu mir.

»Es ging um ein paar Dinge, die wir zurückgelassen haben?«, fragte ich nach.

»Müll. Den haben Sie zurückgelassen.«

»Ja, natürlich. Ähm … dafür wird *Jacobs' Immobilien* aufkommen.« Hoffte ich zumindest. »Ich …« Mein Blick schoss zum Wasser und ich versuchte, die passenden Worte zu finden.

»Sie haben eine Frage«, redete stattdessen jetzt Mrs. Klein.

»Ja, hab ich.«

»Dann fragen Sie.«

Die Worte wollten zwar heraus, aber ich konnte sie nicht aussprechen.

Was, wenn sie mich auslachte und alles nur eine Lüge war? Sollte ich mich dann nicht freuen? Aber Reed verhielt sich sicher nicht so, weil ich seine unsterbliche Liebe war. So etwas gab es nicht. Nicht in seiner Welt voller Jessica Sunshines.

Und doch hatte Reed mir Seiten an sich gezeigt, die neu und anders waren. Seiten, die ich mochte.

»Ich bin in den See gefallen«, begann ich endlich.

Mrs. Klein nickte, als wüsste sie, dass noch etwas kam.

»Zwei Männer wollten mir raushelfen. Und in den Wochen danach, da … haben sie sich merkwürdig verhalten. Sie haben sich in mich verguckt, wenn ich ihnen das glauben kann, und da hab ich mich gefragt ...«

»Ob es an dem See liegt?«, fragte sie so sachlich, als wäre diese ganze Angelegenheit nicht verrückt. Sie klang fast schon gelangweilt.

Aber ich nickte, weil ich es unbedingt wissen musste.

»Sie wissen schon, dass wir diese Legende hauptsächlich nutzen, damit die Touristen kommen.«

»Okay. Heißt das, es stimmt nicht?«

»Ich sagte, wir nutzen die Legende. Aber es ist schon vorgekommen, dass ... nun ja, sagen wir mal so, Sie sind nicht die Einzige, die danach fragt.« Sie drückte sich den Zeigefinger auf den Mund, wankte etwas und schien nachzudenken.

»Bin ich nicht?«, fragte ich panisch nach.

»Haben diese Männer Sie belästigt?«

»Nein, also ... Sie reden nicht mehr mit mir, weil ich nicht möchte, also ... Ich habe kein Interesse an ihnen.«

»Und warum sind Sie dann hier?«, fragte sie genervt nach.

»Es ist ... noch jemand davon befallen.« Was ein merkwürdiges Wort. »Zumindest denke ich das. Er hat Flaschen von Ihnen gekauft und sie getrunken.«

Mrs. Klein runzelte die Stirn, als wüsste sie nicht, wovon ich sprach. Aber dann nickte sie. »Oh.«

»Oh? Also ... stimmt es?« Mein Puls schlug wie verrückt.

Mrs. Klein musterte mich nachdenklich. »Jeder Mann, der in Berührung mit dem Wasser kommt …«

Ich unterdrückte einen Schluchzer und schloss gequält die Augen.

Es stimmte. Alles stimmte.

Declan und George.

Reed.

Reed war verzaubert worden. Er hatte mich nie wirklich gewollt. Sein freier Wille war ihm genommen worden, sonst hätte er nie etwas mit mir angefangen. Niemals!

»*Fat Cat! Fat Cat! Fat Cat!*«

Warum sollte ein Mann wie Reed Jacobs, der attraktiv, intelligent und erfolgreich war, mich schon wollen?

Ich war seine Assistentin. Nur seine Assistentin, die er vorher nie *so* angesehen hatte, wie er nach diesem dummen Ausflug getan hatte.

Und ich hatte mich in ihn verliebt. Ich liebte Reed und er liebte mich, weil er ein paar Wasserflaschen gekauft hatte.

Großer Gott … Kein Wunder, dass mich Jessica hasste. Ich hatte nie fair gespielt. Reed hatte sich nie aus freien Stücken für mich entschieden. Ihm blieb gar keine andere Wahl!

Mein Bauch begann zu schmerzen, meine Haut fühlte sich urplötzlich kühler an. Die Augen brannten, weil ich die Tränen unterdrückte. Ich musste hier weg. So schnell wie möglich!

»Ich … muss los.«

Mrs. Klein rief mir noch etwas zu, aber ich ignorierte es und rannte zu meinem Auto.

Wie mechanisch startete ich den Motor und fuhr los.

Als ich auf den Highway fuhr, flossen die ersten Tränen.

Normalerweise fühlte sich jeder Rückweg kürzer an als der Hinweg. Heute war das anders. Die Fahrt zurück nach Boston, in die Stadt, in der all meine Probleme nur auf mich warteten, fühlte sich lang an. So lang, dass ich fast Richtung Washington D.C. gefahren wäre, wenn ich genug Eier besessen hätte.

Ich parkte den Mietwagen vor meinem Apartment und kam gerade so die Treppen hoch. Als hätte ich tagelang nicht geschlafen, wollte mein Körper einfach nur noch in sich zusammenfallen.

Vielleicht könnte ich auch nie wieder aufstehen, wenn ich einmal in meinem Bett lag? Das hörte sich ironischerweise gar nicht so schlimm an. Ich wollte meine Wohnung nie wieder …

»Was willst du hier, José?«, hörte ich auf einmal Tiff laut kreischen, als ich im Flur vor meinem Apartment ankam. »Ich will dich nicht hier haben! Du hast hier nichts zu suchen!«

Tiffs überaus attraktiver Kubaner stand auf meiner Fußmatte und ließ sich von meiner besten Freundin gerade klitzeklein reden.

»Du hast es ihm gesagt!«, rief Tiff dann plötzlich und deutete auf mich. »Du Verräterin!«

»Hi, José«, begrüßte ich den armen Mann erst einmal.

»Hi, Kate.« Er wirkte völlig erschöpft. Seine Reisetasche stand noch vor ihm. Vermutlich war er direkt vom Flughafen hergefahren.

»Verbündest du dich auch noch mit dem Feind?«, fuhr sie mich weiter aufgebracht an.

Ich kniff genervt die Augen zusammen. »Ich habe ein Wort zu ihm gesagt.«

»Zwei Worte!«

»Nein, das andere Wort war sein Name!«

Tiff winkte ab, weil sie ganz genau wusste, wie verrückt sie sich gerade verhielt.

»Hör dir an, was er zu sagen hat. Bitte, Tiff.«

Sie schnaubte und blickte in die entgegengesetzte Richtung.

»Gut, dann soll er fahren, du reichst die Scheidung an, Phil wird ein Trennungskind und du lebst dein Leben wie vor José einfach weiter. Wieso auch nicht? Das Leben war ja vor deinem Kind so viel erfüllter, oder?«, fragte ich herausfordernd.

Tiff liebte das Leben, aber sie liebte ihre Familie noch viel mehr.

»Ich habe ihn gestern Abend heimlich angerufen, als du duschen warst«, setzte ich noch hinterher.

»Das ist doch unfassbar!«

»Und jetzt steht er hier vor deiner Tür. Er ist sofort

losgeflogen, Tiff. Für euch. Redet einfach miteinander. Manchmal ist das einfach viel besser, als still zu leiden.«

Interessant, dass ich das so inbrünstig rüberbringen konnte. Ich verkroch mich doch auch lieber, als mit Reed zu reden.

Tiff blickte zu José und das war das erste Mal, dass ich daran glaubte, keine Leiche beseitigen zu müssen, wenn beide in meiner Wohnung redeten.

»Ich muss noch mal weg.«

Tiffs Augen wurden tellergroß, als ich mich verabschiedete.

»Aber Kate …«

»Ihr klärt das schon!«

Mittlerweile dürfte Reed zu Hause sein. Freitags arbeitete er oft kürzer und ich wollte nicht unbedingt im Büro mit ihm reden.

»Fahr doch, du verdammter Idiot!«, brüllte ich irgendeinen unfähigen Taxifahrer vor mir an. Die Rush Hour war die reinste Katastrophe.

Zehn Minuten später fand ich endlich einen Parkplatz, stellte den Wagen ab und hoffte das Beste. Was das Beste war, konnte ich leider nicht wirklich sagen. Ich handelte hier gerade instinktiv. Der Wunsch, Reed zu sehen, überwog einfach.

Ich umrundete das Auto und blickte mich noch mal in der Fensterscheibe an. Mein Spiegelbild zeigte eine moppelige Frau mit unsicheren Zügen. Dennoch holte ich einmal tief Luft, zog meine Handtasche enger an meine Schulter und lief zu Reeds Wohnhaus.

Ich schaffte vier Schritte, dann blieb ich stehen.

Reed war gerade dabei, einem etwa eins fünfzig großen Jungen beim Einsteigen zu helfen. Aufgrund der Hitze heute trug er wie gestern Abend ein simples Shirt und eine Jeanshose. Er redete mit dem Jungen, der mir völlig unbekannt war.

Und dann schaute er plötzlich in meine Richtung. Sein durchdringender Blick brannte sich praktisch in mich ein. Instinktiv schluckte ich.

Er sagte etwas zu dem Jungen in seinem Wagen und kam dann langsam auf mich zu. Ich hingegen konnte keinen einzigen Schritt laufen.

Reed stellte sich vor mich und legte die Hände in die Hosentaschen. Er musterte mich von oben bis unten.

»Die Arme sind noch dran, die Beine auch … Krank wirkst du auch nicht, was ist los?«, fragte er mit gehobenen Augenbrauen.

»Ich werde die Arbeitsstunden nachholen«, erklärte ich schnell.

»Mir sind die Arbeitsstunden scheißegal, Kate. Ich hab mir Sorgen gemacht. Du bist gestern einfach abgehauen.«

»Ich weiß. Wenn du zu tun hast, dann …«

Ich wollte mich schon abwenden, aber Reed griff nach meinen Ellbogen.

»Ja, ich bin verabredet, aber … ich will einfach nur wissen, was los ist, Kate.«

»Kommst du, Reed?«

Wir beide drehten uns um. Der Junge hing halb aus der Fensterscheibe und winkte.

»Ich komme gleich. Setz dich hin und versuch es mal mit Geduld!«, rief er grinsend zurück.

»Wer ist das?«

»Mein Bruder, John.«

»Oh. Ich wusste nicht, dass du heute zu …«

»Meiner Familie gehst? Mein Dad hat so einige Kinder in die Welt gesetzt. John ist der Jüngste. Zumindest von dem ich weiß. Er war erst 10, als er seinen Vater verloren hat. Ich versuche, so oft es geht …«

Er brauchte den Satz nicht zu Ende zu führen. Auch so war klar, dass Reed es tat, weil er seinen Bruder liebte.

Reed Jacobs war nicht nur attraktiv und erfolgreich. Er besaß Charakter. Die Lorbeeren für gute Taten übergab er ständig anderen. Nicht umsonst bemerkte ich erst jetzt, wie liebevoll er zu seinen Mitmenschen war. Ich war zu verbohrt gewesen, um es zu sehen. Zwei Jahre lang.

»Das ist eine gute Sache, Reed. Ehrlich. Also, für John da zu sein, weil dein Dad es nicht mehr kann.«

Reed sah mir in die Augen und ich konnte nicht wegschauen. Ich hätte es gerne gekonnt, aber der Wille war einfach nicht da.

»Er ist mein Bruder«, antwortete er nur und berührte mein Kinn. Die sanfte Berührung verursachte in mir eine Sehnsucht, die ich noch nie zuvor verspürt hatte.

Doch dann erinnerte ich mich an den Grund, warum ich überhaupt zu ihm gekommen war.

»Reed.« Ich berührte seine Wange, weil ich das gerade brauchte. »Alles, was war, war nicht echt.«

Er runzelte die Stirn, weil er mir selbstverständlich nicht folgen konnte. Das alles klang schon wahnsinnig genug!

»Reed, das mit uns ...«

Plötzlich drangen laute Rufe zu uns. Reed sah nur kurz über die Schulter, dann drehte er sich ruckartig um.

»Wir reden später!« Er sah mich nicht mal mehr an, als er zurück zum Auto ging. Wie aus dem Nichts erschien eine Handvoll Reporter davor und fotografierte wie verrückt.

Überrascht beobachtete ich die Szene. Nie zuvor hatte ich bemerkt, wie groß das Interesse an Reed war. Sicherlich hatte ich einige Berichte in den Zeitungen über ihn gelesen, aber es noch nie live mitbekommen. Am Telefon irgendwelche Reporter abzuwimmeln, war nun mal eine ganz andere Hausnummer.

Da ich auf jeden Fall nicht stören wollte, ging ich zu meinem Wagen. Doch dann machte ich den Fehler, noch einmal hinzuschauen, und erstarrte regelrecht.

Jessica Sunshine hing in Reeds Armen und ließ sich mitfotografieren.

Was zum Teufel hatte das denn zu bedeuten?

Kate, du dummes Ding. Du weißt, was es zu bedeuten hat!

Weil ich einfach nicht gemacht dazu war, mich noch weiter selbst zu demütigen, stieg ich in den Wagen und blieb sitzen.

»Ich wollte ihm wirklich sagen, dass er aufhören muss, verrückt nach mir zu sein«, redete ich mir selbst zu und seufzte so herzzerreißend, dass ein Fremder mich direkt eingewiesen hätte, wenn er es gehört hätte. »Dabei bin ich einfach verrückt nach ihm.«

Kapitel 20

Reed

Gedankenverloren starrte ich auf den Bildschirm meines Handys.

Die unbeantworteten SMS lachten mich praktisch aus, weil ich immer noch auf eine Reaktion wartete.

Seit gestern hatte ich ihr fünf Nachrichten geschickt. An die fünfzehn Anrufe, von denen sie nicht einen angenommen hatte, wollte ich gar nicht erst denken.

Und doch konnte ich den Moment mit ihr, diesen kurzen, aber intensiven Moment, nicht vergessen. Kate hatte mich nur kurz an der Wange berührt. Mich nur flüchtig angesehen, aber es hatte sich beides so intensiv angefühlt, als hätte ich mich in ihr befunden.

Mein schneller Puls, die schweißnassen Hände und der Drang, sie leidenschaftlich küssen zu müssen, hatten mir die Bestätigung gegeben.

Ich liebte sie.

Mein Griff um das Handy wurde fester.

Es wurde Zeit.

Frank Gilberts Büro befand sich im zweiten Stock des *Boston Globes.* Er erwartete mich nicht und ich klopfte nicht. Frank Gilbert erwartete es nicht von mir und so ein bisschen Kate-Gefühl wollte ich mir nicht nehmen lassen, wenn ich das jetzt durchzog.

Es gab kein Zurück. Jessica konnte ihr das nicht antun.

Frank war ein fülliger Typ mit ungebügelten Hemden und einer Ordnung, die niemals als solche betitelt werden könnte. Überall lagen alte Zeitungen oder lose Zettel herum. Er selbst saß über Papiere gebeugt an seinem Schreibtisch. Ein Bleistift war hinter sein Ohr geklemmt, als er mich sah und erkannte.

»Na, dass ich das noch erleben darf.«

»Hallo, Frank.«

Warum sollte ich mir Mühe machen, mich höflich zu benehmen, wenn er dieses Verhalten meiner Familie gegenüber seit Jahren nicht kannte?

»Keine Anwälte?«, fragte er überrascht und schaute hinter mich. »Jetzt bin ich enttäuscht.«

»Glauben Sie wirklich, dass ich herkomme, ohne Sie zu überraschen, Frank?« Ich nahm den Kram vom Stuhl vor seinem Schreibtisch und setzte mich. Dann öffnete ich den Knopf meines Jacketts und sah mich noch mal in Ruhe um.

»Lassen Sie mich raten. Ihre Großmutter hat Ihnen erzählt, dass jemand reden will.«

»Mrs. Jacobs weiß nichts von meinem Besuch.«

Franks dicke, schwarze Augenbraue machte wortwörtlich einen Sprung nach oben.

»Und das, was Jessica Sunshine Ihnen erzählen will, ist nichts im Vergleich zu dem, was ich Ihnen mitteilen könnte.«

Frank war ein Ass in seiner Branche. Er hatte bereits den Bürgermeister deformiert, weil der Vorlieben für junge Prostituierte hatte, einige Leute aus dem Pentagon wurden nie wieder gesehen, nachdem er deren unversteuerte Einnahmen offengelegt hatte ... Und seit Jahren wartete er darauf, mir ans Bein zu pinkeln. Kurz gesagt: Er tat alles, um seine fünf Minuten Ruhm einzufahren.

»Ich weiß nicht, Reed.« Er benutzte genauso provozierend meinen Vornamen wie ich den seinen. »Sie schien wirklich etwas zu wissen.«

»Aber sie hat noch nichts erzählt«, erklärte ich ihm sachlich.

Frank grinste. »Lassen Sie mich raten. Diese ganze Show gestern ist auf Ihrem Mist gewachsen. Sie spielen den liebenden Freund und Jessica kann neben Ihnen strahlen.«

Er lag knapp daneben. Jessica hatte das alles inszeniert und ich hatte mitgespielt, weil sie gedroht hatte, Kates Karriere zu ruinieren. Nur hatte sie eines vergessen: In diesen Spielen war ich schon immer besser als sie.

Jessica verstand nicht, dass ich Kate so etwas niemals antun würde. Egal, was ich dabei verlieren würde.

»Was wollen Sie von mir?«, fragte Frank direkt.

»Sie wollen seit Jahren nur eines von mir und ich kann es Ihnen geben.«

Wieder zuckte eine seiner buschigen Augenbrauen. »Und was sollte das sein?«

»Sie wollen mich vernichten.«

»Pasta Primavera?«

Die Worte auf der Menükarte verschwammen vor meinen Augen.

»Oder doch wieder Pasta in Tomatensoße?«

Eine Hand drückte meine Karte auf den Tisch und ich blickte auf.

Mein Dad sah mich so mitfühlend an, dass ich sofort wieder ins Hier und Jetzt zurückkam. »Du hörst mir doch gar nicht zu.«

»Natürlich höre ich dir zu, Dad.«

Er zweifelte meine Worte an. Kein Wunder, denn er hatte recht.

»Was ist los mit dir, mein Schatz?«

»Nichts. Es ist nichts«, antwortete ich und trank hastig etwas von meinem Wasser.

Wir saßen wieder beim Italiener. Dad hatte mich angerufen und verkündet, er würde mich gleich im Büro abholen. Ich konnte ihm zumindest einreden, dass ich Urlaub hätte und bereits in der Stadt war.

Zumindest bei Letzterem hatte ich nicht gelogen. Tiff und José wohnten noch immer bei mir im Apartment und stritten mittlerweile seit zwei Tagen. Zwei Tage, seit ich Reed und Jessica zusammen gesehen hatte.

»Tiff und José sind momentan bei mir. Sie haben Streit und es ist alles ziemlich beengt. Ich hab wenig geschlafen und bin müde«, redete ich mich heraus.

»Ach, die beiden raufen sich schon wieder zusammen. Sie sind Eltern und lieben sich. Das tun sie doch, oder?«

So, wie Tiff José angestarrt hatte, als er nur mit einem Handtuch bekleidet aus dem Bad gekommen war, war da auf jeden Fall noch so einiges an Gefühl. Aber meine beste Freundin war stur. So stur, dass ich seit zwei Tagen mein Apartment mit ihnen teilte.

»Ich glaube fest dran«, erklärte ich ihm.

»Schön. Und wie läuft es bei der Arbeit?«

»Gut. Sehr gut. Könnte nicht besser sein.«

Mein Handy in der Tasche begann zu vibrieren.

»Willst du nicht rangehen?«, fragte Dad.

»Jepp.« Ich kramte nervös in meiner Tasche herum, weil ich so viel Zeit wie möglich schinden wollte. Als es aufhörte zu vibrieren, griff ich es mir.

Wie die letzten 48 Stunden zuvor war es Reed.

Wie gebannt starrte ich auf seinen Namen. Was wollte er denn noch von mir? Die Sache vor seinem Wohnhaus war doch mehr als deutlich gewesen.

»Ist es wichtig gewesen?«, fragte mein Dad.

»Nein. Nicht mehr.« Ich steckte das Handy zurück in meine Tasche, räusperte mich und blickte wieder in die Karte. »Also, was sollen wir essen? Pasta Primavera?«

Dads Blick wurde weicher. »Was ist los mit dir?«

»Dad, es ist alles …«

»Seit 30 Jahren höre ich mir das an, wenn es dir offensichtlich nicht gut geht.«

»28«, murmelte ich, damit er nicht vergaß, dass mir noch ganze zwei Jahre fehlten, um die 30 voll zu bekommen.

»Und jedes Mal versuchst du, mir weiszumachen, dass ich zu viel Dad wäre, um es nicht zu bemerken. Aber ich habe nie aufgehört zu sehen, wenn es meiner einzigen Tochter nicht gut geht.« Er ergriff meine Hand und drückte sie leicht, ohne mich aus den Augen zu lassen. »Wenn du es mir nicht sagen willst, ist das okay. Ich wollte meinem Dad auch nicht immer alles erzählen. Aber als eine sehr wortgewandte, intelligente Frau sollst du wissen … dass die Welt dir zu Füßen liegt. Du bist hübsch, clever, besitzt Humor und fühlst mit deinen Freunden mit, wenn sie Probleme haben. Du stellst deine Dinge nicht vor die der anderen. Und das macht dich aus.«

»Du musst das sagen. Du bist mein Dad.«

»Und ich sage es gern, weil du meine Tochter bist und weil es der Wahrheit entspricht. Ich wünschte nur, du würdest den Leuten glauben, wenn sie dir sagen, wie toll du bist.« Er ließ meine Hand los und seufzte unzufrieden vor sich hin.

Ich verschränkte schützend die Arme vor der Brust. Obwohl es verrückt war, immerhin saß hier mein Dad. Dad, der mich schon immer beschützt hatte.

»Ach, es ist alles so kompliziert«, murmelte ich.

»Kompliziert ist gar nicht so übel, Kleines.«

Ich schnaubte. »Klar.«

»Habe ich dir mal erzählt, dass deine Mom sich erst für Shawn Frady interessiert hat, bevor sie auf mich aufmerksam wurde?«

»Wer ist Shawn Frady?«

»Er war der Quarterback unserer High School. Ein uninteressanter Kerl.«

»Ach, wirklich?« Ich grinste amüsiert.

»Natürlich. Stell dir vor, er wäre dein Vater geworden! Jedenfalls habe ich gekämpft wie verrückt. Deine Mom war schon mit 17 eine tolle Frau.«

Mom hatte wie ich immer etwas zu viel auf den Rippen gehabt und obwohl ich das wusste, glaubte ich Dad jedes Wort.

»Und sie hat sich für dich entschieden.«

»Hat sie. Ich danke Gott jeden Tag dafür.«

»Wie hast du sie umstimmen können?«

Dad trank ein Schluck von seinem Wasser und drehte das Glas gedankenverloren in der Hand. »Ich habe ihr gesagt, dass ich womöglich der einzige Junge auf der Schule bin, der sie glücklich machen kann.«

Mir blieb das Grinsen im Halse stecken, als ich Dads traurigen Gesichtsausdruck bemerkte.

»Ich war erst 17, aber mir war damals schon klar, dass sie es war.« Er lächelte und stellte das Glas ab. »Bei keiner habe ich mich jemals so wohl und geliebt gefühlt wie bei deiner Mom, Kate. So, was willst du jetzt essen?«

Dad schaltete sofort um, als der Kellner kam, um unsere Bestellung anzunehmen. Ich beobachtete ihn stumm dabei.

Das Handy in meiner Tasche vibrierte wieder. Dieses Mal reagierte ich schneller und griff es mir. Aber es war leider nur Tiff. Wenn es Reed gewesen wäre, dann … Keine Ahnung, was dann.

»Hey, Tiff. Alles in Ordnung?«

Hoffentlich hatte sie José nicht irgendetwas über den Kopf gezogen und wollte die ›Beste Freunde treffen sich nachts im Wald, um die Leiche zu verbuddeln‹-Karte ausspielen.

»Hast du heute schon Zeitung gelesen?«

Ich runzelte die Stirn. »Schon seit 2005 nicht mehr. Warum? Was ist …«

»Du Schlampe!«

Ruckartig sah ich auf und traute meinen Augen kaum.

»Kate? Was ist da los?«, rief Tiff durchs Handy.

Jessica Sunshine stapfte auf mich zu. Sie zog ihre Sonnenbrille von der Nase und warf mir giftige Blicke zu. Sie trug ein kurzes, schwarzes Kleid, das ihr wirklich sehr gut stand. »Sitzt sie hier und frisst sich voll. Feierst du den Sieg?«

»Sieg?«, fragte ich völlig perplex.

»Kennst du diese Frau, Kate?«, fragte mein Dad.

Der Kellner wirkte auch ziemlich überrascht.

»So ungefähr, auch wenn ich es lieber verneinen würde.«

»Natürlich würdest du das! Immerhin hast du ihn ja bekommen!«

Überrascht starrte ich sie an. »Was?«

»Du hast ihn mir ausgespannt!«

»Was?«, fragte ich weiter verdattert.

»Ich rede von Reed, du dummes Miststück!«, schrie sie.

»Moment mal!« Ich stand auf und hob abwehrend die Hände. »Ich habe nicht ...«

»Was hast du nicht? Ihn so durcheinandergebracht, dass er vollkommen den Kopf verloren hat?«

Mein Herz setzte für einen Moment aus. Sie hatte es ganz genau auf den Punkt getroffen.

»Wie hast du es gemacht? Hast du deine Titten in sein Gesicht gedrückt und direkt gesagt, wie du es haben willst? Was für Angebote kamen noch? Sag schon!«, fauchte Jessica. »Reed und ich waren glücklich! So glücklich, dass er niemals wegen einer dämlichen Assistentin alles weggeworfen hätte! Weißt du, wie es ist, wenn du Monate darauf hingearbeitet hast, einen Jacobs ins Bett zu bekommen?«

So langsam reichte mir das hier!

»Er hat sich von Ihnen getrennt!«, erklärte ich ihr so ruhig wie möglich.

»Ja, weil du ihm den Kopf verdreht hast!«

Ich runzelte die Stirn. »Reed hat sich nicht meinetwegen

getrennt«, behauptete ich völlig verwirrt. Denn so weit ich das im Kopf hatte, hatte er sich vor dem Ausflug zum Lake Winnipesaukee von Jessica getrennt. Vor diesem blöden See-Zauber. Die Trennung konnte also wirklich nicht an mir gelegen haben!

Seufzend kniff ich mir in die Nasenwurzel. »Hör mal, Jessica.« Vielleicht half es ja, sie vertrauter anzusprechen. »Es tut mir leid, wenn du da etwas missverstanden hast. Ich bin sicher nicht der Grund dafür, dass …«

»Er hat deinen Namen im Schlaf geflüstert«, unterbrach sie mich mit funkelnden Augen. »Während ich neben ihm geschlafen habe. Was soll ich da bitte falsch verstehen?«

»Was hat er?«, fragte ich völlig überrumpelt.

Jessica lächelte siegessicher. »Da guckst du, was? Glaub mir, ich war genauso überrascht, dass eine Frau wie du …« Verächtlich musterte sie mich. »… überhaupt auf seinem Radar existiert. Sieh dich nur an, du …«

»Ich denke, es ist an der Zeit, mal dazwischenzugehen.« Dad stand tatsächlich auf und stellte sich vor Jessica.

»Wer sind Sie denn?«

»Ihr Dad«, verkündete er stolz.

Jessica schnaubte. »Ihr Dad?«

»Leibhaftig und in Farbe.«

»Sie sind ja genauso durchgeknallt wie Ihre Tochter.«

»Oh, das ist sie mit Leib und Seele. Das macht meine Kate doch auch aus. Vermutlich findet das Reed Jacobs ebenfalls. Sonst würden wir diese Unterhaltung nicht führen, oder?«

Jessica lief immer weiter rot an. »Reed war glücklich mit mir!«

Ich runzelte die Stirn. Wenn Reed sich vor dem Ausflug zum Lake Winnipesaukee von ihr getrennt hatte und Jessica recht damit hatte, dass *ich* der Grund dafür war, dann …

»Kann Reed kochen?«, platzte die Frage aus mir heraus.

Das hatte Jessica bestimmt nicht kommen sehen. Zumindest wirkte sie überrascht.

»Nein, kann er nicht. Warum?«

»Er hat nie für dich gekocht, oder?«

Jessica schüttelte den Kopf.

»Und sein Bruder?«

»Welcher Bruder?«

Ich runzelte die Stirn. Er hatte ihn ihr nie vorgestellt. Zumindest nie von ihm erzählt.

»Was tut er so, außer arbeiten? Hat er Hobbies?«

»Was weiß ich denn! Fakt ist, dass du ihn nicht verdient hast. Reed passt nicht zu dir. Er lebt in einer völlig anderen Welt. Einer besseren, einer höher gestellten. Du bist doch nur seine pummelige Assistentin, die …«

Ihre Worte gingen in einem Keuchen unter, als der Kellner sie plötzlich mit einer Karaffe Wasser übergoss.

»Ich konnte es wirklich nicht mehr hören«, erklärte der Kellner mit einem starken italienischen Akzent.

Um uns herum nickten die anderen Gäste.

»Was haben Sie getan? Wissen Sie überhaupt, wer ich bin?«, brüllte Jessica herum. Ihr kurzes Kleid tropfte nur noch vor sich hin, die Frisur war völlig ruiniert. Ich musste mir eingestehen, dass ich so gut wie kein Mitleid mit ihr hatte.

»Sie könnten die Jungfrau Maria sein, und es wäre mir egal. Wobei das mit der Jungfrau ziemlich weit hergeholt ist, oder?«, fragte der Kellner.

Jessica schrie laut auf und starrte dann wieder zu mir. »Reed und du … ihr habt euch verdient. Ich habe ihm die Chance gegeben, alles zwischen uns wiedergutzumachen und er hat sich für die andere Variante entschieden. Er hätte einfach nur den liebevollen Freund spielen sollen, aber nein … Das hat er jetzt davon!«

Dann stampfte sie davon.

Alle Gäste des Restaurants schauten ihr nach.

»Gut. Bitte löschen Sie jegliche Videos von dieser netten Bühnenvorstellung. Das Essen geht aufs Haus«, verkündete der Kellner. Die Gäste jubelten, während er die leere Karaffe abstellte und zu mir kam.

»Ich kenne solche Frauen. In Italien dreht jede Zweite so durch und es ist anstrengend. Genießen Sie noch das Essen.«

Sprachlos sah ich ihn an und bemerkte erst jetzt, dass Tiff weiterhin kräftig in das Handy brüllte, das ich die ganze Zeit in den Händen gehalten hatte.

»Ja?«, krächzte ich.

»Was eine Vorstellung, aber ihr Auftritt war zu erwarten.«

»Wieso?«

Tiff seufzte. »Es wird Zeit, wieder Zeitung zu lesen, Kate.«

Kapitel 21

Reed

Ich kippte den letzten Schluck Whisky in mein Glas und lehnte mich seufzend in meinen Sessel zurück.

Die Stille hier drin hatte mir nie etwas ausgemacht. Jetzt fühlte sie sich beklemmend an.

Ich schloss die Augen, um an etwas anderes zu denken.

Aber natürlich tauchte Kate vor meinem geistigen Auge auf. Die lachende, neckische Kate. Sie hatte meine Welt verändert. Und wie sie das hatte.

Jetzt besaß ich zwar noch meine Firma, aber mein Ruf war dahin und Kate verschwunden. Zumindest wollte sie nicht gefunden werden.

Als ich vorhin bei ihr vor der Tür stand, hatte ihre Freundin Tiffany aufgemacht. Meine ehemalige Angestellte, die jetzt Kind und Ehemann hatte. Aber Kate war nicht da gewesen.

Tiffany hätte mir am liebsten die Tür vor der Nase zugeschlagen, das konnte man deutlich in ihren Augen sehen. Kein Wunder, wenn sie das dachte, was Kate nun mal annahm.

Seufzend drückte ich das halbvolle Glas an die Stirn. »Reed?«

Selbst jetzt hörte ich Kates Stimme in meinem Kopf. Jedes Mal, wenn sie meinen Namen sagte, ging mein Körper ab wie verrückt.

»Reed Jacobs, wo steckst du, verdammt noch mal?«

Ich liebte es, wenn sie fluchte. Vor allem, wenn sie es meinetwegen machte.

»Das ist ja wie im Labyrinth hier«, redete sie weiter. »Warum ist hier überall Licht aus? Fred hat doch gesagt, er wäre hier.«

Warum redete sie in meinem Kopf von meinem Pagen? Vermutlich lag es daran, dass er mich ständig nach der hübschen jungen Frau fragte, die ihm so freundlich in Erinnerung geblieben war. Fred hatte nie nach einer Frau gefragt. Er hatte professionell die Klappe gehalten. Aber bei Kate konnte er das natürlich nicht.

»Reed? Bist du hier?«

Ihre Stimme war viel lauter geworden. Irritiert öffnete ich die Augen und schaute zur Tür meines Arbeitszimmers. Und da stand sie.

Nass bis auf die Knochen, aber sie war hier.

»Kate?«

Sie erschrak, drehte sich aber zu mir um.

»Ich hab dich angerufen. Fünfmal!«, fuhr sie mich plötzlich an.

Langsam stand ich auf und konnte gerade so verhindern, dass ich wieder in den Sessel zurückfiel.

»Oh, klasse. Und du hast gesoffen, während ich wie verrückt versuche, dich zu erreichen? Ehrlich jetzt, Reed?«

Ich blinzelte, um wieder halbwegs klar zu werden. Keine Ahnung, wo mein Handy war. Der Whisky war gerade wichtiger gewesen.

»Du hast mich jetzt gefunden«, teilte ich ihr mit.

»Du bist betrunken.«

»Und du ein Feigling!«, brüllte ich sie an.

Sie wirkte überrascht über meinen Ausbruch, aber was hatte sie auch erwartet?

»Oder willst du mir sagen, dass *meine* hundert Anrufe an dir vorbeigegangen sind?«

Kate presste die Lippen aufeinander. »Ich wusste nicht ... Ich konnte nicht ... Reed, es ist nicht einfach für mich, weil ...«

»Nicht einfach für dich, Kate? Nicht einfach?« Ich blieb an Ort und Stelle und starrte sie an.

»Du weißt nicht, wie schwer es für mich ist«, murmelte sie so leise, dass ich es fast nicht gehört hätte.

»Doch, das weiß ich, Kate. Du hast mir jeden Moment, den wir zusammen waren, gezeigt, wie schwer es für dich ist!«

»Das ist unfair«, flüsterte sie.

»Ach ja? Warum? Weil ich keine Enttäuschungen erlebt habe? Weil ich nicht von irgendwelchen Idioten verunsichert wurde?«

Ich hatte den Nagel auf den Kopf getroffen, das sagte mir Kates überraschter Ausdruck in ihrem hübschen, nassen Gesicht.

»Es ist nicht schwer zu erraten, Kate. Manchmal kann ich wie in einem Buch in dir lesen und manchmal nicht.«

»Na schön«, fuhr sie mich wütend an. »Aber du bist doch nicht groß anders. Vor den Angestellten tust du unnahbar und kühl. Auf eine Art ist das sicherlich notwendig, aber es ist auch ein Schutz, damit dir keiner zu nahe kommen kann. Oder? Gib es doch zu!«

»Ja, ich gebe es zu!«, brüllte ich, sodass sie zusammenzuckte. »Gratulation! Du hast mich durchschaut.«

»Danke. Ich fühl mich auch, als hätte ich gewonnen«, gab sie genervt zurück.

Seufzend setzte ich mich zurück in den Sessel. Was immer sie auch wollte, mich in die Arme zu ziehen und besinnungslos zu küssen, war es wohl nicht.

»Könntest du bitte aufhören, dich vor mir zu verstecken?«

Natürlich machte ich wieder etwas falsch.

Kate stellte sich vor mich und blickte mich an.

»Du hast gelogen.«

Gerade wollte ich sie fragen, was sie meinte, da bemerkte ich die nasse Zeitung in ihrer Hand. Sie hatte den Artikel also gelesen.

»Findest du? Steht schon viel Wahres drin«, meinte ich.

Sie hob die nasse Zeitung und las daraus vor: »Reed Jacobs, Unternehmer und CEO von *Jacobs' Immobilien* hat in einem sehr offenen Interview zugegeben, Fehler begangen zu haben. Einer davon war die Beziehung zu Jessica Sunshine, Model und Möchtegern-It-Girl.« Sie sah auf. »Dieser Frank Gilbert scheint nett zu sein.«

Ansichtssache.

»Während Jessica Sunshine sich ernste Hoffnungen auf eine Zukunft mit dem Jacobs-Erben machen durfte, gab Reed Jacobs zu, durch diesen Kontakt zu dem High-Society-Sternchen nie mehr als öffentliche Aufmerksamkeit gewollt zu haben.

Insidern zufolge fühlte Jessica Sunshine sich zuletzt nicht wertgeschätzt und respektiert. Reed Jacobs bestätigte dies. Er entschuldigte sich für sein Verhalten und nimmt die Schuld für das Ende der Beziehung voll auf sich.

Bleibt die Frage, wie sich das auf die zukünftigen Geschäfte von *Jacobs' Immobilien* auswirkt. Immerhin möchte niemand Geschäfte mit jemandem machen, der die Worte *Respekt* und *Wertschätzung* nicht mal in seinem Privatleben zu benutzen weiß.«

Es blieb kurz still in meinem Arbeitszimmer.

»Kannst du mir verraten, warum du das zugelassen hast?«

Das erste Mal blickte ich sie wieder an. Kate trug ein weiß-geblümtes Sommerkleid. Dass es angefangen hatte zu regnen, hatte ich nicht mal mitbekommen.

Und doch dankte ich dafür. Ihr BH war unter dem Kleid zu sehen.

»Du hast es für mich getan«, schlussfolgerte sie richtig und setzte sich auf den zum Sessel gehörigen Fußsessel.

»Ich hab es getan, damit Ruhe ist.«

»Du hast es getan, weil du mich beschützen wolltest, Reed. Hör auf, diese bedeutende Sache so herunterzuspielen. Das tust du ständig. Du kochst für mich Suppe und lässt mich im Glauben, dass deine Granny es getan hätte.«

Granny würde selbst Wasser anbrennen lassen.

»Du hasst deinen Dad. Das hast du in den letzten zwei Jahren mehr als einmal bewiesen. Aber für deinen Bruder bist du da, weil du weißt, wie wichtig es ist, ein Vorbild zu haben. Du hattest keins. Aber John soll eins haben. Das ist etwas Gutes, Reed. Du bist gut.«

Ich trank einen letzten Schluck Whisky.

»Und du hast zugelassen, dass dieser Frank Gilbert dir die Trennung in die Schuhe schiebt. Er hat es so dargestellt, dass selbst dein unternehmerisches Können hinterfragt wird. Du hast es getan, bevor Jessica mich ans Messer liefern konnte, oder?«

Mein Blick schoss zu ihr. Sie lächelte.

»Jessica hat mich besucht. Es war ein interessantes Gespräch.« Sie sah mir tief in die Augen. »Du hast meinen Namen im Schlaf geflüstert.«

Seufzend legte ich den Kopf zurück. »Ich hatte keine

Ahnung, was ich geträumt hatte. Zumindest damals nicht.«

»Oh.« Kate wirkte ziemlich enttäuscht.

»Aber im Grunde war mir schon klar, warum es dein Name war und nicht ihrer.«

»War es das?«, fragte sie seufzend und mit so einer Enttäuschung in der Stimme, dass ich sofort hellhörig wurde. »Lass mich raten? Dir ist klar geworden, dass du urplötzlich mehr für mich empfindest.«

Kate stellte sich vor das große Fenster, das halb von den Jalousien verdeckt wurde. Ich runzelte die Stirn.

»Oh Gott. Mrs. Klein hatte vollkommen recht. Und Tiff und mein Dad … Ich hätte ihnen das alles fast abgekauft.«

»Und was?«, fragte ich nach.

»Okay, es muss ja mal ausgesprochen werden.« Sie straffte die Schultern und wandte sich zu mir um, als würde sie gleich in den Krieg ziehen. »Du willst mich nicht. Also nicht wirklich. Das alles …« Sie fuchtelte wild mit den Händen herum. Am Ende sah es entfernt so aus, als hätte sie auf mich und sich selbst gezeigt. »Ich fang am besten von vorn an. Du erinnerst dich an unseren Ausflug? Als ich in den See gefallen bin?«

Das würde ich ein Leben lang nicht vergessen.

»Das war kein normaler See. Er hat so etwas wie magische Kräfte. Jetzt sag bitte nicht, ich rede Unsinn. Tiff hat es gegoogelt und ich wollte es ihr auch erst nicht glauben. Aber es gibt Beweise. Drei Beweise. Declan, George und dich.«

Stirnrunzelnd blickte ich sie an.

Sie seufzte. »Es ist der See, Reed. Jeder Mann, der hineinfällt und mit dem Wasser in Berührung kommt, verliebt sich in die Frau, die er als Erstes erblickt.«

Kate sagte das mit einer Ruhe und Ernsthaftigkeit, dass ich sie erst einmal nur anschauen konnte.

»Das meinst du doch nicht ernst«, sagte ich mit derselben Ruhe wie sie zuvor.

Kate verdrehte die Augen. »Natürlich glaubst du mir nicht.«

»Natürlich glaube ich dir nicht. Alles andere wäre doch …«

»Verrückt? Dann sag das mal Declan und George, die bis kurz vor dem Sturz einfach nur Arbeitskollegen waren.«

»Das glaubst du doch wohl selbst nicht.«

»Und ob ich das glaube!«, behauptete sie so stur, wie Kate nun mal war. Dann begann sie, in meinem Arbeitszimmer auf und ab zu laufen.

»Declan war schon immer in dich verknallt, aber du hast es nicht gesehen oder wolltest es auch nicht sehen.«

Sie schnaubte. »Und George?«

»Der ist Brite«, antwortete ich. »Die schalten genauso schnell, wie sie reden. Langsam.«

»Du hast für alles eine Antwort, oder?«

»Ja.« Warum lügen?

»Argh, willst du es nicht verstehen? Es war der See. Das Wasser, die heiligen was auch immer.«

»Die heiligen was auch immer? Woher hast du diesen Schwachsinn?«

»Mrs. Klein, die Eigentümerin der Hütten.«

»Die kleine, fiese, alte Lady? Kate …« Ich stand auf, um ihr in die Augen zu sehen. »Die Frau erzählt dir irgendeinen Unsinn, damit du etwas zum Herumerzählen hast. Mehr ist das nicht.«

»Warum zum Teufel sind Declan und George dann so …«

»Warum sie dich attraktiv finden und sich verliebt haben?«

Sie zuckte mit der Schulter.

»Vielleicht lag es einfach daran, dass du an dem Abend wunderschön ausgesehen hast.«

»Wunderschön?«

Sie hatte nicht mal ansatzweise eine Ahnung, wie sie auf Männer wirken konnte.

»Ich tippe allerdings eher auf dein nasses Kleid. Immerhin konnte man bei dem nassen Stoff ziemlich gut durchsehen und …«

Sie schlug mich. »Ist das dein Ernst?«

Ich hob die Hände. »Es war doch so. Der Stoff wurde durchsichtig. Und da du vom Hals abwärts nun mal …«

»Es war durchsichtig? So … so richtig durchsichtig?«, wiederholte sie schockiert. »Oh Gott. Daran habe ich überhaupt nicht gedacht. Tiff hat mich damals schon gefragt, ob ich einen BH getragen habe und den trug ich nicht. Jetzt sagst du auch noch, das Kleid war komplett durchsichtig. Großer Gott. Himmel, tu dich auf!«

»Es war ein toller Anblick«, gab ich offen und schmunzelnd zu.

»Hör auf, Reed. Du redest doch nur so, weil …«

»Weil was?«

»Du hast auch von dem Wasser getrunken!«

»Ich bin dir nicht nachgesprungen. Das hattest du verboten, also sag mir nicht, ich hätte diesen Bibidi-Babidi-Boo-Zauber auf mir liegen.«

»Du hast dir das Wasser gekauft, Reed. Und … Hast du gerade die Zauberformel von Cinderella aufgesagt?«

»Moment mal. Ist das der Grund, warum du aus meiner Wohnung geflüchtet bist? Als du das Wasser gesehen hast, hast du gedacht, ich wäre auch …«

Sie nickte. »Das ergibt doch Sinn. Du hast dich erst nach diesem Ausflug so merkwürdig verhalten.«

»Jahaaa«, dehnte ich das Wort in die Länge. »Weil ich erst kurz nach dem Ausflug gemerkt habe, dass da etwas zwischen uns ist.«

Sie schnaubte und ich verlor die Geduld.

»Du sagst mir jetzt sofort, welcher Mistkerl dir so ein beschissenes Selbstwertgefühl gegeben hat, dass du wirklich denkst, ich könnte mich nur für dich interessieren, wenn ich von irgendeinem chlorfreien Wasser verhext werde.«

»Ich bilde mir nichts ein, es stimmt!«

»Kate …« Ich griff mir ihre Oberarme, weil sie jetzt

bloß nicht abhauen sollte. »Ich kann verstehen, dass dir das zwischen uns Angst macht. Wenn ich ehrlich bin, hast du mir die ganzen zwei Jahre Angst gemacht. Immerhin konnte ich dich kaum einschätzen, und das, was ich über dich wusste, hat nicht gereicht, um dir zu kündigen.«

»Ja, weil du es nicht konntest«, antwortete sie stolz.

»Ich hätte dich schon irgendwie aus dem Arbeitsvertrag rausbekommen, aber ich konnte und wollte es mir nicht leisten. Du bist gut in dem, was du tust. Selbst ich habe das schnell begriffen, auch wenn du mich oftmals zur Weißglut getrieben hast.«

»Du mochtest mich nicht«, stellte sie klar.

»Oh, ich mochte dich nicht, weil ich dachte, du hättest mit meinem Dad geschlafen.«

Sie verdrehte die Augen. »Nicht das schon wieder!«

»Damals konnte ich mir nicht vorstellen, dass du einfach eine sehr loyale Mitarbeiterin bist. Als ich das begriffen habe, mochte ich dich.«

»Ja, klar«, gab sie ironisch zurück.

»Kate. Ich bin in einem Elternhaus aufgewachsen, in dem nur eines zählte: Fressen oder Gefressenwerden. Es ging immer nur um Erfolge, Quartalszahlen und den aktuellen Aktienkurs. Ich habe nie etwas anderes gelernt, bis meine Mom sich scheiden ließ. Kurze Zeit später starb sie und dann zählte für einen 15- jährigen Jungen nur noch, wenigstens den Namen Jacobs stolz zu tragen. Im Grunde ging es da wieder nur um meinen

Dad, aber ich begriff es nicht. Dann starb auch er, ich bekam endlich das, was ich wollte, und dann lernte ich dich kennen. Du bist so ganz anders als jede Frau, die ich vorher kennengelernt habe. Mein Name macht dir keine Angst, meine Art hat dir nichts ausgemacht und du hast dich von mir nicht einschüchtern lassen. Heute weiß ich, dass mich das im Grunde fasziniert hat und ich auch ein wenig neidisch war.«

»Neidisch?«

»Du bist, wie du sein willst, Kate.«

Sie schnaubte und starrte mich geschockt an. Dann nahm sie so viel Abstand, dass ich sie loslassen musste. »Du glaubst wirklich, ich will so sein? Ich habe mindestens 20 Pfund zu viel auf den Rippen. Nein, das stimmt nicht. Es sind 40, aber ich lüge, weil es mir peinlich ist. Ich lebe in einem viel zu kleinen Apartment. Meine Möbel sind vom Sperrmüll oder Second Hand und ich verdiene viel zu wenig dafür, dass ich ich es zwei Jahre mit dir und deinen Ex-Freundinnen ausgehalten habe. Trotzdem tue ich mir das an, und da du mein Boss bist, erzähle ich dir gerade durch die Blume, dass du ein Geizhals bist.« Sie schloss die Augen, als hätte sie sich gerade wortwörtlich in die Scheiße geritten.

»Bist du fertig?«, fragte ich vorsichtig nach.

»Nein, bin ich nicht! Ich bin keine Jessica Sunshine, Reed! Ich bin nicht gemacht für die Öffentlichkeit. Ich trage ungern teure Kleider, weil ich sie eh bekleckern würde. Und ich hasse Benefizgalas«, verkündete sie genervt.

»Dito.«

»Argh! Reed, du machst es mir nicht gerade leichter, wenn du so tust, als ob …«

»Als ob was, Kate?«

»Dass du so tust, als würdest du mich mögen, so wie ich bin!«

Ich analysierte ihren verstörten Ausdruck. Kate war so überzeugt von ihren Schwächen, dass sie auch überzeugt von diesem Schwachsinn mit der Seelegende war.

Seufzend drehte ich mich um und setzte mich zurück in den Sessel. »Komm her, Kate.«

»Warum?«

»Musst du alles hinterfragen, Herrgott noch mal? Schwing deinen nassen Hintern zu mir!«

Sie schien einen Moment abzuwägen, ob sie es tun sollte. Aber dann kam sie und stellte sich vor mich.

»Erzähl mir noch einmal von diesem Zauber, der mich befallen hat.«

»Berührt ein Mann dieses Wasser oder trinkt von diesem, verliebt er sich in die erste Frau, die er erblickt«, zitierte sie diesen dummen Satz noch einmal für mich.

Ich nickte, als hätte ich verstanden. Kate wirkte alles andere als entspannt. Sie litt.

»Komm her.« Ich ergriff lächelnd ihre Hand und zog sie zu mir auf den Schoß.

»Nicht, ich bin doch viel zu schwer für dich.«

Kate wollte sich aus meiner Umklammerung befreien, aber sie hatte keine Chance.

»Kennst du eigentlich schon Trudy?«, fragte ich und drückte ihr einen Kuss auf die Finger.

»Trudy?«

»Ja, meine Haushälterin. Sie kommt montags und donnerstags. Manchmal auch freitags.«

Verständnislos sah sie mich an.

»Sie ist die neue Frau meines Lebens. Natürlich wird es schwieriger, sie rumzukriegen. Ich meine, sie ist seit über dreißig Jahren verheiratet, hat drei Kinder und wird im Herbst schon Großmutter. Aber ich denke, der Kampf wird sich lohnen.«

»Wovon zum Teufel sprichst du?«

»Sie war es, die mir das Wasser gegeben hat, Kate. Trudy ist ziemlich umweltbewusst. So umweltbewusst, dass sie vermutlich bei den Cops anrufen und fragen würde, ob blaue Müllbeutel mit Leichenteilen drin umweltfreundlich sind. Sie hat mich darauf hingewiesen, dass ich da noch eine Kiste teures Quellwasser besitze. Sie goss mir ein Glas ein und putzte um mich herum, während sie von ihrem Mann Karl erzählte.«

Kate wirkte so verstört, dass ich breiter grinste.

»Ich hätte mich unsterblich in Trudy verlieben müssen, Kate. Sie war die erste Frau, die ich gesehen habe, nachdem ich es getrunken hatte.«

»Oh«, antwortete sie beiläufig. Aber dann begriff sie es wirklich und wiederholte ihr »Oh« noch einmal.

Ich nahm ihr Gesicht zwischen die Hände. »Es hätte mich nicht wundern sollen, dass du dir irgendeine verrückte Geschichte in den Kopf setzt, warum und wieso wir beide nicht zusammen sein können. Ich habe ehrlich gesagt schon damit gerechnet. Aber all dieser verrückte Wahnsinn hat viele, viele Logikfehler, Kate.«

»Hat er das?«, flüsterte sie.

Ich nickte ernst. »Du denkst, ich liebe dich aufgrund irgendeines Zaubers. Frag mich lieber etwas anderes.«

»Was denn?«

»Frag mich lieber, ob du mich verzaubert hast.«

»Hab ich dich verzaubert?«, fragte sie.

»Das hast du. Schon als du mir den imaginären Mittelfinger gezeigt hast, als ich dich für die Affäre meines Vaters gehalten habe. Deine Reaktion war einfach so …«

Ihre Lippen verharrten kurz vor meinen eigenen. Dass ich überhaupt noch sprechen konnte, grenzte an ein Wunder.

»Heiß«, beendete ich meinen Satz und küsste sie gierig und leidenschaftlich.

»Fühlst du das?«, hauchte ich gegen ihre Lippen.

»Was?«, fragte sie verwirrt. Kate befand sich schon fast nicht mehr hier mit ihren Gedanken. Ich hätte gern stolz gelächelt, ließ es aber sein.

Stattdessen legte ich die Hände auf ihre Hüfte und drückte sie enger auf meine Erektion. Kates Augen weiteten sich.

»Das machst du mit mir, Kate. Das machen 40 Pfund zu viel mit mir.«

Sie wollte von mir herunterklettern, aber ich hielt sie auf meinem Schoß. Die Worte mussten gesagt werden.

»Sieh mich an, Kate.«

»Nein.«

»Kate!«

»Nein, ich will nicht!«

Mit einem Ruck ergriff ich ihre beiden Hände, drückte sie runter auf ihre Beine und sah ihr in die Augen. Ihre tränenverschleierten Augen berührten mich, aber sie musste es endlich begreifen.

»Weißt du, warum ich deinen statt Jessicas Namen geflüstert habe?«

Sie schüttelte schluchzend den Kopf.

»Weil sie nicht du war.« Ich drückte ihr Kinn mit dem Finger hoch und blickte ihr in die traurigen Augen. »Mein Unterbewusstsein hat mir damals schon gesagt, was ich wollte. Und im Grunde wusste ich es auch. Aber was hättest du damals gesagt? Wärst du mir in die Arme gefallen? Eher nicht. Du hättest mich ausgelacht. Warum auch nicht? Ich verdiene eine Frau wie dich nicht.«

Sie schnaubte. »Du hast wirklich zu viel getrunken.«

»Ich bin nicht besser als du, nur weil ich Geld habe, Kate. Ich habe noch nie eine ernsthafte Beziehung geführt. Ich habe Herzen gebrochen, ohne zu wissen, wie sich das überhaupt anfühlt. Ich hasse meinen Dad und will ihm trotzdem immer noch beweisen, dass ich etwas Besseres bin als er.«

»Du bist kein schlechter Mensch, Reed. Warum willst du das nicht begreifen?«

Ich lächelte. »Fallen dir zwischen uns Gemeinsamkeiten auf, Kate? Du willst mir unbedingt beweisen, wie gut ich bin, und ich will, dass du endlich begreifst, wie gut du zu mir bist. Und ... du sollst verstehen, dass das bedeutet, dass ich dich liebe.«

Kate starrte mich an, als hätte ich ihr gerade fünfzig Pfund Koks angeboten. Dann hob sie die Hand, hielt sie vor ihr Gesicht und weinte bitterlich.

»Kate?«, fragte ich nach einer Weile. Immer wieder streichelte ich ihr über den Kopf, während sie an meiner Schulter weinte.

»Isch kibbe dasch autsch«, murmelte sie dann auf einmal.

»Was? Ich kann dich nicht verstehen.«

»Herrgott, ich liebe dich auch!«, rief sie wütend aus und löste sich von mir, um mich aus glasigen Augen anzusehen. »Hör auf zu grinsen wie ein Idiot.«

»Idiot?«

»Du hast deine berufliche Zukunft riskiert, nur um mich zu beschützen. Das war dumm, Reed. Gut, es war auch ziemlich süß. Tiff hat mir gedroht, dich zu heiraten, wenn ich nicht augenblicklich zu dir gehen würde. Und obwohl sie noch verheiratet ist, traue ich ihr alles zu.«

»Verstehe.«

»Nein, ich glaube, du verstehst nicht. Sie liebt dich ab sofort wieder, weil wir uns vertragen haben. Und wenn Tiff jemanden liebt, dann wird es gefährlich.«

»Jetzt bekomme ich Angst.«

»Solltest du auch«, erwiderte sie bitterernst und umarmte mich dann stürmisch. Ich erwiderte die Umarmung sofort.

»Reed?«

»Mmh?«

Plötzlich begann sie ihren Schoß an meine Erektion zu reiben. Ich stöhnte.

»Ich möchte …«

»Alles klar!«, fuhr ich ihr dazwischen, hob sie hoch und lief mit ihr in mein Schlafzimmer.

»Ich bin schwer, Reed!«

»Ach, bitte, Kate. Verletze nicht meine Männlichkeit«, murmelte ich grinsend und sie küsste mich wieder.

»Lass das Licht aus«, bat sie mich, als ich sie aufs Bett fallen ließ.

Da es bereits spät war und es regnete, befand sich eh kein Licht im Raum.

»Dir ist schon klar, dass Blinde aufgrund ihrer Beeinträchtigung viel mehr fühlen? Der Tastsinn wird bei Dunkelheit angeregt, auch bei uns Sehenden, Kate. Also …« Ich zog den Stoff ihres Kleides hoch und spürte, wie sie erzitterte. »Werde ich eigentlich mehr fühlen, als ich bei Licht sehen könnte.«

Auch wenn sie vor Angst oder Panik erstarren sollte, sie stöhnte zufrieden auf, als ich an ihrem Ohr zu knabbern begann.

»Ganz genau, Baby. Vor mir brauchst du dich nicht zu verstecken.«

Epilog

SECHS MONATE SPÄTER:

Kate

»Mr. Jacobs› Büro, Kate Walsh am Apparat.«

Ich verdrehte die Augen, als ich den ersten Satz meines Gesprächspartners hörte.

»Mr. Suarez. Wie oft im Jahr wird die Frau Ihres Cousins zweiten Grades eigentlich schwanger? Nun, ich habe keine Zeit Sie daran zu erinnern, dass Sie bereits vor genau …« Mein Blick fiel auf den Kalender auf meinem Schreibtisch. »Sieben Monaten dasselbe schon einmal behauptet haben und …«

Im Augenwinkel bemerkte ich eine Bewegung. Ich lächelte Reed an, der aus seinem Büro gekommen war. Er lächelte zurück.

»Ich erwarte die Lieferung morgen pünktlich um eins.« Ich legte auf und blickte in die schönsten blauen Augen, die ich nicht mehr missen wollte.

»Lust auf eine Pause, Ms. Walsh?«

»Oh ja. Wobei ich dich heute fertigmachen werde.«

Reed lachte. »Ich denke, da hab ich auch noch mitzureden.«

Ich ergriff seine warme Hand und ging mit ihm zum Lift.

»Schönen Mittag«, rief einer der Mitarbeiter uns zu. Reed nickte still wie immer, und ich dankte ihm.

Kurz nachdem dieser Artikel über Reed erschienen war, dachten wir, dass es der Firma nur schaden könnte. Da hatten wir aber auch noch nicht erfahren, dass Jessica sich vor Frust in Vegas so sehr mit Drogen und Alkohol abgeschossen hatte, dass die Presse davon Wind bekam.

Auf einmal war der Spieß umgedreht worden. Jeder hielt Jessica für drogenabhängig und zu exzessiv. Und Reed war der Held, der die Schuld der Trennung auf sich nahm, obwohl sie diejenige mit den wahren Problemen war. So sahen es zumindest die Geschäftsleute, die weiterhin mit *Jacobs' Immobilien* Geschäfte machten.

Reed lehnte sich an die Wand und hielt, gelassen wie immer, seine Hände in den Taschen. Mit seinen ausdrucksstarken Augen musterte er mich.

»Hübsches Kleid.«

»Ja?«, fragte ich so beiläufig wie möglich. Obwohl ich es gestern erst gekauft hatte, tat ich so, als würde mir das neue Kleid kaum auffallen.

»Ich bin gespannt, wie schnell ich es von dir abbekomme.«

In den letzten Monaten hatte ich gelernt, wie akribisch Reed dabei vorgehen konnte, mir die Kleider vom Leib zu reißen. Es war erstaunlich, wie körperlich ich sein konnte, wenn ein Mann wie Reed mir zeigte, dass ich begehrenswert war.

Ich biss mir auf die Unterlippe. »Ich auch.«

Reed sah seufzend an die Decke. »Lass uns bitte schnell in die Spielhalle, damit ich endlich diesen verdammten Schildkrötenkönig besiegen kann.«

Hatte ich schon erwähnt, dass Reed eine Vorliebe für Super Mario entwickelt hatte? Jepp, er war mir einmal spontan gefolgt und gar nicht mehr aus der Spielhalle wegzubekommen. Beim ersten Mal überzogen wir unsere Pause um zwei Stunden. Aber er war ja der Chef und, na ja, konnte sich das irgendwie leisten.

»Er ist keine Schildkröte«, behauptete ich wie so oft.

»Der Kerl trägt einen Panzer. Gut, er hat einen Iro und sieht sonst eher aus wie …«

»Ein Drache«, sagte ich sachlich.

»Er ist doch kein Drach…«

Die Lifttüren öffneten sich.

»Ah, da seid ihr beide ja. Darf ich schon …« Mrs. Jacobs strahlte über beide Ohren, was ziemlich merkwürdig war, da sie es ziemlich selten tat.

»Wir sind auf dem Weg zur Spielhalle«, redete Reed ihr schnell dazwischen.

Mrs. Jacobs runzelte die Stirn. »Oh. Ihr geht erst noch hin.« Sie schaute auf ihre Armbanduhr und versuchte womöglich die Uhrzeit zu lesen. »Dann hab ich mich wohl um eine Stunde vertan.«

»Warum sollten Sie sich …«, wollte ich gerade fragen, aber da hatte Reed mich schon aus dem Lift gezogen.

»Sie hat bestimmt wieder zu viel Likör getrunken. Geh schon mal vor, ich muss noch etwas mit Granny besprechen.« Er drückte mir einen Kuss auf den Scheitel und ich marschierte los.

Hoffentlich wurde seine Granny nicht langsam senil.

Ich lief aus dem Gebäude, ging um die Ecke und prallte mit jemandem zusammen.

»Oh, tut mir leid.«

Eine junge Frau blickte mich genauso entschuldigend an. »Ich habe auch nicht aufgepasst.«

»Das ist sie!«, rief jemand neben ihr aus. Mrs. Klein stand neben der jungen Frau. Was machte sie denn hier?

»Bist du dir sicher?«, fragte die junge Frau.

»Mrs. Klein?«, fragte ich überrascht. Mrs. Klein wirkte dünner als vor sechs Monaten, aber sonst schaute sie wie immer aus.

»Gut, dass wir Sie gefunden haben. Mein Name ist Celia Klein. Ich bin ihre Tochter und wir haben versucht, zu Ihnen Kontakt aufzunehmen.«

»Haben Sie das?«

»Ja. Wir haben Ihnen letzte Woche eine E-Mail geschrieben und wollten gern vorbeischauen, um mit Ihnen zu reden.«

Ich hatte keine E-Mail bekommen. »Oh, vermutlich

sind Sie im Spam-Ordner gelandet. Da schaue ich seltener nach. Aber warum wollten Sie herkommen?«

»Nun ja«, begann Celia und sah zu Mrs. Klein. »Meine Mom musste sich ein paar Therapien unterziehen, weil sie … viel wirres Zeug geredet hat. Das liegt wohl in der Familie. Meine Großmutter hatte auch schon Probleme. Es geht um das, was sie Ihnen damals gesagt hat.«

»Okay«, war meine Antwort darauf.

»Wir besuchen momentan die Menschen, denen meine Großmutter von dem Märchen des heiligen Wassers erzählt hat.« Celia blickte wütend zu ihrer Mutter, die nervös auf ihrer Unterlippe kaute.

»Ein Märchen?«, fragte ich überrascht nach.

»Mom«, sagte Celia auffordernd.

»Es kann sein, dass ich vielleicht ein klitzekleines Alkoholproblem hatte«, gestand Mrs. Klein seufzend.

»Und?«, fragte Celia weiter.

»Ich hab vielleicht auch ein paar Tabletten genommen, die meinem Urteilsvermögen schadeten.«

Ich sah sie fassungslos an. »Moment mal. Wollen Sie mir sagen, dass Sie das alles erfunden haben? Es gibt kein heiliges Wasser oder diesen Zauber, dem die Männer verfallen?«

»Hey, ich habe es für unseren Familienbetrieb getan! Die Zahlen waren schlecht, Kundschaft blieb aus. Ich musste mir etwas ausdenken, damit mehr Touristen kommen«, fuhr Mrs. Klein mich an.

»Sie leben an einem See mit wunderschönem Ausblick. Vielleicht hätten Sie einfach mal, keine Ahnung, lächeln können, wenn Sie Touristen zu Besuch hatten! Wissen Sie eigentlich, was Sie da getan haben?«

»Die Tabletten waren schuld und die dämlichen Touristen, die laut, nervig und undankbar sind«, erklärte Mrs. Klein mir.

»Wir sind hier, weil wir uns entschuldigen wollen. Mom muss sich für jeden Fehler, den sie im Rausch …« Celia blickte noch einmal furchteinflößend auf ihre kleine Mutter herab. »Begangen hat, entschuldigen. Also, Mom …«

»Es tut mir leid«, murrte die alte Frau, sah mich aber dabei nicht an.

Ah, ja. Ich fühlte schon, wie diese Entschuldigung mir half, damit besser umzugehen.

Der Blick, den ich Celia schenkte, sagte alles aus. Sie wunderte sich genauso wenig über ihre Mutter.

»Und Sie werden sich bei allen persönlich entschuldigen?«, fragte ich nachdenklich.

»Oh ja, Mom freut sich schon drauf«, erklärte Celia und strahlte bis über beide Ohren.

Ich schmunzelte. Das konnte ich mir vorstellen.

»Ah, na gut. Dann vielen Dank, dass Sie hergekommen sind.« Mein Dank galt Celia. Das wussten wir alle drei.

»Wir müssen Ihnen danken, dass Sie meiner Mutter zugehört haben. Sie hatte geäußert, dass Sie ziemlich heftig auf ihre Story reagiert haben und …«

»Alles okay?«

Reed war zu uns gekommen und drückte mir seine Hand schützend an den Rücken.

Celia starrte ihn mit offenem Mund an, als hätte sie noch nie etwas Schöneres gesehen. Ich konnte sie verstehen.

»Ja, jetzt schon«, antwortete ich.

Auf dem Weg zur Spielhalle erzählte ich Reed von Mrs. Klein und ihrem kleinen Problem, das für mich zu einem großen geworden war.

»Es war also alles erfundener Hokuspokus«, meinte Reed am Ende meiner Erklärung.

»Ja, so sieht's aus.«

»Ich will ja nicht sagen, dass ich es die ganze Zeit gewusst habe, aber … ich habe es die ganze Zeit gewusst.«

Vor den Türen der Spielhalle hielt er mich zurück und drückte mich an sich.

»Jetzt brauchst du auch kein schlechtes Gewissen mehr haben, dass Matthews und der Brite gekündigt haben.«

Ich verdrehte die Augen, obwohl er recht hatte.

Nachdem Reed und ich unsere Beziehung in der Firma verkündet hatten, kündigte Declan praktisch am selben Tag. George folgte immerhin erst einen Monat später. Die anderen im Büro fanden es überraschenderweise ziemlich cool. Es sollten sogar Wetteinsätze geflossen sein.

»Sie haben dich geliebt, weil du eine tolle Frau bist«, begann er. »Aber ich hab dich bekommen.« Dann grinste er so stolz, dass ich wieder die Augen verdrehen musste und dennoch selbst kaum mein Lächeln zurückhalten konnte. Reed sagte ständig solche witzigen Dinge, die wiederum so romantisch waren, dass ich vor Glück kaum atmen konnte.

Einen langen Augenblick schaute er mich an und sagte kein einziges Wort. So mitten auf dem Bürgersteig fühlte sich das irgendwann merkwürdig an.

»Reed?«

»Komm, lass uns reingehen«, sagte er eindringlich.

Als wir in den Laden kamen, fiel mir auf, dass überhaupt niemand hier war. Das war für die Mittagszeit ziemlich merkwürdig. Sonst befanden sich hier auch zig Bürohengste, die sich den Stress von den Händen spielten.

»Was ist denn hier los?«

»Komm.«

Er zog mich in eine bestimmte Richtung, direkt zu meinem Lieblingsspielautomaten Donkey Kong.

Mir fiel sofort auf, dass das Spiel etwas in die Mitte gerückt worden war.

»Reed, ich glaube nicht …«

Er ließ mich los und ich blickte auf den Sitz des Spiels.

Eine Puppe lag darauf.

Ich erkannte sofort das Kleid, ihr Gesicht und … diese schönen Haare.

»Bella«, flüsterte ich voller Ehrfurcht und berührte ihr sanftes Gesicht.

Ich hatte Reed nach einer Weile von meiner Lieblingspuppe erzählt. Und auch davon, wie sie mir damals kaputt gemacht wurde.

»Sie ... Sie wird doch gar nicht mehr produziert«, sagte ich und dachte an meine eigene Suche nach ihr, Jahre nachdem ich sie aufgegeben hatte.

»Stimmt, aber ein paar Sammler hatten sie noch.«

»Sammler? Du hast doch nicht etwa zu viel für sie bezahlt?«

Reed grinste. »Sie war günstig.«

Sofort beruhigte ich mich etwas, obwohl bei Reed auch Tausende Dollar »günstig« sein konnten.

»Aber der andere Teil meines Geschenks nicht.«

Ich runzelte die Stirn. »Was?«

Reed blickte auf die Puppe zurück. Ich folgte seinem Blick und erstarrte regelrecht.

Sie trug eine Kette am Hals, mit einem Ring dran. Einem Diamantring.

»Das ist ein Ring«, stellte ich laut fest.

Reed nickte.

»Ein Ring mit einem großen und dicken Diamanten drauf.«

Wieder nickte er und beobachtete mich genaustens.

Meine Hände zitterten, während ich Bella hielt.

Und dann kam er auf mich zu.

»Kate. Ich liebe dich und die sechs Monate mit dir

waren bisher die schönste Zeit meines Lebens. Aber es nervt mich tierisch, dass du nicht meinen Namen trägst.«

Ich erinnerte mich an das letzte Mal, dass wir zusammen im Kino waren und dort irgendeinen Geschäftspartner trafen. Er hatte mich höflich Ms. Walsh genannt und das passte Reed gar nicht.

»Und deswegen soll ich den Ring tragen?«

»Du sollst den Ring tragen, weil ich will, dass du zu mir gehörst. Mit allem drum und dran, Kate.«

Jetzt wartete ich tatsächlich auf seine Frage. Wie auf heißen Kohlen starrte ich auf seine Lippen. Aber urplötzlich ertönte die mir so bekannte Melodie von Donkey Kong und automatisch blickte ich zum Automaten.

Mit der üblichen schlechten Grafik stand dort:
Willst du mich heiraten, Kate?

»Wie zum Teufel hast du das denn geschafft?«

»Kate, würdest du bitte antworten?«, fragte er ungeduldig neben mir.

»Oh.« Ich blickte auf Bella, die diesen wunderschönen Ring trug, und lächelte. »Ja, würde ich gern.«

Erleichtert lächelte Reed, dann küsste er mich und plötzlich brach Jubel aus.

Verwirrt sah ich dabei zu, wie Dad, Tiff samt Familie und Mrs. Jacobs, die ziemlich außer Puste wirkte, aus dem Schatten traten und sich vor uns im Halbkreis aufstellten.

Tiff trug bereits Baby Nummer zwei unter ihrem Herzen. Nachdem José zwei weitere Tage um sie gekämpft hatte, hatten sie beschlossen, erst einmal in den Staaten zu bleiben. Tiff wollte unbedingt wieder arbeiten, was sie auch ein paar Monate tat. Als sie erfuhr, dass sie wieder schwanger war, war die Panik groß, aber im Grunde freute sie sich darüber. Tiff musste zu ihrem Glück gezwungen werden. So wie ich.

Wenn Reed mir nicht ständig bewiesen hätte, dass ich viel mehr wert war, als ich mir seit fast 20 Jahren einredete, wäre ich vermutlich immer noch einsam und allein.

Vielleicht würde ich immer noch jeden Milchshake verfluchen. Mittlerweile trank ich sie mit Freude. Vor allem, weil Reed auch die Liebe zu Erdbeershakes gefunden hatte.

Ich freute mich wie verrückt auf all die neuen Entdeckungen, die wir gemeinsam machen würden.

Mit Bella zusammen.

ENDE

NACHWORT

Puh, was für eine Achterbahnfahrt der Gefühle für Kate und Reed.

Vielleicht können einige Kates Gedanken nicht folgen, dafür andere umso mehr.
Für mich war es einfach wichtig aufzuzeigen, wie es ist, wenn man nicht „der Norm" entspricht. Fehlendes Selbstbewusstsein, ständiges „auf der Hut sein" und viele, viele Selbstzweifel können einem Einiges vermiesen, obwohl es für Außenstehende auf den ersten Blick gar nicht so schlecht scheint.

So hat zumindest Kate öfter Probleme, die gar keine sind. Aber wäre die Geschichte dann nicht langweilig? Genau. Und so sollten wir auch unser eigenes Leben sehen.

Wenn nicht ständig jemand etwas zum „Scheißen" hätte, wäre das Leben einfach sterbenslangweilig, oder nicht?

Wäre die Welt nur mit dünnen Menschen besiedelt, wäre es langweilig.
Wenn es nur dicke Menschen gäbe, wäre es – ja, ihr ahnt es schon – langweilig.

Die Mischung macht's. Und ich hoffe, ihr habt die Mischung bei Reed und Kate gesehen.

Danke an meine Familie. Jedes Mal, wenn ihr mir dann doch noch ein bisschen Zeit schenkt, damit ich an meinem Buch schreiben kann, könnte ich die Welt umarmen. Aber da ich Letzteres nur schwer kann, bedanke ich mich hier. Ich liebe euch.

Ein großer Dank geht auch an Anja, die bei jedem Buch mittendrin ist und schon oft bewiesen hat, wie gut sie in dem ist, was sie tut!

Danke an das Lektorat und die Korrektur.
Die Kommunikation, der ewige Aufschub, weil ich nicht so schnell bin, wie ich mir das wünsche, und die tolle Arbeit machen es leichter. So viel leichter. Danke!

Danke an Marie, die sofort wusste, was ich mir als Cover vorstellen kann. Wenn das nicht gestimmt hätte, wären Kate und Reed wohl nie entstanden.

Und zu guter Letzt danke ich meinen Lesern. Ich darf schreiben und veröffentlichen. Seit über drei Jahren schon. Wie hätte das ohne euch überhaupt gehen können?

Danke für jede Nachricht. Jede Rezension. Jedes „Hallo", wenn wir uns auf einer der vielen Messen sehen. Das alles ist nicht selbstverständlich und dafür ein großes „Ihr seid die Besten."

Eure Emma